相棒

五十嵐貴久

PHP
文芸文庫

○本表紙デザイン＋ロゴ＝川上成夫

相棒

目次

第一章　暗殺未遂

一

京都二条城の唐門《からもん》から闇を縫うようにして、十五代将軍徳川慶喜《よしのぶ》を乗せた黒塗りの駕籠《かご》が出てきたのは、慶応《けいおう》三年（一八六七）十月四日早暁《そうぎょう》のことであった。なだらかな坂が続いている。風は凜冽《りんれつ》とし、肌寒くさえあったが、駕籠を取り巻く男たちの表情にはいささかの緩《ゆる》みもなかった。

二条城に入っていた一橋《ひとつばし》家、そして会津《あいづ》、桑名《くわな》の両藩から選抜された三十数名の武士たちである。それぞれがいずれかの剣の流派において、目録《もくろく》以上の腕を持っていた。

馬上の武士が二人、先導するように進んで行く。駕籠のすぐ脇についていたのは、この年幕府から若年寄《わかどしより》に任じられたばかりの幕臣、永井玄蕃頭尚志《げんばのかみなおのぶ》であった。

嘉永《かえい》六年（一八五三）のペリー来航以来、泰平の世は終わりを告げて幕末の激動期に入り、それもようやく終局を迎えようとしていた。

　この時期、幕府は門閥《もんばつ》主義を改め、新たな人材の登用を進めている。決して幕府も固陋《ころう》であったわけではない。

　幕府はその政務を司《つかさど》る高官に岩瀬忠震《ただなり》などの部屋住《ずみ》、あるいは川路聖謨《としあきら》などのような養子身分からの抜擢《ばってき》をしていた。優秀な人材が多いとされていたためだが、永井はその代表的な存在だっただろう。

　三河奥殿《みかわおくとの》松平家第八代藩主乗尹《のりただ》側室の子として文化十三年（一八一六）に生を受けた松平岩之丞《いわのじょう》は、天保《てんぽう》十一年（一八四〇）、二十五歳の時、幕臣である永井家の養子として迎え入れられた。同時に、名前を永井尚志と改めた。

　幼少の頃から学問に長じていた永井は、幕府の最高学府である昌平坂《しょうへいざか》学問所で学び、三十三歳の時に大試を優秀な成績で合格後、すぐに甲府徽典館《きてんかん》館長を務めた。更に一年後、任期を終えて江戸に戻った永井は御徒頭《おかちがしら》に抜擢され、まもなく御目付役《おめつけやく》へと昇った。

　その後も順調に官僚としての道を歩み続け、後に勝海舟《かいしゅう》、榎本武揚《たけあき》などの人材を輩出《はいしゅつ》するに至る長崎海軍伝習所、また築地《つきじ》の軍艦教授所の開設にも深く携わった。更に外国奉行や軍艦奉行、大目付を歴任するなど、その官僚としての能力は高く評価されていた。

経歴に汚点がまったくなかったというわけではない。開国派だった永井は、越前《えちぜん》藩主松平春嶽《しゅんがく》に協力、一橋慶喜の将軍擁立《ようりつ》に奔走《ほんそう》したため、岩瀬忠震らと共に安政《あんせい》の大獄に巻き込まれ、家禄《かろく》没収、隠居という厳しい処分を受けた。これは大老《たいろう》井伊《いい》直弼《なおすけ》が桜田門外の変で暗殺されるまで続いた。

だが井伊直弼の横死《おうし》によって文久《ぶんきゅう》二年（一八六二）、松平春嶽が政事総裁に就任するのと時を同じくして永井も復権、一転して京都町奉行に任命され、同年九月京へと赴《おもむ》いた。

その後文久三年に起きた、いわゆる八月十八日の政変に際し、長州藩及び攘夷《じょうい》派の公家《くげ》を京から一掃するなどその功績は大きく、また職務にも忠実で能吏ぶりを発揮していた。

それから四年が経っている。その間、長州征伐で長州藩への処分が寛大過ぎたとして大目付を罷免《ひめん》されたこともあったが、結局は復帰した。

ひとつには、幕府が永井という優れた官僚の能力を必要としていたためであり、もうひとつは十五代将軍徳川慶喜の直命によるものだった。

この年の八月、慶喜の謀臣だった原市之進《いちのしん》が幕府御家人《ごけにん》によって殺害されている。慶喜は政治的参謀を至急に必要としていた。永井尚志はその任にうってつけの人材だったのである。

若年寄という職制は寛永《かんえい》年間、徳川第三代将軍家光の治世時に設けられたものだが、旗本《はたもと》という身分から若年寄まで栄進したのは、徳川幕府治世下において永井尚志ただ一人だけである。

いかに人材が払底《ふってい》していたとはいえ、異例な人事ではあったが、このような形で優れた人材を抜擢していかなければ、幕藩体制という制度は数年前の段階で立ち行かなくなっていただろう。また、永井の官僚としての能力から言えば、当然のことでもあった。

「……お寒くはございませぬか」

独り言の体《てい》で永井が駕籠の戸越しに声をかけた。不敬な振る舞いではあったが、やむを得ない仕儀《しぎ》だった。返事はなかったが、永井はそれを了承の印と受け取った。

腕を大きく振った。左右に分かれた武士たちが、油断なく辺りを見回しながら進んだ。

夜明けまで、まだ半刻《はんとき》（一時間）ほどある。提灯《ちようちん》の灯《あか》りだけが頼りであった。

永井は足を早めて前方へと向かった。

「先に発《た》っている新選組の者たちから、何か報告はないか」

「まだ、何も」

顔を強《こわ》ばらせたまま、会津藩の武士が答えた。黒塗りの駕籠に付き従っている者たちすべてが、駕籠に乗っている人物が誰なのかを知っていた。緊張するのは当然だっただろう。

「薩摩《さつま》藩西郷吉之助《きちのすけ》が、ようやく我らの申し入れを受けたのだ。いかに早朝とはいえ、断るわけにはいかぬ」永井が早口で言った。「やむを得ぬのだ」

この時期、政局は重大な局面を迎えようとしていた。薩長を中心とした西国の勤《きん》皇雄藩《のうゆうはん》によって、倒幕運動は一気に進んでいる。少しでも先を見る目のある者であれば、幕府に残された余命が僅《わず》かであることは自明の理であった。

勢いに乗る薩摩藩西郷吉之助、長州《ちょうしゅう》藩桂小五郎《かつらこごろう》らによって薩長同盟が密《ひそ》かに結ばれ、既《すで》に倒幕のための武装蜂起も決定していたが、徳川家二百六十年の治世が終わるかと思われていたこの時期、土佐《とさ》藩だけが別の策を進めていた。

土佐藩参政後藤象二郎《しょうじろう》は、永井と老中《ろうじゅう》板倉勝静《かつきよ》を通じ、将軍徳川慶喜に対し、政権を朝廷に返してはどうか、と提案していた。いわゆる大政奉還《たいせいほうかん》策である。

開国に伴い、欧米列強との交渉、金銀相場の不均衡、輸出入不平等の是正、逼迫《ひっぱく》する財政、その他ありとあらゆる問題が発生していたが、これを解決することが幕府にはできなかった。既に幕府とその体制は古び過ぎていたのである。

後藤の案を受け入れ、大政を自ら朝廷に奉還すれば、幕府は政治という重荷を背負う必要がなくなる。薩長を含めた倒幕派にとっても、政権が朝廷に戻れば、これまで多くの犠牲を出しながらも進めてきた勤皇運動が結実することとなる。対立する立場にある佐幕《さばく》派と勤皇派が争う理由も霧散《むさん》するはずだった。

幕府の面目を傷つけず、薩長を中心とした勤皇勢力によって新しい時代の幕を開けるこの妙案が、後藤から永井の下にもたらされたのは数カ月前のことである。その会談の場には板倉勝静も同席していた。

袋小路に入っていた政局を打開するためにはこれしかない、と二人の官僚は感じ入り、慶喜にこの策を受け入れるよう進言した。慶喜もまったく同じ意見を持つに至り、既にこの三名の間では大政奉還を前提として、今後の政治的な処理を図ることが決まっていた。

だが、反対する勢力が多いことも事実である。徳川家直参《じきさん》の旗本、御家人はもとより、会津藩など佐幕派の誰もが、大政を奉還するという慶喜の内意に激怒しているといっていい。徳川家康以来二百六十年に及ぶ幕藩体制を終焉《しゅうえん》させることは、実情がどうであるにせよ、感情として許しがたいことであった。

幕府海軍方小栗上野介《こうずけのすけ》（忠順《ただまさ》）などは、その急先鋒と言えるだろう。小栗はフランスから資金を調達、さらに軍制の改革、装備の一新を図り、最後まで倒幕派に対して徹底抗戦することを目論《もくろ》んでいた。

小栗とは政治的な立場を異《こと》にする勝海舟でさえ、大政奉還について無条件で賛成していないことも、状況の複雑さを物語っていた。海外の事情に詳しく、幕藩制度は早晩崩壊するであろうという見識《けんしき》を持っていた勝は、朝廷に政治を裁量する能力がないことから、単に大政を奉還しても意味はないと上申《じょうしん》していた。

この意見具申の際、勝は雄藩代表による連合政権的な政治体制を取ることも進言した。だが、勝嫌いの慶喜によってこの意見は退《しりぞ》けられていた。

大政奉還策について奇妙なのは、対抗勢力である薩長側にも、反対する者が少なくなかったことである。むしろ、多くの者がそうだったと言っていい。

まったく立場が違うはずの倒幕派と佐幕派が同じ結論に達するというのは、歴史の皮肉であろう。

薩摩藩西郷吉之助、大久保一蔵《いちぞう》はその代表格であった。彼らが危惧《きぐ》していたのは、幕府及び徳川家がその勢力を温存したまま巨大な野党として存在し続けることである。

誇張はあるにせよ、旗本八万騎と言われるほど徳川家直参武士の数は多い。いつ牙《きば》を剝《む》くかもしれない彼らを打ち負かせるほど、倒幕派の勢力は盛んといえない。この時期、むしろ脆弱《ぜいじゃく》ですらあったかもしれなかった。

勤皇倒幕の方向に藩論を傾けているのは、土佐、肥前《ひぜん》、芸州《げいしゅう》、越前など少なくなかったが、薩長のように明確な態度を取っているわけではなかった。むしろ日和《ひより》見《み》的であると言うべきだろう。薩長が開戦を決意しても、共に立ち上がってくれるかどうかは判然としていない。

この状況のまま、厄介な政権だけを奉還されても困る、というのが薩摩の率直な立場だった。

明確な形で幕府を倒さなければならない。それは戦争という形式を取ってのみ成し遂げられる、と西郷・大久保は考えていた。

土佐藩浪人で陸援隊《りくえんたい》隊長の中岡慎太郎《しんたろう》も、同じように大政奉還には反対の立場を取っていた。中岡は維新を革命と捉えており、世界史的な意味合いにおいても前政権担当者を倒すことによってのみ、革命政権は樹立されるとしていた。戦《いくさ》の一字を恐れてはいけない、というのが中岡の常に主張するところだった。

土佐藩出身の上士《じようし》で後藤と同じく参政であった乾退助《いぬいたいすけ》も、この段階で土佐藩が薩長両藩に比して時勢に乗り遅れていることを痛感していた。今のままでは政権奪取後に土佐藩は立場をなくすだろうと予測していたため、大政奉還策を否《いな》とする大久保らの意見に賛同、武力革命の方向に藩論を固めるべく、藩内外で盛んに運動を始めていた。

長州藩については言うまでもない。高杉晋作《しんさく》の死後、藩の実権を掌握した桂小五郎は、既に時は至れりとして対幕戦争を決意、医師村田蔵六《ぞうろく》を起用して革命軍の編成に着手していた。

長州としては、このままではすべてを失う公算が強い。薩摩藩と共に立ち上がるしか道は残されていなかった。当然、大政奉還には反対の立場を取っていた。

要するに、佐幕派、倒幕派を問わず、大政奉還策に賛成する者はほとんどいなかった。このように四面楚歌《しめんそか》の状況下、幕府は大政奉還を成立させるため、あらゆる手を打っていた。絶対恭順《きようじゆん》がこの時点における徳川慶喜の大方針であり、これを曲げることはできなかった。

周囲の誰もが大政奉還策に対し積極的に、あるいは消極的に反対している。それでもなお永井と板倉は慶喜の命令に従うしかないと考えていた。

優秀な官僚であるこの二人には、慶喜の思惑《おもわく》がよくわかっていた。もう既に、幕府にとっては大政を奉還し、絶対恭順という道を選ぶしかなかったのである。

高級官僚である彼らだけが、慶喜の考えを理解できた。同時に、官僚である彼らには、将軍からの命《めい》を守る以外に採《と》るべき立場はなかったのである。

さまざまな政治的工作により、八日後の十月十二日、慶喜は京都二条城に幕府重職を参集させ、彼らを説得すると決めた。翌十三日には在京四十余藩の重臣、代表者たちを同じく二条城に招き、大政の奉還を宣言、翌十四日には朝廷に参内《さんだい》、上表してその認可を得ることにした。

ただし、その前に薩摩藩の代表たる西郷吉之助の内諾《ないだく》を取っておかなければならない。この時期、西郷吉之助の立場と意見はそれほど重いものになっていた。

永井と板倉はそれぞれに慶喜との会談を受けるよう、西郷の説得を続けた。この説得に土佐藩の後藤なども加わり、徳川慶喜による大政奉還上表まで後十日となった十月三日の深夜、ようやく西郷は話し合いに応ずる、という答えを二条城の板倉と永井に返した。

この会談は重要であり、今後の政局を左右することになるのは言うまでもなかった。公式な席を設ければ反対意見が続出して会談が流れてしまうであろうこと、また西郷が再び意見を翻《ひるがえ》すことを恐れた板倉と永井は、その夜のうちに京都河原町《かわらまち》の料亭分田上《わけたがみ》を借り切り、翌四日の早朝をもって十五代将軍徳川慶喜と薩摩藩西郷吉之助の会談の準備を整えていた。

徳川幕府が開かれて以来、外様《とざま》藩の、しかも一家臣が直《じか》に将軍と密談することなど例がなかった。だが、それを言い出せばすべてが異例なことだらけである。

幕府の将軍たる者が城外へ出るに当たり、搦手《からめて》門である唐門から出ること、その刻限が夜明け前であることも異例であった。また、僅か三十数名の護衛しかつかないというのも、異常な状況といえる。

ただし、これには理由があり、まず西郷との会談が急に決まったため、十分な数の兵を揃えることが不可能だった。大袈裟《おおげさ》に人数を構えることのなきように、という慶喜自らの指示もあった。

そして最大の理由として、老中の板倉、若年寄の永井共に、二条城にいる幕臣たちに対する絶望的なまでの不信感があった。信じられる者は少なく、それ以外の者を護衛につければ、どのような事態が生じるかわからない。事態はそこまで逼迫《ひっぱく》していた。

身内の者を信じられなくなり、疑心暗鬼《ぎしんあんき》に陥《おちい》るのはこういう場合の心理の流れとしてやむを得ないものだったかもしれない。

夜を徹して準備は進められ、他の重臣から反対意見も出ていたが、最終的には慶喜の「非常の時には非常の策を採らねばならない」という意見に押される形で、会談の決行が決定した。永井はその現場指揮をすべて任されていた。

「分田上までは小半刻《こはんとき》（三十分）ほど。その間何事もなければよいのだが」

永井の言葉に会津藩士が深くうなずいた。極秘裏《ごくひり》に事は進められていたが、警備の兵を手配する必要もあり、ある程度の事情は城内にも伝わっていた。当代将軍に重役とはいえ外様藩の一藩士が会うこと自体、礼を失していると怒る旧弊《きゅうへい》な武士も多い。

何が起きても不思議ではない、という板倉の懸念はもっともであり、永井は万全の措置を取っていた。将軍自らが乗っている駕籠の周りを、選び抜いた一騎当千の武士で固め、また事前に新選組、見廻組《みまわりぐみ》を先発させ、不測の事態に備えている。数こそ多くなかったが、警護は万全だった。

粛々《しゅくしゅく》と行列が進み続けている。やがて東の空に薄明かりが射し始めた。透明な紫の光が辺りを包んだ。静かな朝だった。

「……まもなくでございますな」

一橋家の家臣がつぶやいた。言われるまでもなかった。

分田上は永井も他藩公用方との会合で利用することが多い。場所についてもよく知っていた。

うなずいた時、前方から馬が一騎猛然と走ってきた。先発していた新選組一番隊長沖田総司《そうじ》が馬上にいた。

「お戻り下さい」

叫んだ声が掠《かす》れた。二カ月ほど前から、新選組は京都守護職《しゅごしょく》松平容保《かたもり》の命により、政務を担当している板倉勝静と永井尚志の身辺警護を務めていた。

そのため永井は、沖田総司というまだ若く、色の浅黒いこの男についてよく知っていた。

沖田は普段から物静かであり、声を高くすることなどめったにない。常に沈着冷静であり、時として側《そば》にいるのかどうかわからなくなることさえある。その沖田が叫んでいること自体が、容易ならざる事態を物語っていた。

「どうした」

「この先、三百間《けん》（約五五〇メートル）ほどのところに空屋がございますが、そこに不審な人影を数名見つけました」沖田が激しく咳《せ》き込んだ。「誰かはわかりませぬが、待ち伏せされているのは確か。すぐにお戻り下さい」

どうするべきか、永井は一瞬迷った。料亭分田上まではもう半里《り》（約二キロ）もない。薩摩の大立者《おおだてもの》、西郷吉之助がそこで待っているはずだった。

この機会を逃せば、二度と話し合う機会を持つことはできないだろう。そうなれば、今後事態はどのように推移していくのか。

「……間違いないのか」

問いかけた永井の耳に銃声が響いた。二人を見守るようにしていた会津藩士が、驚いたような表情を浮かべながらゆっくり倒れた。馬から飛び降りた沖田が抱き起こすと、肩口の辺りが朱《しゅ》に染まっていた。

「退《ひ》け、退くのだ」

永井が怒鳴《どな》った。あっという間に周りが喧噪《けんそう》に包まれた。

「追うな、皆駕籠の周りを固めよ。城に戻るのだ」

再び銃声がした。駕籠の桟《さん》が嫌な音をたてた。銃弾がめり込んでいた。

「人で盾を作れ。上様《うえさま》を護《まも》るのだ」叫び続けながら駕籠の向きを変えさせた。「走れ。戻って沙汰《さた》を待て。新選組、先導せよ。よいか、必ずや無事に送り届けるのだぞ」

前方から浅葱《あさぎ》色の羽織をつけた武士たちが走ってくるのが見えた。全員抜刀している。その中に新選組六番隊長、井上源三郎《げんざぶろう》の顔も見えた。

「永井様、危のうございます」井上が叫んだ。「我ら新選組がお護り致します」

心配は無用である、と永井が振り向いた。

「沖田、下知《げち》せよ。戻ってご老中板倉様に知らせるのだ。迎えの兵を出すよう伝えよ」

「承知」

言い捨てた沖田が再び馬上の人となった。駕籠が常にはない速さで二条城への道を戻っていく。

「上様を、上様を護れ」

叫んだ永井の元に、また数人の男が駆け込んできた。

「新選組原田左之助《さのすけ》。永井様、どうやら賊は逃げた様子。いかが致しましょうや」

「よい、追うな。上様をお護りするのが先」安堵したように永井が息を吐《は》いた。

「それはよい。だが……」

原田が額の汗を拭《ぬぐ》いながら刀を鞘《さや》に収めた。永井は前方を覗《のぞ》き見た。何事もなかったかのように、道は静まり返っていた。

「この後、いったいどうなるのか」

永井がつぶやいた。答える者は誰もいなかった。

二

護衛の兵によって護られた永井たちが二条城に戻ったのは、それから間もなくのことだった。既に慶喜《よしのぶ》を城内に収容していた老中板倉勝静《かつきよ》が、永井を黒書院《くろしょいん》に呼んだ。

物静かな学者のような容貌の板倉が、怪我《けが》はないかと落ち着いた声で尋ねた。幸いに、とうなずいた永井に、座るよう命じた。

「分田上《わけたがみ》にはこちらから使いを出した」板倉が囁《ささや》いた。「先方には申し訳ないが、事情が事情ゆえ堪忍《かんにん》してもらえるであろう。しかし、問題は……」

言葉を失ったかのように、虚空《こくう》に目をやった。茶の一杯も用意されていない。非常時であることを二人ともよく承知していた。

「問題は……誰がこのようなことを」

「左様《さよう》にございます。いったい誰が……」

唇を固く引き締めた永井が、怯《おび》えたように息を小さく吐いた。いかに動乱の時代とはいえ、将軍狙撃など江戸期を通じて未曾有《みぞう》の不祥事であろう。

永井はその才能、経験、見識、人柄、どれを取ってもこの時期幕閣の中で第一級の人物ではあったが、あくまでも官僚に過ぎない。非常の事態にあたり、どう対処するべきか計り兼ねていた。

「申し上げにくいことでございますが……今朝の会談を知っていたのは薩摩藩西郷吉之助、そしてその側近のみ。西郷その人の下知かどうかはわかりませぬが、おそらくは……」

いや、と板倉が首をゆっくりと振った。そうとばかりは言い切れないであろう。この時期の複雑な政局においては、誰が味方で誰が敵なのか定かでなかった。

「薩摩だけが知っていたわけではない。まず何よりも我らが存じておる」

「板倉様」

すくんだように永井が畳にひれ伏した。もはや誰も信じられぬのだ、と囁く声がかすかに響いた。

「我らが知っているということは、京都守護職松平容保《かたもり》様も存じておられる……当然会津藩の者も今朝の会談のことを知っていたであろう」

それは、と顔を上げた永井に、ないとは言えぬのだ、と板倉が顔をしかめた。確かに、城内にいた会桑《かいそう》の士の中にも、今朝の会談について知っている者は少なくなかった。

将軍警護を命じた武士たちには、他に漏《も》らしてはならないと固く命じていたが、それがどこまで守られていたかは板倉にもわからなかった。

「知っての通り、会津は藩主容保様以外、全藩士が大政奉還に反対していると言ってもよい。噂《うわさ》では、もし慶喜様が大政を奉還なされるようなことがあれば、畏《おそ》れ多いことながら、殺《あや》め奉《たてまつ》ってでも阻止すべしと気勢を上げている者もいるという」

「忠義心を勘違いしている輩《やから》です。田舎侍にありがちなこと」

それでは済まぬのだ、とその雑口《ぞうごん》を聞きとがめた板倉が語気を荒くした。これほど感情を乱している板倉を、永井は見たことがなかった。

「直参《じきさん》の旗本、御家人にも同じことを考えている者がいないとは言えぬ」

「まさか」

永井が強く首を振った。永井自身は正式な意味での幕府直臣《じきしん》ではない。永井家の養子身分からその能力によって若年寄にまで栄達していたが、こうした者の多くがそうであるように、忠義心は旗本や御家人以上だった。

「言葉が過ぎた」板倉が腕を組んだ。「疲れているのだ、許せ」

だが、まだいる、と言葉を継いだ。

「言うまでもなく、新選組も疑わしい。というより、もし私が容保様なら新選組を使うだろう。あの者たちは所詮人斬り。使いようでは何でもするはず」

口調に侮蔑《ぶべつ》の色が交じっていた。板倉はあくまでも文官であり、武官に対しては本能的な嫌悪感を抱《いだ》いている。侮蔑はその裏返しだった。

加えて、会津藩主松平容保が、武州《ぶしゅう》の農民上がりである近藤勇《いさみ》が局長を務めている新選組を重んじていることへの苛立《いらだ》ちもあった。板倉の立場から見れば、浪士を何人斬ったところで問題は片付かないのである。

既にこの時期においては、武でなく政治だけが事態を解決する唯一の方策である、というのが板倉の基本的な考えだった。

「では……見廻組も」

永井がつぶやいた。旗本御家人の次男、三男によって結成されている見廻組もまた、嫌疑は濃厚ということになるであろう。

「佐幕といえば、幕府ヲ佐《たす》ケル者。だが疑わしいのは、むしろその佐幕かもしれぬ」

板倉の口から深いため息が漏れた。しばらく二人の間に沈黙が流れた。そのようなことはないと信じております、と永井が重い口を開いた。

「旗本や御家人はもちろんのことでございますが、譜代《ふだい》であり畏れ多くも松平の血を継いでおられる会津、桑名の士が御大樹《ごたいじゅ》に矢を向けることなど、考えられることではありませぬ」

無論である、と板倉がうなずいた。

「確かに、考えにくい……やはり倒幕派の連中を疑うべきなのか……」

板倉勝静もまた優秀な政治官僚である。徳川慶喜の篤《あつ》い信任を受け、今では政局を一手に切り回していると言ってもいい。

冷静な判断力に定評のあるこの名老中が、これほどまでに動揺しているということ自体、状況の異常さを物語っていた。

「……これもまた噂ではあるが、薩摩と長州が秘密裏に同盟を結んだと言われている。薩摩がこの会談を承《う》けた以上、長州にも伝えたやもしれぬ。とすれば、長州の者がこの件を企んだかもしれない」

まだある、と憂鬱《ゆううつ》そうに口を動かした。

「土佐藩もだ。後藤象二郎《しょうじろう》の話によれば、同じく参政乾退助《いぬいたいすけ》が密かに兵を養い、有事には薩長と共にこの京都を襲う計画を立てているという。今まで態度を曖昧《あいまい》にしていた土佐藩が、将軍暗殺によって一躍時代の先頭に躍《おど》り出ようとしても……おかしくはなかろう」

永井が軽く咳払《せきばら》いをした。独り言のように語り続けていた板倉が、我に返って正面を向いた。

「存念があれば」

言うように、と促した。それでは、と顔を上げた永井が口を開いた。

「板倉様、とにかくも慶喜様はご無事。今一度薩摩藩邸に使いを出し、今度は薩藩《さっぱん》西郷吉之助にこの二条城へ足を運んでもらってはいかがでございましょう」

それはあり得ぬ、と板倉が軽く舌打ちをした。

「この情勢下で西郷が二条城に姿を現せば、膾《なます》のように斬られるのは必至《ひっし》。西郷はそれでも良いと考えるやもしれぬが、周りの者が止めるであろう」

決して大袈裟《おおげさ》ではなく、もし西郷が来れば、板倉の危惧が現実のものになることは火を見るよりも明らかだった。

「……誰が畏れ多くも慶喜様を亡き者にしようと企んだのか、それを突き止めるのが先決である」静かな口調で板倉が言った。「大政奉還は十四日に行われる手筈《てはず》になっている。だが、そのためには立場を問わず、多数の者の合意を取りつける必要がある。永井……時間がない。そのために残された時はあと四日ほどであろう。それまでに何としても下手人《げしゅにん》を捜し出さなければならぬ。再びこのような事態が起きるようなことがあれば……大政を奉還するどころか戦《いくさ》が始まる」

捜し出さなければならぬ、と板倉が繰り返した。その語尾が消える間際に、永井が膝を前にずらせた。

「……妙案がございます」

お耳を、と言った。体を傾けた板倉の耳元に数語を囁いた。なるほど、とうなずいた板倉が、間に合うのか、と尋ねた。おそらく、と永井が答えた。

「幸いにも、幕府軍艦回天《かいてん》が大坂湾に停泊しております。出港準備はすぐ整うかと。私は土佐藩邸に使いを」

わかった、と首を振った板倉が立ち上がって襖《ふすま》を開けた。夜明けの陽《ひ》の光が書院を満たした。

三

翌々日、十月六日の暮れ六《む》つ時（午後六時）、二条城の渡り廊下を先導する小姓《こしょう》の後を、総髪《そうはつ》の男が歩いていた。病《やまい》と見まがうほどにその頰《ほお》が白い。役者のように美しい顔だったが、顎《あご》の辺りに殺気が漲《みなぎ》っていた。

「こちらでお待ち願います」

震える声で小姓が襖を開いた。会釈《えしゃく》もせずに男が中に入った。周囲を見渡すその様子には、一分《いちぶ》の隙もなかった。

男は座ろうとしなかった。何度も足で畳を踏みつけている。何かを確かめているようだった。その異様さに小姓が声を失った。

「なぜ座らぬ」

声がした。男が顔を向けた。部屋の隅に永井尚志《なおのぶ》が端座していた。

「癖でございます。足場が悪いと、万が一の時に困りますゆえ」

男が低い声で言った。静かな声ではあるが、部屋の隅々まで届くほどの美声だった。

「あり得ぬ。ここは二条城である。何が起きるというのか」

首を振った永井が手を伸ばして、湯呑みに口をつけた。

「わかりませぬ」無愛想な表情で男が答えた。「畏れ多くも当代将軍が銃で狙われる昨今、何が起きてもおかしくはございませぬな」

「……誰に聞いたのか？　沖田か？」

　永井が尋ねた。いえ、と男が横を向いた。

「いきなり軍艦に乗せられて、江戸からこちらへ戻ってきたばかり。沖田の顔など、見てもおりませぬ」

「では、なぜ知っている」

「京都で何が起きているかを知ることが、自分の仕事ですので」

　男の頬に冷たい笑《え》みが浮かんだ。ともかく、と永井が畳を指さした。

「我らは武士。立ち話などできぬ」

「礼に詳しくありませぬので」

　そう言いながらも男が座った。幕府若年寄に対し、礼を失していることはさすがにわかっているようだった。

　茶を、と永井が命じた。ほっとしたようにうなずいた小姓が下がっていった。

「間もなくご老中が参られる。今しばらく待て」

　うなずいていた男が、参られたようですな、とつぶやいた。その言葉が終わらないうちに影がさした。無言のまま、その影が部屋に入ってきた。座していた男が僅かに頭を下げた。

「いや、よい。面《おもて》を上げよ」

作法にこだわっている場合ではない、と言った板倉が、疲れてはおらぬか、と労《いたわ》るように声をかけた。いえ、と男が首を振った。

「とはいえ、軍艦に乗ったのは初めてで……どうも海の上というのは落ち着きませぬな」

「さっそくではあるが、実は頼みがある」静かに座りながら板倉が手を振った。

「大変な事態が出来《しゅったい》した。そのことについて、力を貸してもらわねばならぬ。残された時は少ない。こちらとしても——」

その前に、と男が退屈しきった様子で横を向いた。

「襖の裏の御仁《ごじん》、顔を出してはどうか」

「永井……」咎《とが》めるように板倉が言った。「なぜ話した?」

話してはおりませぬ、と青い顔で永井がつぶやいた。

「聞いてくれ、他意はないのだ」言い訳するように板倉が声を潜《ひそ》めた。「まず話を聞いてもらった上で、引き合わせた方が何かと都合が良いかと……」

板倉を一瞥《いちべつ》した男が立ち上がって、続き部屋の襖に手をかけた。そのままゆっくりと開いた。

やや肥満した大男が正座している。その後ろにもう一人、痩身《そうしん》ではあるが背の高い男が足を投げ出したまま座っていた。無愛想を絵に描いたような顔つきで、頬のあばたが目立ったが、愛嬌《あいきょう》だけはあった。大きな口に菓子を放り込んでいる。

「隠れていねえで、こっちへ来たらどうだ」

不機嫌な声で男が言った。黒目が尋常ではない光を帯びていた。慌てた様子で永井が割って入った。

「確かに、確かに。左様《さよう》である。こちらへ」

肥えた男が小さくうなずいてから、背後に目をやった。あばただらけの男が、知らぬ顔でもうひとつ菓子を摘《つま》み上げた。

「離れていては話もしにくい。そうではないか、後藤殿」

その様子を見つめていた男が、張り詰めた声を上げた。

「……いきなり斬りつけられても困りますゆえ」

土佐藩参政後藤象二郎《しようじろう》がわざとらしく空咳《からせき》をした。下らねえ、と男が吐き捨てた。

「ここは城中。そんな真似《まね》はしねえよ。だいたい、したくったって腰のものがねえ」脇差《わきざし》だけの左腰を平手で叩いた。「だが、一歩外へ出たらわからねえがな」

うんざりしたように後藤が顔を横に向けた。止《や》めよ、と永井が鋭い声で言った。

「城中である。言葉を謹《つつし》むがよい」

「そのつもりでしたがね……どうも気に入りませんな」

男が肩をすくめた。

「土方《ひじかた》」

目をつぶった永井が呻《うめ》くように言った。新選組副長土方歳三《としぞう》が薄い唇を曲げた。白い顔の中で、その唇だけが化粧をしたように赤かった。

「隊士募集のため江戸にいたところを、火急の御用であると板倉様の命《めい》によりいきなり呼びつけられ、何事が起きたのかと軍艦に乗って急ぎ戻ってみれば、土佐藩の重役が来ておられる」土方が不機嫌な表情のまま口を開いた。「しかも姿を隠しておいでときた。言っておきますが、我々新選組は幕臣。土佐藩士より格下の扱いでは、礼を失してはおりませぬか」

この年の六月、新選組局長近藤勇《いさみ》以下新選組隊士は旗本格としての身分を与えられていた。数年にわたり京都の治安を護ってきた近藤、土方ら新選組を、幕府も内々にではあるが直参《じきさん》として扱ってきていたが、正式な形として幕臣と認めたのである。

　武士として、参政とはいえ外様《とざま》藩の一家臣である後藤象二郎よりも、新選組副長の方が身分が高いと土方が主張するのもおかしくはない。

「まず、新選組の意向を聞きたかったのだ」

　苦い表情で永井が弁解した。

「それならばなぜ最初からそうされなかったのか。後藤殿を後で呼びつければそれで済む話。永井様、土佐藩は以前はともかくとして今は明らかに薩長側に立場を移しており、幕府にとっては敵《かたき》も同然。土佐っぽと同じ扱いでは物の順序が逆ではありませぬか」

　破れ鐘《われがね》のような笑い声が部屋に満ちた。後藤の背後にいた男が、畳に後ろ手をつき足を投げ出したまま大きな口を開けて笑っていた。

「土佐っぽはよかった」右の手を上げて目尻の涙を拭った。「確かに永井様、わしもこういうやり方はどうじゃろうかと思っちょった。最初から一緒にした方が話が早いし、手間もはぶける。違いますかの」

　苦虫《にがむし》を嚙み潰したような表情で土方がその男を見た。目に殺気が宿っていた。

「まあとにかく、これで皆一緒ちゅうわけじゃ」男が尻で前に出た。「後藤、わしらも永井様の話を聞かせてもらおう。顔を隠しているとどうも落ち着かぬ」

うるせえ、と土方が押し殺した声で言った。

「黙ってろ、坂本」

ふむ、と坂本龍馬《りようま》が懐《ふところ》に手を入れた。

四

「知っちょりましたか」

龍馬が言った。

「当たり前だ。おれぁ新選組の土方だぞ。手配書は毎日見てる」

「ほにほに。あの手配書はわしも見ちょるが、何のことやらさっぱりわからんですな。合《お》うているのは背の高さだけじゃ」

「そのお尋ね者が、所もあろうに京都二条城で何をしてやがる」

そっちと同じですな、と龍馬が陽気に笑った。

「わしも別に来たかったわけではない。来ればおっかない人に見つかりますからの。じゃが、永井様よりたってのお達しとあらば、来ないわけにもいかぬ」

「おっかねえ人ってのは誰のことだ、ああ？」音も無く土方が一歩踏み出した。

「まさか、おれのことを言ってるんじゃねえだろうな」

　待て、と声がかかった。老中板倉勝静《かつきよ》が拳《こぶし》を握っていた。さすがにその声には威厳があった。

「座れ、土方。これは私の命《めい》ではない。上様の命であると心得よ」

　憎々しげに龍馬を睨《にら》みつけていた土方が、大きな音を立ててその場に座った。

「まず、聞け。話はそれからだ。坂本も聞くように」

　板倉が、一昨日の早暁《そうぎょう》に起きた将軍徳川慶喜《よしのぶ》に対する狙撃事件について話すよう永井に命じた。だが土方は首を振った。

「先ほど永井様にも申し上げましたが、話は聞いております」

　馬鹿な、と板倉が絶句した。

「土方、お前は江戸にいたはずではなかったのか。誰から聞いた」

「さすがは新選組の親玉ですな」龍馬がつぶやいた。「人が知られたくないことをよう知っちょる」

　では御両所に説明しておこう、と板倉が体の向きを変えた。困ったな、というように龍馬が頭を掻《か》いた。

「それが、わしも一昨日《おととい》何があったのかは、だいたいわかっちょります」

何と、と永井が目を剝《む》いたが、板倉は無言のままだった。坂本龍馬の情報収集力については定評がある。

そうでなければ土佐藩において下士《かし》身分のこの男が、たった一人で薩摩、長州を相手に伍してくることなどできなかっただろう。

「さすがは海賊の親分だ」皮肉な調子で土方が言った。「人の糞《くそ》の臭《にお》いを嗅《か》ぐのが好きらしい」

「つまりわしらは似た者同士ちゅうことかの」

ふざけるな、と土方が怒鳴った。素知らぬ顔で龍馬が鼻をほじっている。

「止めぬか」ため息をつきながら板倉が制した。「今はつまらぬ言い争いをしている時ではない。そんなことのために呼びつけたつもりもないのだ」

「では何用でございますか」

後藤が話に割って入った。大政奉還策の周旋《しゅうせん》のため、板倉、永井とは幕閣、京都朝廷、薩長あるいは会津の重役の間を駆けずり回ってきた間柄である。

家柄だけで参政身分にまで昇り詰めたわけではない。才覚もあり、時代の趨勢《すうせい》を読み取る能力もある。幕府高官である二人が、この仇敵《きゅうてき》とも呼べる二人の男を集めた理由にも察しはついていた。

「一昨日早朝、畏《おそ》れ多くも上様と薩摩藩の西郷吉之助殿との会談が開かれることになっていた」早口で永井が状況を述べた。「だが何者かによって上様の駕籠が撃たれるという事態が生じ、会津藩士が一人重傷を負った。それはいい。上様をお護りしてのことゆえ、侍の誉《ほま》れとも言える。問題は会談が流れたこと、そしてこのままでは第二、第三の暗殺が企まれるやもしれぬということである」

「誰がそんなことを」

目を据《す》わらせた土方が辺りを見回した。

「度胸のある奴ですな」龍馬が欠伸《あくび》をした。「将軍を狙うなど、なかなかできることではありますまい」

二人の視線がぶつかった。気の籠《こ》もった土方の目を、さりげなく龍馬が受け流す。止めよ、と板倉が脇差に手をかけた土方を制した。

「以下は内密の話である」二人を目だけで押さえ付けた。「他言は無用だが、この十四日に大政奉還の上表がなされることが決まった。朝廷も同意している。だが、各藩に対してはまだその調整が終わってはおらぬ。このままでは混乱は必至。さればこそ、まず西郷殿と上様が話し合う必要があったが、これではそうも行かぬ。実を申せば、上様もいたくご立腹《りっぷく》、大政奉還策を白紙に戻すとの仰《おお》せ」

「……それは困りますな」

畳を分厚い手のひらで叩いた龍馬が、初めて体を起こした。建前上、大政奉還の提案者は後藤ということになっていたが、実際には坂本龍馬が発案し、ここまで絵を描いてきたのは、板倉も永井もよくわかっていた。さもあろう、と板倉がうなずいた。

「あと八日しかない。しかも、十二日には幕府の諸臣を集めて説得せねばならぬ。実のところは六日なのだ。時がない。加えて、諸藩を説得し、内諾《ないだく》を取るために、まだやらねばならぬことが数多く残っている。その間に誰がこのような事を起こしたかを調べなければならない。二人に来てもらったのはそのためである」

「では、わしが薩摩藩邸に参りましょう」

龍馬が素早く立ち上がった。その拍子に襟《えり》から白い雲脂《ふけ》がこぼれ落ちた。

「西郷さんに事情を聞くのはわしに任せてもらいます。そちらの人斬りの大将には他を当たってもらわねばなりますまい。功を焦った会津の者のしたことかもしれませぬ」

「何を言いやがる」袴《はかま》の裾《すそ》を払って土方も立った。「考えてみろ、我ら徳川《とくせん》の武士にとって慶喜様は主君。そのような不忠《ふちゆう》を働く者がいるはずもない。ましてや闇討ちなど武士のすることか。坂本、おめえの養っている浪人連中の仕業《しわざ》だろう」

まあ座れ、と板倉が手で畳を指した。

「それがわからぬから、お前たちの力が必要なのだ」

命に従わないまま、二人の男が板倉を見下ろした。座れ、ともう一度板倉が言った。

「誰がやったか、我らにもまだわかっておらぬ。確かに土方の申す通り、浪人はもとより薩摩藩も怪しい。しかし長州かもしれず、土佐やもしれぬ」

「土佐っぽのやりそうなこった」土方が吐き捨てた。「汚い真似が得意な奴が揃っているからな」

そうとばかりは言えぬ、と板倉が遮《さえぎ》った。

「会津藩士にも疑いは残る。この複雑な政情では、誰が味方で誰が敵なのか、それすらもわからなくなっているのだ。無論幕臣でさえも信じられるものではない」

「会津の士は短気と聞きますからな」龍馬が腰を下ろした。「将軍様がその地位を降りようとするのなら、反対するかもしれませぬ。短慮《たんりよ》な者がおれば、殺してしまえという話になるやもしれませぬ」

「だからこそ、お前たちには力を合わせてもらわねばならぬ」板倉の声が高くなった。「協力してもらわねばならぬのだ。土方、わかるであろう」

わかりませんな、と立ったまま土方が不機嫌そうに肩を揺すった。

「板倉様、後藤殿は歴《れっき》とした土佐藩士。新選組は不逞《ふてい》の浪人を捕らえるのが職でありますゆえ、後藤殿には手出し致しませぬ。だがこの男は別」

腰を下ろしながら、畳にのの字を書いていた龍馬を指さした。

「坂本、おめえの身分は土佐藩脱藩《だっぱん》の浪人。しかも薩摩藩西郷吉之助、長州藩桂小五郎と手を組み、よからぬ謀《はかりごと》を企んでいることもわかってる。既に手配書も出ているんだ。すぐに不動堂の屯所《とんしょ》まで来てもらおうか」

ばつが悪そうに龍馬が顔を横に向けた。まだわからぬか、と板倉が小さく息を吐いた。

「そのようなことは、大事の前の小事。いま重要なのは、上様を狙撃した者が誰かを一刻も早く探り出すこと。そうでなければ大政奉還の成立は難しくなるのだ」

それは困る、というように龍馬が激しく首を振った。

「無用の戦を起こせば、喜ぶのは英国《えげれす》、仏国《ふらんす》のような異国の者ばかり。そのために考え出した大政奉還ができないとなれば、面倒なことになりますぞ」

そうであろう、と板倉がうなずいた。板倉は龍馬の説得について自信があった。

大政奉還策の創案者である龍馬にとって好ましい事態ではないことは、よくわかっていた。そこをつけば、龍馬が今回の件について協力してくれるはずだと考えていた。

「そういうことだ。坂本、お前は土方に手を貸してくれるであろうな」

大政奉還のためならやむを得ませんな、と袖《そで》をまくった龍馬が二の腕をぼりぼりと掻いた。土方、と板倉が体の向きを変えた。

「お前の職務はわかっている。坂本を取り調べたければそれもいい。だが、それはあくまでも上様を殺《あや》め奉《たてまつ》ろうとした者を見つけてからにしてもらう。今はそれが何よりも優先される。その後ならば何も言うつもりはない。だが、それまではこの男と共に動いてもらうぞ。新選組の役目は京都守護。将軍狙撃がいったいどのような混乱を招くか、考えてみるがよい」

「こんな男の手助けはいりませぬ。我ら新選組、独力で下手人を見つけだしてみせまする」

時がないのだ、と喘《あえ》ぐように板倉が繰り返した。

「聞け、土方。仮に倒幕派の誰かが事件を起こしたと考えてみよ。どうやってその者を捜し当てるつもりか。お前も彼らの隠れ家《が》のすべてを知っているわけではなかろう。いや、もちろんそのいくつかは知っておるやもしれぬ。だがこれだけの大事を企む者が、新選組の知っているような場所に隠れているはずもない。坂本ならば、そのいくつかを知ってもおろう。坂本も同じよ。佐幕派の誰かがやったとして、どうやってその者に近づくつもりか。土方ならばそれができる。それゆえ、二人にはどうしても協力してもらわなければならぬのだ」

息継ぎもせずにまくしたてた。何度か手を握りしめていた土方が、不承《ふしょう》不承《ぶしょう》うなずいた。

「……確かに、左様かもしれませぬな。新選組の総力を挙げれば、必ずや下手人を捜し出すこともできましょう。しかしそれでは京の治安を護るという本来の職がおろそかになる」

さもあろう、と永井がうなずいた。二日だ、と板倉が指を二本立てた。

「土方、そして坂本も聞け。確かに上様は大政奉還策を用いられるおつもり。繰り返すようだが、そのためにはさまざまな調整が必要となる。幕閣や会津はもちろん、西国諸藩とも事前に話をつけておかねばならぬ。そのためには時がいる。明後日のこの刻限までに、必ず上様を狙った者を捕らえよ。二度とこのようなことが起きないという保証がなければ、大政奉還などできるものではない」

二日だ、ともう一度言った板倉に目をやっていた龍馬が、不意に庭を指さした。秋の陽が二条城の広大な庭に影を落としていた。

「つまり、明後日の日暮れまでに捜し出せということですか」

「そういうことだ」板倉が月代《さかやき》を撫《な》でた。「必ずだぞ」

「龍《りゅう》の字、どうだ」

後藤が尋ねた。やってみるかの、と龍馬が答えた。

「土方さん、あんたはどがい思うちょるんかいの」

何の因果《いんが》でしょうな、と土方が皮肉な笑《え》みを漏らした。

「我らが捜し続けていたお尋ね者と共に、上様を狙った不逞《ふてい》の輩《やから》を捜さねばならぬとは」

端正な顔を歪《ゆが》めた。こっちもじゃ、と龍馬がつぶやいた。

「常ならば逃げまわらねばならぬ、鬼より怖《こわ》い新選組副長と一緒では片時も安心できぬ」

いいか、土方、と板倉が釘を刺すように言った。

「大政奉還が朝廷に受理されるまで、この坂本龍馬に手出しはならぬ。下手人を捕らえることが何よりも先決。よいな」

いいでしょう、と土方が立ち上がった。

「ただし、その時が来れば、必ずこの男を斬ります る。よろしいでしょうな。それと坂本、この件に関してはおれの下知《げち》に従ってもらうぜ。浪人風情《ふぜい》より、あくまでも新選組の立場の方が上なのは言うまでもねえだろう」

それで構わなければ、お引き受け致します、と板倉に向かって言った。よいか、坂本、と板倉が尋ねた。

土方歳三がそう言うであろうことは、板倉の計算に入っていた。問題はこれを坂本龍馬が呑《の》むかどうかだったが、それは杞憂《きゆう》だった。

「よろしゅうござるよ」あっさりと龍馬が答えた。「せいぜい近くで新選組のやり口を見せていただくことにしますかな。手口がわかれば、これから逃げるのも容易《たやす》くなるかもしれませぬゆえ」

「逃がしゃしねえよ」土方が婉然《えんぜん》と微笑んだ。「おめえみてえな男を逃がしたとあっちゃ、新選組の名がすたるってもんだ。さっさと終わらせて、その後ゆっくりと片をつけさせてもらうことにするぜ」

「おっかない人だ」

感情の籠もらない声で、龍馬が言った。

第二章　薩摩藩邸

一

立ち上がった永井が、渡すものがあると龍馬《りようま》と後藤を差し招いた。黒書院《くろしよいん》を三人が立ち去っていくのを確かめてから、土方《ひじかた》が向き直った。

「……渡すものとは何でございましょう」

尋ねられた板倉が、金子《きんす》である、と答えた。

「あと二日のうちに、必ず上様《うえさま》を殺《あや》め奉《たてまつ》ろうとした者を捕らえねばならぬ。そのためには金も必要になるであろう。二人を見比べたところ、坂本の方が金を扱い慣れているようなのでな」

あれぁ質屋の倅《せがれ》ですからな、と蔑《さげす》むような表情で土方が答えた。それはいい、と板倉が骸骨《がいこつ》のようにこけた頰をかすかに動かした。

「実は別の話がある……内密にしてもらわねばならぬ」

口から独特の臭気《しゅうき》が漂《ただよ》って、土方が顔を背《そむ》けた。構わずに板倉は話を続けた。

「一昨日、上様を狙った不逞《ふてい》の輩《やから》が出たのは話した通り……問題は、下手人《げしゅにん》がいったい誰なのかということだが……」

どう思うか、と目だけで尋ねた。薩長《さっちょう》、と迷うことなく土方が即答した。そうであろうな、と痩《や》せた顔の中でそこだけが空《うつ》ろな暗渠《あんきょ》のようになっている目が鋭く光った。

「坂本のような浪人風情《ふぜい》にはわからぬ話だが、我ら幕臣、そして会津《あいづ》・桑名《くわな》を含め徳川《とくせん》ゆかりの者なら皆同じ。上様に矢を向ける者など、いるはずもない。先に坂本に述べたのは、あくまでも建前。必ずや下手人は薩長、あるいは勤皇《きんのう》の浪士」

「言うまでもございませぬ」

「必ずや捜し出せ。ただし……殺してはならぬ。わかっておろうな」

無言のままの土方の前で、ゆっくりと板倉が首を振った。

「殺すのはいつでもできる。問題は、誰がその者を操《あやつ》っていたのか、それこそが要《かなめ》である。わかるな」

庭に目を向けていた土方の唇から、取引ですか、という低い声が漏れた。そうよ、と板倉が暗い微笑を浮かべた。

「さすがに察しが良いな。今の政局を収拾するための策は、大政奉還《たいせいほうかん》以外にない……薩長の重臣どもも、それはわかっているのだ。だが、下々《しもじも》までその政治的な意味合いは伝わっておらぬ。そこを狙って扇動《せんどう》した者がおったのだろう。ただ下手人を斬ればよいというものではないこと、これでわかったであろうな。その者を生きたまま捕らえ、背後に誰がいるのかを吐《は》かせることが肝要《かんよう》。それによって、今後の交渉を有利に運ぶのが我らの狙い」

大政奉還が無事に終わったとしても、それですべてが済むというわけではない。薩長を中心とする新政府は、旧幕府に対してさまざまな要求をつきつけてくるであろう。

既に板倉はその先を読んでいた。新政府は徳川慶喜《よしのぶ》の処刑、幕閣たちの処分、旗本、御家人などの身分剝奪《はくだつ》、幕府直轄地の返還など、あらゆる命令を下してくるはずである。それに対し、今回の将軍暗殺未遂事件をひとつの材料として板倉は交渉を進めていく腹づもりだった。

「難しいことは抜きに致しまして」土方が顔を上げた。「要は、下手人を捕らえてここまで連れてくればよろしいのでございますな」

そういうことになる、と苦《にが》い表情を浮かべたまま板倉がうなずいた。体中から血の匂いがする目の前の男と、黒書院に二人きりで籠《こ》もっていることが、たまらなく不快になっていた。文官である板倉は、本能的な嫌悪を土方に対し抱《いだ》いていた。

「もうひとつある……万が一ではあるが、佐幕《さばく》側に下手人がいるということもあり得ぬわけではない……先にも申した通り、会桑《かいそう》の下級武士の中には、上様を殺めてでも徳川の家を守るべしと激語する者までいるという。一歩進んで、上様を殺めることこそ、徳川家のためだと断じる者さえも出てきている始末」

馬鹿共が、と吐き捨てた板倉が、荒くなっていた息を整えた。

「会桑だけでなく、幕臣の中にも、無論のことながらその手の者はいるだろう。薩《さつ》摩《ま》藩西郷吉之助《きちのすけ》との会談を聞きつけ、非常の策に訴えようとした者もおるかもしれぬ……もし、そうなら」

「もし、そうだとしたら？」

視線を外《はず》したまま尋ねた土方に、斬れ、と唇だけで板倉が言った。

「その事実がもし薩長方に露見したら、どれほど事態が混乱するか、考えるまでもあるまい。何もなかったことにするためには、斬るしかないのだ」

「坂本が邪魔立てしたら、いかが致しましょう」

その時は、と目を伏せたまま板倉が躊躇《ちゅうちょ》なく命じた。

「坂本も斬れ。所詮《しょせん》、あの男は土佐《とさ》藩浪人。守ってくれる後ろ盾《だて》もなく、斬ったところでどこからも文句の出る筋合いはない……何かあった時には、あの男を蜥蜴《とかげ》の尻尾《しっぽ》にするしかないのだ。斬り捨てるしかあるまい」

ただし、あの男は役に立つ、と両手を広げた。

「軍艦操練所頭取の勝海舟《かいしゅう》は存じておろうな」

名前だけは、と土方が答えた。新選組は京都治安警護のための警察機関であり、海軍と直接の関係はない。とはいえ、高名な勝海舟の名前は当然のことながら聞き及んでいた。

「坂本とは、勝の紹介で何度か会い、話をしたこともある……幕府方に知人が多く、また薩長にも顔が利《き》くという点で、天下広しといえどもあの男に勝《まさ》る者はおるまい。下手人探索に当たり、あれほど利用し甲斐《がい》のある者はおらぬ。精々《せいぜい》うまく使って、薩長の要人と会うように努めるのだ。それもまた新選組の職務であろう」

これを、と懐《ふところ》から二つ折りの和紙を取り出して畳に置いた。開いてみると、七梅屋、と記されていた。

「七梅屋……竹屋町通りの安宿でしたな」

土方がつぶやいた。新選組隊士は日々の務めとして、京の町を巡回している。土方もその列に加わっており、知らない場所、あるいは建物、商家などはひとつもないと言っていい。

七梅屋は商人宿で、ある程度以上の階級にある武士ならば泊まることはない。逆に言えば、だからこそ板倉はこの宿を選んだのであろう。

「そこに部屋を取った。金や衣服も用意してある。坂本もすぐそこへ向かうはずだ。後はお前たちに任せる。必ずや上様を狙った下手人を捜し出し、捕らえるのだ。よいな」

袴《はかま》の裾《すそ》をはらって板倉が立ち上がった。あまりきれいな仕事ではありませぬな、とつぶやいた土方が、和紙をきれいに折り畳んで自分の懐にしまった。

二

永井が黒書院に戻ってきた時には、陽《ひ》はとっぷりと暮れていた。既《すで》に土方は二条城を出ている。それは龍馬も同じだった。

「板倉様」

正座したまま永井が顔を上げた。庭先からは虫の鳴くか細い声が聞こえてくる。

言うな、というように板倉が首を振ったが、おそれながら、と永井は言葉を続けた。

「今日のこと……あのような無頼《ぶらい》の二人に任せてよろしかったのでございましょうか」

今さら、というように板倉が顔をしかめた。新選組土方歳三《としぞう》、海援隊坂本龍馬に下手人探索をさせてはいかがなりやと進言したのは永井本人である。

提案した永井もそれはよくわかっていたが、京の町において有数の剣客である二人を目の当たりにして、胸中に複雑な思いが宿っていた。

新選組はもともと京都守護職会津藩松平容保《かたもり》預かりであり、今でこそ幕臣に取り立てられているが、元はと言えば浪士集団に過ぎない。庄内《しょうない》藩郷士清河《きよかわ》八郎の献策により彼らが京に集められた経緯からいっても、あくまで浪士結社であった。

局長を務める近藤勇《いさみ》をはじめ、隊士の多くが農民上がりで身分など無きに等しい。土方もまた、その出自は武州《ぶしゅう》多摩の薬売りである。

隊の中核を成しているのは天然理心流《てんねんりしんりゅう》という田舎剣法の剣客たちであり、その他の隊士たちもほぼすべてが浪人身分であった。

坂本龍馬は歴《れっき》とした土佐藩士だが、現在は脱藩して浪人の身である。土佐藩は身分制度が複雑な藩で、龍馬はその中でも郷士と呼ばれる下士《かし》身分の出身だった。しかも元はと言えば質屋で、郷士株を買って士分《しぶん》になっている。正式な意味で武士とはいえなかった。

二人とも身分は低い。彼らには武士としての常識がない、というのが永井の胸中《きょうちゅう》にある漠《ばく》とした不安だった。

所詮は野良犬であり、何をするのかわからない。武士階級の常識が通用しない、ということだけは確かだった。

「やむを得ぬ」板倉が手元の湯呑みを引き寄せた。「大政奉還は既に幕府の大方針。すべてはそこに向かって動き始めている。明後日までに上様を殺めようとした者を捕らえ、その背後にいる者を突き止めねばならぬ。そのためにはあの二人を使うしかないのだ」

板倉の意見が正しいことは、同じく官僚である永井もよくわかっていた。この時期、京都の治安を護《まも》っていたのは幕臣でも会津藩士でもなく、新選組である。

近藤、土方によって組織された新選組は、会津藩の後ろ盾を得た上で、巨大な警察機構として京の町に君臨していた。例えば見廻組《みまわりぐみ》と比較しても、その探査能力は抜群に高いと考えられていた。将軍暗殺未遂事件を調べるに当たり、新選組以上に相応《ふさわ》しい組織はないだろう。

新選組には監察方《かんさつかた》と呼ばれる部署があり、武装蜂起を計画していた浪士集団を捕らえた池田屋事件で名を挙げた山崎烝《すすむ》などが籍を置いていた。あるいは国事探偵《こくじたんてい》方《かた》という部署もあり、日頃より浪士の探索を職務にしている。その意味でも、幕府方で新選組より浪士の動向について詳しい組織はない。

ただし、新選組自体はこの時期極端な人員不足に陥《おちい》っていた。度重《たびかさ》なる不逞浪士との戦いで死亡、あるいは負傷して戦線を離脱した者も少なくない。

内部粛清《しゅくせい》によって処刑された者もいれば、この年の三月に伊東甲子太郎《かしたろう》、藤堂《とうどう》平助《へいすけ》ら十三名が分派離脱するなど、隊としての人数が減っていたのである。土方が江戸へ戻っていたのは、新隊士徴集《ちょうしゅう》のためだった。

怒濤《どとう》のような勢いで、時勢が変転しつつある。ひとつ間違えば明日にでも幕府と薩長の間で戦《いくさ》が起きかねない状況だった。

京を護るための兵力を確保するため、幕府方が躍起《やっき》になっていたこの時期、最も戦闘能力が高いとされる新選組を暗殺犯捜索のために振り当てる余裕など、老中《ろうじゅう》である板倉、若年寄《わかどしより》である永井を含め幕閣《ばっかく》にはなかった。

「新選組全員を使うわけにはいかぬ」茶をひと口すすった板倉が言った。「監察方も役には立つであろうが、薩長の重臣たちが相手とあらば話は別。身分が違い過ぎる。かといって、まさか近藤にその任を負わせるわけにもいくまい。土方を呼び戻す以外ない、という永井の意見はもっともであろう」

この年の六月、新選組隊士は全員が幕臣に取り立てられていた。基本的に見廻組と同格の扱いとされ、例えば局長近藤勇は見廻組与頭格《くみがしらかく》、将軍への拝謁《はいえつ》が許される御目見得《おめみえ》以上という身分になった。土方は一段落ちるものの見廻組肝煎格《きもいりかく》で、これもまた堂々たる士分である。

監察方は見廻組格で、二人と比べればやはり身分は低い。薩長の重臣と会うことができるのは、近藤を除けば土方しかいなかった。

このような理由もあり、板倉たちは江戸に帰っていた土方を呼び戻し、下手人の探索を命じることを決めた。幕臣である以上、新選組副長といえども組織上は幕閣の下に位置する。土方としても、板倉の命令には従うしかなかった。

そのために永井は幕府軍艦回天《かいてん》を江戸まで回航させ、土方を急遽《きゅうきょ》京まで呼び戻したのである。強引ではあったが、取るべき手段は他になかった。

「坂本も同じよ」板倉が湯呑みを置いた。「知っての通り、大政奉還はあの法螺吹《ほらふ》きの口から出た案。あの男も我らと同じく、大政奉還に命を懸けているといっていい」

坂本龍馬がどのような思案によって大政奉還という策を思いついたのかは定かでない。ひとつには薩長の独走を牽制《けんせい》するという意味合いもあったのだろうし、またこの策によって土佐藩の存在を重くするという狙いもあったと考えられる。

いずれにしても、大政奉還は劇薬に似た作用があった。佐幕《さばく》方にとっては二百六十年続いた徳川政権が終わりを告げることとなり、心情的に受け入れがたいものがあるのも事実である。

ただし、政権という厄介《やっかい》な荷を返上してしまえば、八万騎と言われる旗本御家《はたもとごけ》人《にん》、譜代《ふだい》大名などを含め、巨大な野党として今後も政局に大きな影響力を保持することができるであろう。板倉、永井共に、大政奉還後の狙いはそこにあった。

逆に勤皇方としては、当初からの目的であった政権奪取が可能になる。しかし、現実に新政権を打ち立てるためには、幕府、つまり徳川家を武力によって倒さなければならないが、幕府の側から大政を奉還されてしまえば、その大義名分が消えうせてしまうことを意味していた。薩長の指導者たちの多くが、事態を混乱させるという理由で大政奉還に反対していたのは当然だった。

ただし、龍馬の考えの根底には、避けられるものであるならば内乱を避けたい、という想いがあった。師である勝海舟を通じ、海外事情に詳しかった龍馬は、内乱が起きれば得をするのがイギリス、フランスなど諸外国であることを知っていた。

その意味で、龍馬にとって大政奉還は幕府、勤皇いずれの側のためのものでもない。日本という国家のために考え出された案だったが、板倉にも永井にも、それは関係のない話だった。

「あの男は勤皇方に顔が利く。薩長の懐に飛び込んで、腹を割って話し合えるのはあの者だけであろう。使いでのある男よ」

心配は無用だ、と板倉が首を振った。

「ですが……何か起きた時には……」

永井が懸念しているのは、土方も龍馬も共に尋常ならざる剣士であるということだった。土方は天然理心流という流派で中極意目録《ちゅうごくいもくろく》までしか取得していないが、実戦での強さを知らぬ者はいなかった。

鬼の副長という異名《いみょう》は伊達《だて》ではない。道場ではともかく、真剣での斬り合いということになれば、局長近藤勇より数段上だろうというのが衆目《しゅうもく》の一致するところだった。

龍馬については言うまでもない。北辰一刀流《ほくしんいっとうりゅう》剣術開祖千葉周作の弟の千葉定吉《さだきち》道場で塾頭を務め、免許皆伝《かいでん》を得ている。

安政五年（一八五八）に行われた桃井春蔵《もものいしゅんぞう》の士学館での剣術試合においては、勝ち抜き戦で連戦連勝だった桂小五郎《かつらこごろう》と立ち合い、見事に破っていた。実際に人斬りをしたことこそなかったが、京における最強の剣士の一人と言っていいだろう。

この二人が連れ立って将軍暗殺未遂犯を捜し始めれば、何が起きるかわからない。佐幕、勤皇を問わず、問題が起きた場合その責任は探索を命じた板倉と自分に降りかかってくるだろう、というのが永井の不安の種だった。

「それはあり得ぬ」

板倉が表情を殺したまま横を向いた。視線の先に夜空がある。満天の星が瞬《またた》いていた。しかし、と問いかけた永井に、あり得ぬのだ、と繰り返した。

「何が起きたとしても、我らには係わりのないこと。所詮、俄《にわか》幕臣と土佐浪士。我らの命《めい》によって動いていると言ったところで、誰も信じる者はおらぬ。我らが否定すればそれで済む話」

冷酷な声音《こわね》だった。下手人を捕らえればそれでよし、何か問題を起こしたとしても、その時は見捨てるだけだと宣言したも同然だった。

「あれらは犬なのだ。我らの猟犬に過ぎぬ……間違いが起きた時に飼い犬を処分するのは当然であろう。そうではないか」

蒼い顔のまま永井がうなずいた。あくまでもここだけの話である、と板倉が言った。

「それにしても、念には念を入れねばならぬ……佐々木を呼べ」

京都見廻組与頭佐々木只三郎《ただざぶろう》のことである。見廻組は幕臣によって結成された、反幕府勢力を取り締まるための組織だった。

新選組が祇園《ぎおん》や三条といった町人町、歓楽街を管轄としていたのに対し、見廻組は主に御所、二条城周辺といった官庁街を管轄としていた。板倉の見方からすれば、野良犬揃いの新選組と比べ筋目《すじめ》の正しい組織と言えるであろう。

「見廻組を使い、下手人を捜させるのだ」

永井が深く頭《こうべ》を垂れた。立ち上がった板倉が、言うであろう、とつぶやいた。

「毒をもって毒を制す、とな。あの二人は毒かもしれぬ。だが、使いようによっては効用もあるであろう……後は任せたぞ」

襖を開いた板倉が、足音を忍ばせるようにして黒書院を後にした。その背中を見送っていた永井が小さく息を吐いた。背中を冷たい汗が伝っていた。

三

七梅屋は見るからに安普請《やすぶしん》の宿屋だった。

貧相な老人に案内されるまま部屋に入ると、饐《す》えたような臭いが漂《ただよ》う中、坂本龍馬が手枕《たまくら》で寝そべっていた。目だけを動かして、食べんね、と紙の器を差し出した。乗っていたのは干菓子《ひがし》である。

「何をしてる」

「菓子じゃ」真面目な顔で龍馬が言った。「外で売ってた。ひとつ一文《もん》じゃが、妙にうまい」

正気か、というように土方が見つめた。干菓子は嫌いじゃったかの、と龍馬が鼻の頭を掻《か》いた。そんなことを言ってるんじゃねえ、と不愉快そうに顔をしかめた。

「おめえはあれか、物を食ってねえと、話もできねえのか。だらだら寝転がってばっかりで」

「口うるさい人じゃなあ」うんざりしたように龍馬が肩を鳴らした。「乙女《おとめ》姉とよう似ちょる」

「誰だ、それぁ。おめえ、それでも武士か」

どうかの、と答えた龍馬の手から紙の器を、土方が叩き落とした。干菓子が畳の上に転がった。

「もったいない」

慌《あわ》てて飛び起きた龍馬が二つの干菓子を一遍に口に入れた。

「そんな子供の菓子を食ってる場合じゃねえだろう。とにかく、上様を狙った下手人を捜さねえと」

「どうやって捜すつもりじゃ」

歯にくっつくの、と龍馬が爪で前歯をせせった。しばらくその顔を見つめていた土方が、なるほどな、とつぶやいて畳の上にどっかりと腰を下ろした。

「……おれぁな、坂本、おめえが嫌いだ。虫唾《むしず》が走るぐれえにな。面《つら》も見たくねえ。さっさとこんなことは終わらせて、おめえを斬りてえぐらいだ。だが、板倉様、永井様のおっしゃりようにも理がないわけじゃねえ。畏《おそ》れ多くも上様が大政を奉還されると決められた以上、新選組としても従わないわけにはいかねえんだ。だから、おめえと組むのも仕方ねえと思ってる」

「わしも同じじゃ」龍馬がうなずいた。「ここまで来れば、この国を救うためにゃ政権を京の天子様《てんし》に譲り渡すしかなかろう。ほいじゃき、わしもわしなりに力を尽くしてきた。今さら将軍を殺されたんでは割が合わん」

「つまり、おれとおめえは、少なくとも今だけは同じ立場ってわけだ」確かめるように言った土方が、膝《ひざ》だけでにじり寄った。「さてそれでだ。腹ぁ割って話そうじゃねえか。おめえ、誰が上様を襲ったのか、心当たりぐらいはあるんだろ?」

「あのな、土方さん」龍馬が呆《あき》れたような顔になった。「あんたの言うちょることもわからんではないが、知っちょったらお城で言うちょる。もうひとつ言えば、誰がやろうとしたにせよ、わしが知っちょったら止めとるじゃろうよ」

横を向いた土方の顔に、信じられるか、と書かれていた。いきなり龍馬が呻《うめ》いた。

「どうした」

「取れた」

爪の先に干菓子のかけらが貼り付いていた。ぴん、と弾《はじ》き飛ばす。おめえは子供か、と半ば呆れたように土方がつぶやいた。

「本当に知らねえのか」

「わかっちょったら、わしが真っ先にそいつのところへ行って文句を言うちょる。

何ちゅう面倒なことをしてくれたんかと。お前のせいでわしゃ鬼より怖《こわ》い人と同じ屋根の下で過ごさなけりゃならんようになったと」

「おめえの言うことは、筋がねえわけじゃねえが」土方が吐き捨てた。「ひとつひとつ癇《かん》に障《さわ》るな」

よく言われる、と龍馬がうなずいた。しばらく二人は黙ったまま互いを見つめた。隣の部屋から薄い壁越しに謡曲を唸る声が流れてきた。

「なかなかええ声じゃな」

「確かに。風流なこった」

ほにほに、と龍馬が答えた。

「その、ほにほにを止《や》めねえか。気が抜ける」

「本当にその通りじゃと言うちょるだけなのに、何で怒られにゃならんのか」

ぶつぶつと口の中でつぶやいた龍馬が、ほんならあんたは誰がやったと思うちょるのか、と尋ねた。薩、と土方が即答した。ほうかの、と龍馬が首を捻《ひね》った。

「そりゃあそうだろうよ。上様と西郷が会談の場を持つと知っていたのは、薩摩藩の連中だけだ。しかも薩摩は藩を挙げて大政奉還に反対してると聞いてるぜ」

ほうじゃのう、と龍馬がため息混じりに腕を組んだ。この時期、倒幕の二大勢力である薩摩と長州は、明確に武力革命を志向していた。

既に公家《くげ》岩倉具視《ともみ》を通じ、朝廷に対し討幕の密勅《みっちょく》を下させるための工作を始めている。龍馬の提案した大政奉還に対しては、薩長共に日和見《ひよりみ》的であるとして批判的な意見が圧倒的だった。

薩長だけではなく、龍馬と同じ土佐藩出身の浪士中岡慎太郎なども、戦の一字を恐れるな、と戒《いまし》めの言葉を述べている。大政奉還策は事態を混乱させるものとして、誰もが反対していると言っていい。

「確かに反対する者も多い。じゃが、わしゃあ西郷と話した。いろいろ理屈はあったじゃろうが、とにかくわしの意見を容《い》れると言った。あれは言葉を違《たが》えるような男ではない。慶喜公との会談まで承知した以上、騙《だま》し討ちなどする必要もないと思うんじゃがの」

「じゃあ、誰がやったって言うんだ」

わからん、と龍馬が首を振った。

「わからんが、あんたの言うちょる通り、大政奉還に反対する連中がやったのは間違いなかろう。そしてあの朝、二人が会うことを知っちょった者。だが、それなら他にもおらんわけではない」

「……それが会津だと言いてえのか」

「会津藩は知っちょったはずじゃ」涼しい顔で龍馬が答えた。「将軍警護のため、会桑《かいそう》の藩士が動員されておったからの。それに、もちろん新選組や見廻組も」

土方が刀に手をやった。張り詰めた空気が部屋に流れた。

「ふざけたことを吐《ぬ》かすんじゃねえ!」

片膝立ちのまま怒鳴《どな》った。あまりの大声に、隣の部屋の謡《うたい》が止まった。違う違う、と大きく両手を振った龍馬が慌てたように飛び下がった。

「わしゃ何もあんたらがやったなどと言うちょりゃせん。ただ、新選組も見廻組も、二人が会うことを知っちょったということを言いたかっただけで――」

「ふざけるな、馬鹿野郎! おめえ、新選組をなめてんのか! そんな馬鹿なこと……」

もういい、と顔を背《そむ》けた。まともに相手をしても意味がないと悟《さと》ったような表情だった。

「おめえとは、真面目に話すだけ損だ」

座り直した土方が胡座《あぐら》をかいた。そこまで言わんでも、と龍馬が頭を掻いた。胡《ご》麻粒《まつぶ》ほどの大きさの雲脂《ふけ》が四方に飛び散った。

「わしゃ大真面目に話しちょるんじゃがの……会談があることを知っていて、なおかつ大政奉還に反対しておったのは、薩長だけじゃないと言うちょるんじゃ」

「おめえは、風呂に入らねえのか」

鼻をつまむようにして、土方が僅《わず》かに後ずさった。諸事、きれい好きな男である。

「何を言うちょるか……わしゃ、風呂好きで通っちょるんぞ。三日に一度は必ず入る。いやまあ、ここのところ忙しくて」ひいふうみい、と指を折った。「十日ほど入っちょらんかもしれんが」

「もういい」土方が袴の裾をはらって立ち上がった。「行くぞ」

「どこへ」

「二本松の薩摩藩邸だ。そこへ行って、西郷に直接話を聞かしてもらおうじゃねえか。そのために、おれぁおめえと組んでるんだからな」

「ええじゃろ」龍馬もゆっくりと腰を上げた。「とりあえず、薩摩藩邸へ行くっちゅうのもええかもしれん。そしたら、も少し詳しいこともわかるかもしれんしの」

西郷はいるのか、と土方が尋ねた。いる、と龍馬がうなずいた。

この時期、各藩の有力者たちの動向を把握していた人物として、坂本龍馬の右に出る者はいなかった。

遅い時間だが、何とかなるだろう、と土方が襖を開けた。待っちょくれ、と情けない声で龍馬が言った。

「どうした」

「わしゃ鳥目での……夜は見えんのじゃ」

ゆっくり行ってくれんか、と頼んだ。知るか、と吐き捨てた土方が早足《はやあし》で歩き始めた。

四

薩摩藩二本松藩邸は禁裏《きんり》裏の相国寺《しょうこくじ》近くにある。二人がいた七梅屋は竹屋町通りと新町通りが交叉する辺りだから、決して遠くない距離だった。というより、むしろ近いと言うべきだろう。

二人は新町通りを北へ上がっていった。丸太町通りに京都守護職邸がある。そこから右に折れれば丸亀京極《きょうごく》屋敷、そして禁裏周辺には公家屋敷が立ち並んでいた。

「室町通りから左へ入ろう」土方が指図した。「そのまま上がっていけばいい」

「あんた は道に詳しいの」

　土方が京の町を熟知しているのは、それが職務だからである。だが、それを説明しても、意味がないだろう。黙々と歩を進めた。

　土方は五尺五寸（一メートル六十六センチ）、龍馬は五尺八寸（一メートル七十五センチ）の長身である。二人とも、足は早い。

　丸亀京極屋敷を目の前にして左に折れると、左側に京都守護職邸があった。右手に見えるのは梅渓《うめたに》家の屋敷である。

　夜は既に更《ふ》けていた。戌《いぬ》の刻《こく》五つ半（午後九時）近い。七梅屋で借りた提灯《ちょうちん》を持っていたが、その灯《あか》りだけが頼りだった。

「わしは鳥目じゃき」よう見えん、と龍馬が言った。「それにしても、公家屋敷がたくさん並んじょるの」

「京ってのは、そういう町だろう」

　素《そ》っ気《け》無く土方が言葉を返した。そりゃそうじゃとうなずいた龍馬が、ところで、と顔を向けた。

「土方さん、あんた大政奉還について、どう思っちょるんじゃ」

　答えはなかった。どう思っちょるんかいの、と龍馬が独り言のように問いを重ねた。

「知らん」

「興味がないっちゅうことか」

まあそうだ、というように歩きながら土方が顎《あご》を撫《な》でた。

「おれの頭はな、そういうことに巡《まわ》らねえんだ。そんなことを考える暇があったら、新選組のことを考える」

「ほうかの」

「大政奉還がどうとかってのは、おれが考えることじゃねえだろう。人にはそれぞれ立場ってものがある。おれの立場は新選組をいかに強くするか、それだけだ。政《まつりごと》なんか関係ねえ」

そりゃわかりやすいのう、と龍馬が言った。嘉陽宮《かやのみや》、八条家を横目に見て、出水《でみず》通りを越えたところである。

そのまままっすぐ進めば下長者町《しもちょうじゃ》通り、中長者町通り、上《かみ》長者町通りを抜け、一条通りにぶつかることになる。

「じゃが、それではこの先が見えんじゃろ」

「先？」

先じゃ、と足を止めた龍馬が闇を透かすようにして前を見つめた。

「この国の先よ。なあ土方さん、あんたの言う通り、人にはそれぞれ立場がある。あんたにはあんたの立場があるじゃろ。最後まで幕府を護ろうっちゅう覚悟もわかるつもりじゃ。じゃが、どちらにせよ世の中は変わるぞ」

立ち止まった土方が、ふむ、と大きく鼻から息を吐いた。構わず龍馬が話し続けた。

「徳川家康っちゅうのは、偉いお人じゃ。幕藩体制を作り上げたのはもう二百六十年も昔のことじゃが、それが今日まで続いちょるんじゃから、いかにその仕組みがよくできちょったのかわかるというもんじゃ。じゃがのう、さすがにもう通用せんじゃろ。嘉永《かえい》年間に黒船が来んじゃったら、後《あと》百年でも続いちょったかもしれん。ほいじゃが、もう無理よ。体制も何もかんも古び過ぎちょる。どうにもならん」

行くぞ、と土方が提灯を前に出した。うむ、とうなずいた龍馬が歩を進めた。口は閉じない。

「外国の黒船がどんどん来ては、国を開けと迫っちょる。日本は生娘《きむすめ》みたいなもんじゃな。男のことなんぞ何も知らんで育っちょったが、こりゃ口説《くど》かれたら弱い。そりゃ最初は断る。断って断って断り抜いたが、それでも口説かれたら股《また》を開かざるを得ん」

おめえの頭の中では、と土方が振り返った。

「国と女は同じかよ」

たとえ話っちゅうもんじゃ、と龍馬が先を続けた。

「一度股を開いたら、女は弱い。あんたもそれはようわかっちょるじゃろうが」

よく喋《しゃべ》る奴だ、と土方がつぶやいた。武士の心得として、歩きながら話すことは良しとされない。だが龍馬にそれを気にする様子はなかった。

「とうとう下田《しもだ》やら箱館やらを開港した。あの時幕府の命運は尽きとったんじゃ。後はずるずるじゃな。長崎やら新潟やら、どんどん開くしかなくなった。いや、幕府の責任ばかりとも言えん。それが時勢というものなんじゃな。この国は開国するしかなかったんじゃ。何しろ男を知らん生娘じゃからの。一度誰かに股を開けば、別の男にも開く。男の味を覚えた女っちゅうのは、そういうもんじゃ」

龍馬のたとえ話には、頻繁に男女の話が出てくる。慶応元年（一八六五）五月、龍馬は大宰府《だざいふ》を訪れ、三条実美《さねとみ》たち五名の公家に薩長連合の必要性を説いたが、この時も盛んに薩長を男女にたとえた。同席していた公家たちが三条も含め畳の上を笑い転げたという話は、土方も噂《うわさ》に聞いていた。

「生娘のうちはともかく、そうなってしもうたら仕方がない。祝言《しゅうげん》も挙げにゃならんだろうし、その後どうやってうまくやっていくかも考えにゃいけん。じゃが、もう幕府にその力はない。あんただって、それはわかっちょろうが」

「朝廷にならあると言いてえのか」

土方が右斜め前に目をやった。禁裏である。うんにゃ、と龍馬が首を振った。

「お公家さんには、もっと無理じゃな。とはいえ、幕府にそれができんちゅうのなら、帝《みかど》に話を持っていくしかないじゃろ。ありゃ神様じゃからな。実務はわしらがやればよい。わしゃあな、土方さん、それが薩長でなきゃならんなどと言うたことはないぞ。誰でもええんじゃ。国中から有為《ゆうい》な人材をかき集めて、国を挙げて新しい仕組みを作らにゃいかんと思うちょる。その中に幕臣がおってもいいし、何なら慶喜公がいてもいい。もちろん、公家でも構わん。薩長や会津の者でもええ。時代が変わるんじゃ。今までのようなやり方ではやっていけん。そのためには、まず幕府が大政を奉還せにゃいかんのよ」

「おめえは、そんなことを説《と》いて回ってんのか」

そうじゃ、と真面目な顔で龍馬がうなずいた。乱臣賊子《らんしんぞくし》だな、と暗い声で土方が言った。

「そんな話が通るかよ」

「通さにゃいかんのじゃ。土方さん、幕府はようやった。この二百六十年、国に戦がなかったことひとつ取っても、立派に務めを果たしたっちゅうことよ。わしゃあな、ここに家康公がおったら何ぼでも誉《ほ》めちゃろうと思うちょる。あんたはようやった。たいしたもんじゃとな。じゃが、もう無理よ。家康公の威光が通じるのもこまでじゃ。今までのやり方じゃどうにもならん。ほいじゃからわしゃ……」

「おめえ、何が言いてえんだ」訝《いぶか》しげに土方が首を曲げた。「まさか、おれを説いておめえの仲間に引きずりこもうってんじゃねえだろうな」

「引きずりこみたいのう」龍馬が大口を開けて笑った。「わしの見るところ、あんたも新しい国を作るためには役に立つ。役に立つ者はみんな引きずりこみたいんじゃ」

馬鹿が、と土方がそっぽを向いた。

「おれぁな、おめえの新しい国に興味なんざねえんだ。何が大事って、新選組よ。それ以上のものはねえ」

今出川《いまでがわ》通りを右に折れると、巨大な寺の門があった。相国寺《しょうこくじ》である。足利将軍家ゆかりの禅寺であり、京都五山の第二位に列せられるほど有名な寺だった。また五山文学の中心としても知られ、画僧周文《しゅうぶん》や雪舟《せっしゅう》もこの寺の出身である。

相国寺の向かいには公家屋敷が立ち並んでいる。竹内家、徳大寺家、藤谷家、冷《れい》泉《ぜい》家、と土方はその順番まで覚えていた。

薩摩藩二本松藩邸、薩摩島津屋敷は相国寺と公家屋敷に挟まれた場所にあった。

そのまま二人が進むと、木戸の辺りで立ち番をしている男の姿が見えた。痩身《そうしん》だが、背が高い。近づいてくる二人の侍に、持っていた提灯を高く掲げ、誰か、と誰《すい》何《か》した。

「わしじゃ、土佐の坂本じゃ。あんたこそ誰ね」

「坂本《さかもと》サンな?」

長身の男が薩摩藩の紋所の入った提灯を降ろした。おお、わしじゃ、と龍馬が答えた。

「その声は半次郎どんか」

「そうでごわす」

僅かに歩を緩《ゆる》めた土方が、油断なく身構えた。中村半次郎、人斬り半次郎の名は京都でもつとに有名である。独特の愛嬌《あいきょう》ある性格は他藩の士にまで愛されていたが、ひとたび剣をふるえば薩摩示現流《じげんりゅう》の使い手として、右に出る者はいなかった。

「どげんしたとですか、坂本サン。こぎゃん遅《おそ》うに」

戌の刻、宵《よい》の五つ半である。他藩の、しかも西郷ほどの重要人物を訪問するには、遅過ぎる時刻といっていい。

「すまんすまん。すまんが、どうしてもあん人の顔を見たくなっての」

龍馬が胴回りに手を当てた。肥大漢《ひだいかん》である西郷吉之助の意味である。

「遅いのはわかっちょったが、許してくれんか。ところで、あん人はここにおるかの」

「おりもすが、起きとっかどうか」半次郎が首を傾《かし》げた。「あん人バ、早く寝ますからの」

「知っちょる。そこを何とかしてくれんかの。どげんしてでも、話したかこつあるばい」

龍馬が下手な薩摩言葉を使った。苦笑した半次郎が、取り次ぐだけは取り次ぎもすが、と後ろにいた土方に目をやった。

「坂本サン、そちらの人は誰ね」

「何、土佐藩の小者《こもの》じゃ」涼しい顔で龍馬が答えた。「あんたも知っちょるじゃろ、土方楠左衛門《くすざえもん》の遠い親戚でな。土佐から出てきたばかりの田舎者じゃで、言葉がわしのようにうもうない。無愛想なのは生まれつきじゃから勘弁してくれんか」

そうでごわすか、とうなずいた半次郎が、しばらく待ってたもんせと言い残して屋敷の中へ入っていった。坂本、と低い声で土方がつぶやいた。

「小者ってのはどういうことだ」

怒りで声が震えていた。

「そうでも言わにゃ、入れてくれんじゃろが」龍馬も小声で答えた。「ほんなら新選組の土方歳三と名乗りを上げるか」

新選組は浪士取り締まりがその主要な任である。中村半次郎は薩摩藩士であるため、その対象ではない。

幕末期を通じ、同じ勤皇藩でも薩摩は長州と違い、幕府とも良好な関係を築き上げていた。従って新選組にとって敵とはいえない。

とはいえ、急速に倒幕へと藩論を傾けている薩摩藩士の中でも過激派として知られる中村半次郎が、相手を新選組副長土方歳三と知れば、何が起きるかわからなかった。

「相手は人斬り半次郎ぞ。薩摩屋敷の門前で血の雨を降らせるわけにもいかんじゃろが」

龍馬の声も震えていた。ただし、怒りからではない。笑いを堪《こら》えているのである。

「それから土方さん、あんた西郷と会ったからちゅうて、いきなり斬りつけたりせんようにな。相手は薩摩の大立者《おおだてもの》じゃぞ」

唇を噛《か》み締めていた土方が、馬鹿にしやがって、と足元の小石を思いきり蹴り上げた。

「坂本、あんまりなめた真似をしやがると――」

いきなり木戸が開いて、中村半次郎が首だけをのぞかせた。

「坂本サン、西郷《せご》どんな、まだ起きておりもした。おはんが来たと伝えたら、すぐ通せと」

すまんの、と片手を挙げて拝んだ龍馬が、一緒でええか、と背中を指さした。もちろんでごわす、と半次郎がうなずいた。

「坂本サンのお供じゃっちゅうなら、どうぞお入りなんせ」

ほいじゃあそうさせてもらおうかの、と龍馬が潜《くぐ》り戸を抜けて中に入った。夜目にもわかるほど顔をこわばらせた土方が、その後に続いた。

五

西郷吉之助の行儀の良さはよく知られている。宵五つ半という時刻、突然の来客にもかかわらず、西郷はきちんと衣服をつけ、正座したまま龍馬を出迎えた。寝具が狭い部屋の隅にきちんと寄せられていた。

「すまんの、西郷さん、夜遅くに」

対照的に龍馬は座るなり足を崩して胡座をかいた。土方は小者という立場を踏まえ、その後ろで正座しているしかなかった。

すまんすまん、と龍馬が繰り返した。いえ、と西郷がかすかに首を振った。吸い込まれそうに大きな瞳《ひとみ》で目の前の龍馬を見つめている。

盆に湯呑みを載せた半次郎が、不調法《ぶちょうほう》でごわすが、と断りを入れながらそれぞれの前に茶を置いた。

「何しろ、この屋敷には女子《おなご》がおりもうはん。いつもなら若い者がおるが、あいにく出払っておりもして、おいどんがいれることに相成《あいな》り申した。とりあえず、体をぬくめるだけのもんじゃっどん、遠慮はいりもうはん。どうぞどうぞ」

すまんのう、と頭を下げた龍馬が湯呑みに口をつけたが、熱い、という声と共に茶を噴き散らかした。

「いや、確かに温まりますな。ほんにすまんの、面倒をかけて」

龍馬の愛嬌は天性《てんせい》のものである。出されたのは、手間のかかったものではなく、有り体《てい》にいえばただの煎茶《せんちゃ》に過ぎない。

にもかかわらず、まるで茶の湯の名人にいれてもらったかのように喜び、すぐに飲んでそれを噴き出すという諧謔《かいぎゃく》は、計算してできるものではなかった。しかもその合間には過剰なまでに礼を繰り返し、それを厭味《いやみ》に感じさせない辺りは一種の芸とすら言えただろう。

「ほいでの、西郷さんよ」

いきなり龍馬が本題に入った。間合いの計り方は、おそらく剣術修行の過程で身につけたものであろう。

「あんた、一昨日徳川将軍と会うことになっちょったそうじゃの」

ハイ、と黒曜石《こくようせき》のような瞳をまっすぐ龍馬に向けた西郷がうなずいた。じゃっどん、と横から半次郎が口を挟んだ。

「幕府のもんが、いきなり使いバ出してきて、中止じゃち言う。朝も朝、夜明け前んことで、そげんこつ言われても今さら受けれんち言いよったが、とにかく止めじゃと押し切りおって、幕府は何バ考えよるかと――」

「将軍がここへ来る途中、撃たれたんは聞いちょるじゃろうな」

無造作《むぞうさ》に龍馬が言った。ほんなこつ、と言いかけた半次郎が事態の容易ならざることに気づいて口を閉じた。ハイ、とまた西郷がゆっくり大きな頭を下げた。

「小松《こまつ》どんと拙者《せっしゃ》しか、そのこつは知りもうはん」

小松というのは、薩摩藩重臣小松帯刀《たてわき》のことである。国元にいる大久保一蔵《いちぞう》を含め、この三人が事実上薩摩藩の指導者だった。

「半次郎どんなぁ、聞かんかったことにしてたもんせ」

西郷の言葉に、半次郎が畳に頭をこすりつけるような勢いでうなずいた。実はの、とその様子に目をやりながら龍馬が口を開いた。

「わしゃ、老中の板倉様の命で、将軍を狙った者を捜しちょる。いや、言われんでもそうしちょったじゃろうな。わしもわしなりに覚悟を決めて大政奉還を言い出した。わしの覚悟なんぞ屁《へ》のようなものかもしれんが、屁は屁なりに必死じゃ。今ここで将軍を殺させるわけにゃいかんきに。西郷さんにとっては、それこそ屁の突っ張りにもならん話かもしれんがの」

下世話《げせわ》な風《ふう》を装いながらも、龍馬の声はさすがに緊張していた。

「西郷さん、ひとつだけ腹を割って教えてくれんか。あんたがそんなことをするようなお人でないのは、わしが一番ようわかっちょる。あんたは信義の人じゃ。わしとの約定《やくじょう》を違《たが》えたりはせん。じゃが、あんたの知らんところで薩摩の誰かが動いたかもわからん。どうかの、そんなことがあり得るかの。あるとしたら誰なのか、心当たりはありゃせんかの」

「坂本サン」顔を上げた半次郎が首を振った。「そぎゃんこつはなか」

「西郷さん」龍馬が言葉を重ねた。「どうかの」

しばらく黙ったまま腕を組んでいた西郷が、ありもうはん、と息を吐いた。

「坂本サン、大政奉還の話バした時、申したはず。おいは反対しもすと。徳川の家バ残せば禍根《かこん》が残ると」

そうでしたな、と龍馬がうなずいた。じゃっどん、と西郷が言葉を継いだ。

「おはんの意見バ聞いて、おいが誤っておったことに気づきもうした。戦が始まれば、得をするのは異人たち。一度付け込まれれば、清国《しん》の二の舞いになるというおはんの話はもっともなこと。抗《あらが》う力は、まだこの国にはなか。幕府が朝廷に政権を返すというなら、その天の声に従うと言いもした。忘れてはおりもうはん」

そうでなければ慶喜公との会談を了承しなかった、と付け加えた。そうよのう、と感心したように龍馬が手を叩《たた》いた。約束は守りもうす、と西郷が言った。

「不肖《ふしょう》西郷吉之助、島津家より京での采配《さいはい》バ預かっておりもうす。おいの知らんところで、誰かが動くようなこつはなか。確言してもよかです」

薩摩藩には独特の郷中《ごうちゅう》と呼ばれる制度がある。武士階級子弟の教育法だが、その制度の中で上級者の命令は絶対とされた。

藩組織もその郷中制度を元に組み立てられている。京都における命令者は西郷吉之助であり、藩士のすべては西郷の了解なしに動くことはできない。

加えて、西郷は藩内すべての武士から崇拝されていると言ってもいい存在である。その影響力は絶対的であり、意図に反したことをする者がいるはずもなかった。

ましてや、西郷は過去に他人との約束を違えたことがない。その西郷が確言すると言っている以上、嘘ではないはずだったが、それでも龍馬は念を押した。

「間違いないですな」

「間違いありもうはん」

腕を解いた西郷がその手を畳につけて頭を下げた。そんならよか、と龍馬が明るく笑った。

「わしゃ、あんたを信じる。それに、闇討ちなんぞするようでは薩摩健児《こんでい》の名がすたるというもんじゃ……さて、それはそれとしてじゃ。西郷さん、ほんならもうひとつ聞きたいんじゃが、いったい誰が徳川将軍を狙ったんじゃろうかの」

板倉、永井の話によれば、会談の場所、刻限についてはぎりぎりまで決まらなかったという。西郷と徳川慶喜の会談について知っている者はかなり限定される。だからこそ薩摩犯人説はそこから浮かんだ。疑わしい立場であることは間違いない。

「長州には、伝えちょったんか」

これより前、慶応二年（一八六六）一月に薩摩と長州はいわゆる薩長同盟を結んでいた。仲介をしたのは他でもない、龍馬本人である。同盟には軍事同盟の側面もあり、情報交換は密に行われているはずだった。

「長人《ちょうじん》ならやりかねん」半次郎が叫んだ。「西郷どん、そうは思いもうはんか」

「慶喜公との会談については伝えもした」西郷がゆっくりと太い首を振った。「その意味で、長州が知っておったのは間違いなか。じゃっどん、そぎゃんこつができるとは思いもうはん」

もう一度腕を組んだ。この時期、長州藩はまだ朝敵《ちょうてき》であり、入京を許されていない。

無論、対幕府戦が始まればそれに呼応《こおう》して挙兵すべく準備は整えられていたが、将軍を狙撃するような余力はないはずである、というのが西郷の意見だった。

「むしろ、二条城が怪しいのではありもうはんか」

西郷が微笑《ほほえ》んだ。ここで言う二条城とは、徳川慶喜の周辺にいる幕臣、あるいは会津、桑名藩などを指している。強硬な佐幕論者ほど、大政奉還について反対の立場を取っているのは常識だった。

「それも調べるつもりじゃ。失礼したの」龍馬が素早く立ち上がった。「こうしてはおれん。時がないんじゃ」

お茶をごちそうさん、と半次郎に自分の湯呑みを手渡して、行くぞ、と背後に声をかけた。無言のまま土方が立った。

「すまんかったの、夜分に。西郷さん、邪魔をした」

部屋を出ようとした龍馬に、坂本サン、と西郷が染《し》み入《い》るような微笑を向けた。

「余計なことでごわすが……会津が動いたとすれば最も怪しいのは新選組」なぜなら、と先を続けた。「徳川将軍を狙うというのは、よほどの胆力《たんりょく》が必要。今の幕府において、それだけの力を持っておるのは新選組のみ」

そうは思いもうはんか、と西郷が大きな目玉を土方に向けた。口を開こうとした土方に先んずるようにして、龍馬が弾《はじ》けるように笑い出した。

「ほにほに。まことにその通りじゃ。西郷さん、それもよう調べるから、心配は無用じゃ。ああ、見送りはいらん。この屋敷には何度も来ちょる。ほいじゃ半次郎さん、またな」

先に行け、と表情を硬くして言った龍馬が、土方を前に押しやった。二人は長い廊下を急ぎ足で進んだ。

第三章　会津藩公用方

一

押すな、と土方《ひじかた》が言った。

「何を慌《あわ》ててやがんだ、おめえは」

まだわからんのか、と龍馬《りようま》が後ろを気にしながら囁《ささや》いた。

「西郷はあんたが誰か気づいちょる。新選組副長土方歳三《としぞう》だと」

そうかもしれねえな、と土方がつぶやいた。西郷と口を利《き》いたことこそなかったが、顔を合わせたことは何度かある。

薩摩《さつま》藩との重要な会合において、新選組が会津《あいづ》、あるいは幕府側関係者の護衛として起用されることは何度となくあったし、京の町を巡回中にすれ違ったこともあった。

「それがどうした」

「いや、西郷のことはええんじゃ。あんたが誰であろうと、気にするような男ではないからの。じゃが、この屋敷にいる者が皆そうだと思ってはいかん」

玄関先を捜していた龍馬が、自分の靴を見つけて勝手に履《は》いた。下足番はいなかった。

「妙なものを履いてやがるな」土方が足元を見つめた。「それがお得意の西洋靴ってやつか」

「あんたの草履《ぞうり》はどこじゃ」

龍馬が玄関先を引っくり返すようにして捜し始めた。何をしてやがるんだ、と土方が呆《あき》れたような顔になった。

「あんたは何もわかっちょらん。このままここにおったら、面倒なことになるばっかしじゃ」

「何だ、面倒ってのは」

おれのはこれだ、と土方が草履を取り上げた。さっさと履け、と龍馬が辺りを見回しながら言った。うるせえ、と土方が悠然《ゆうぜん》とした手つきで草履を足に嵌《は》め始めた。

「何をのんびりしちゅう」龍馬が髪の毛を掻《か》き毟《むし》った。「早《はよ》う履けちゅうとろうが」

「履くさ」

諸事、所作《しょさ》にはうるさい男である。草履ひとつ履くにしても、順序があった。

「早うせんと、さっきの半次郎どんが出てくる。あんたを斬りにな」

「物騒なことを言いやがる」

わしゃ嘘はつかん、と龍馬が真顔になった。

「法螺《ほら》は吹くがの。ええか、土方さん。あんたは薩摩の藩風っちゅうもんをわかっちょらん。薩摩はな、一種の神懸《かみがか》りよ。西郷吉之助《きちのすけ》っちゅう男に、藩士皆が命を預けちょる」

「新選組だってそうだぜ」草履を履き終えた土方が立ち上がった。「隊士全員が、局長近藤勇《いさみ》に命を懸けてるんだ。変わらねえよ」

「そりゃそうかもしれん。じゃが薩摩のはちょっと違う。子供の頃から、上の者には従えと叩き込まれちょる。その辺が新選組とは違うんじゃ。骨の髄まで染《し》みこんじょるんぞ」

西郷が気づいただけならいいが、中村半次郎が知ったら面倒なことになる、とまた龍馬が頭をがりがりと掻いた。大きな雲脂《ふけ》が飛び散った。

「汚ねえな、てめえは。何とかならねえのか」

草履を履き終えた土方が、避けるように立ち上がった。そんなことを言ってる場合か、と龍馬が地団駄《じだんだ》を踏んだ。

「ええか土方さん、繰り返すようじゃが、あの西郷っちゅう男は特別じゃ。薩摩の者は、皆あの男を神様のように崇《あが》めちょる。今度の件で、わしらが西郷を疑っていると知れば、神様を侮辱《ぶじょく》したのと同じぞ。しかも中村半次郎っちゅう男は筋金入りの西郷信者じゃ。疑いをかけたわしらを許すわけがなかろうが」

「何で斬る相手がおれなんだ。おめえを斬るのが道理ってもんだろう。おれはただ座ってただけじゃねえか」

「わしゃ西郷とは付き合いも長い。お互いによう知っちょる。そんなわしを斬るわけにはいかんじゃろうが」

「坂本。そうじゃねえだろ」土方が冷たい笑《え》みを向けた。「おめえが薩摩と長州《ちょうしゅう》の間を動き回ってたことは、おれだってわかってるんだぜ。おめえが仲介になって、犬猿《けんえん》の仲だった両藩の手を結ばせたってこともな。つまり、長州の敵は薩摩の敵ってわけだ。そして、長州の連中が殺したいほど憎んでるのは、おれたち新選組だろうよ。だから人斬り半次郎がおれを斬りに来る。そういうことじゃねえのか」

既《すで》に薩長同盟は成立している。坂本龍馬の働きかけによるものであった。ただし、当然のことながら、これは勤皇《きんのう》方にとっても極秘事項である。龍馬としても、肯定も否定もできなかった。

「答えなくてもいいぜ。だいたいのことはわかってるつもりだ……新選組をなめてもらっては困る。それに、いい機会かもしれねえな。今までは上の命令もあって、薩摩の連中には手を出せなかったが、向こうから仕掛けてくる喧嘩《けんか》なら、買うのも仕方ねえだろう。薩摩示現流《じげんりゅう》と天然理心流《てんねんりしんりゅう》のどっちが強いか、一度試してみたかったんだ」

「あんたは子供か」

つぶやきかけた龍馬が、いかん、と廊下の奥に目をやった。廊下を急ぎ足で玄関に向かってくる音が聞こえた。

「早《はよ》う逃げ。ここはわしが何とかする。次は会津藩邸に行くが、それでええな」

「ふざけるな。次は長州の連中を捜しに行くべきだろう。いいか坂本、おれぁな、今回の件について、下手人《げしゅにん》は薩長か土佐かだと——」

御託《ごたく》はええ、と龍馬が土方の体を押しやった。

「わしもあんたの顔を立てて最初に薩摩藩邸へ来たんじゃ。今度はあんたが折れてくれ。ええな、会津藩京都守護職邸で会おう」

「おめえの指図にゃ従わねえ」

坂本《さかもつ》サンな？　という声がした。おお、半次郎どんか、と龍馬が応《こた》えた。姿を現したのは中村半次郎だった。

「坂本サン、今の話じゃが、もうちっと詳しく聞かせてくれもはんか。聞き間違いでなければ、おはんらは西郷どんに何か含むことでもあるでごわすか」

陽気を装った声だったが、腹の底に敵意があることは明らかだった。今にも全身が火を噴きそうな勢いである。

「ないない。何《なん》もない。あるわけなかろうが」

「まさか西郷どんが、おはんとの約束バ破って、裏切るとでも思うちょるんか」

早く行け、と囁いた龍馬が、土方の体を押しやった。

「どうなんか、坂本サン。おはんの返答によっては」

いかん、と龍馬が叫んだ。声の大きさに半次郎の目が光った。

「どげんしたとですか」

「漏れる」龍馬が尻を押さえた。「いかん、半次郎どん、わしゃ知っての通り締まりがない男での。さっきからずっと我慢しちょったが、いよいよいかん。今にも出てきそうじゃ」

「坂本サン、ふざけてる場合じゃなか。おいは真面目に聞いておりもうす。おはんら、いったいどげんなつもりでこの薩摩藩邸に来よったか、それバ教えてもらわんと」

「話す話す。じゃがその前に厠《かわや》へ行かせてくれんか。あんたもわしが土佐の寝小便《よばあ》ったれと呼ばれておったのは知らんわけじゃあるまい。子供じゃから小便で済んだが、大人になった今ではそれじゃ済まんきに。この玄関先がえらいことになるが、それでもええのか」

厠はどこじゃ、とますます声が高くなった。半次郎の膨《ふく》れ上がっていた肩が小さくなった。

「いや、それは困りもうす。上がってたもんせ、とにかく厠へ案内しもうす」

済まんの、と言いながら龍馬が靴のまま玄関に上がった。後ろ手で、早く行け、と合図する。土方が刀の柄《つか》から手を離し、潜《くぐ》り戸を抜けて表に出た。

二

薩摩藩邸から表に出たところで、土方は足早に歩を進めた。この辺りなら、目をつぶっていても歩くことができる。

会津藩主松平容保《かたもり》の詰める京都守護職邸は、下長者町《しもちょうじゃまち》通りに面している。方向としては、二条城へ戻る道筋の途中だった。

歩いていた土方の足が止まった。乾《いぬい》御門を通り過ぎ、一条家の門前まで来たところである。闇の中にぼんやりとした人影が見えた。わたしですよ、という声と共に、瘦《や》せた長身の男が姿を現した。

「おどかすな、馬鹿」

「ごあいさつですね、土方さん」沖田総司《そうじ》が横に並んで歩き始めた。「そんなつもりはありませんよ」

「おめえを見てると、どうも腹が立つ。何だって、いつもそんなに笑ってやがんだ」

地顔ですから、と沖田が顔を手で拭《ぬぐ》った。その拍子に小さく咳《せ》き込んだが、土方は何も言わなかった。

沖田が労咳《ろうがい》（結核）であることは、しばらく前からわかっていた。この時代、労咳は死病である。治療法はない。

だから土方は沖田が労咳病《や》みであることを局長近藤勇から知らされても、何も言わなかった。同情したところで意味はない。

新選組はどうせ滅びる、という覚悟が土方の中にはあった。それが京の町に血の雨を降らせてきた報いというものだろう。いずれすべてが終わる。終わらないはずがないのだ。

決して自棄《やけ》になっているのではない。それが定めだと土方にはわかっていた。残された問題は、いかにして散っていくか、それだけである。沖田に対し、同情めいた気持ちがあるとすればそれだった。

今でこそこうして肩を並べて歩くこともできるが、そのうち剣を振るうことはおろか、自分の足で立つことさえできなくなるだろう。しかも、その時が来るのはさほど遠くないはずだ。

新選組きっての最強の剣士と謳《うた》われた沖田総司を労咳で死なせるというのは、土方にとってどうにも忍びないことだった。だが、だからといって無理に闘いの場に向かわせるということもできないだろう。

既に時勢は戦《いくさ》へ向かって音をたてるほど猛烈な勢いで進み始めている。剣を振るえば片がついた一年前とは何もかもが違ってきているのだということも、土方にはよくわかっていた。

「一人でこんなところまで出てきやがって……勤皇方の連中に襲われでもしたら、どうするつもりだ」

憎まれ口が出てくるのは、試衛館《しえいかん》以来の仲間に対する憐憫《れんびん》の情からだった。血を分けた兄弟よりも近しい想いを抱《いだ》いている。

今すぐにでも、自ら屯所《とんしょ》に連れ帰ってやりたいと思ったが、それを口に出すことができるほど土方は素直な男ではなかった。

「その時は返り討ちにしますよ」

沖田が微笑を浮かべた。土方の心根を真に理解しているのは、七歳離れたこの男だけだっただろう。病のために、懐《ふところ》に入れた腕が女のように細くなっていた。

「二条城から使いが来ました。区切りがついたら、必ず今夜中にでも報告するように、とのことです」

「お偉方《えらがた》は気楽でいいな」土方が吐《は》き捨てた。「区切りなんざ、いつつくのかおれにもわからねえよ」

ええ、とうなずいた沖田が口をつぐんだ。雲間から現れた月の光が路地を照らし出した。そうか、と土方がつぶやいた。

「どうもおめえの顔を見てると腹が立つと思っていたが、そうか、そういうことだったか」

「何です？」

答えないまま、土方が歩を早めた。いつでも笑ってやがるところが坂本とそっくりだと言いたかったが、その言葉は飲み込んだ。

「……坂本龍馬と一緒だそうですね」

沖田が小さく咳《せき》をした。仕方がねえ、と土方が言った。

「ご老中《ろうじゆう》からの命令だぜ。逆らうわけにもいかねえだろうがよ」

「どんな男ですか。噂では、相当な変わり者と聞いていますが」

好奇の眼差《まなざ》しを向けた。相当どころじゃねえな、と土方がつぶやいた。

「妙な野郎だよ。おめえと同じか、それ以上かもしれねえな」

「わたしは変わってなどいませんよ。土方さんの方が、よほど変だと思いますがね」

涼しい顔で沖田が答えた。そういうところもそっくりだ、とうんざりしたように土方が言った。

「何から何まで、腹の立つ野郎だよ。おまけに、ひどく汚ねえ。そのへんの犬っころと同じぐらいにな。そこだけはおめえの方がまだましってもんだ。何しろ、奴ぁ数えて十日も風呂に入ってねえらしいぞ。歩くたんびに、雪みてえに雲脂《ふけ》が頭から肩口に降ってきやがる」

それはすごい、と沖田が子供のように笑った。

「しかも体中垢《あか》だらけときた」土方が付け加えた。「近くに寄ると、饐《す》えたような臭《にお》いがしやがる。あれぁ人じゃねえな。獣だ」

面白そうな人ですね、と沖田が懐から腕を抜き出した。他人事《ひとごと》だからそんなことが言える、と土方が口をすぼめた。

「そんな奴と一緒にいなけりゃならねえおれの身になってみろ。まったく、鼻が曲がりそうになるぜ。今だってそうだ。薩摩藩邸から出ようとしたら、いきなり尻を押さえだして、厠はどこだと騒ぎ出した。いい年しやがって、下《しも》の世話もできねえのか、あいつは」

おかげで薩摩の中村半次郎が、あいつを厠まで連れていく羽目になったのさ、と顚末《てんまつ》を話すと、沖田の顔から笑《え》みが引いた。

「……助けられたのかもしれませんね」

土方が横を向いた。玄関先まで追いかけてきた半次郎が、自分のことを新選組副長と察していたことは、龍馬に言われるまでもなく気づいていた。それは最後に西郷が投げかけた言葉からもわかる。

半次郎が土方を斬るつもりだったかどうかまでは不明である。ただ、あの時、玄関先を埋め尽くすように殺気が充満していたことは確かだった。

「偶然だ。奴はただ尻の締まりが悪いというだけの男よ」

かもしれませんが、と沖田が腕を組んだ。

「いずれにしても、やはり坂本というのは面白そうな人ですね。偶然だとしても、意図したことだとしても、なかなかできるものではありませんよ」

「買いかぶり過ぎだ」言下《げんか》に土方が否定した。「あれはな、ただ運がいいだけの男だよ。それだけのこった」

そのまま二人は無言でしばらく歩いた。沖田が足を止めたのは、公家屋敷の前を通り過ぎた辻だった。

「……何か、わかりましたか」

「何も」

具体的な事実は何もわかっていない。ただ、土方の判断では、薩摩藩西郷吉之助は今回の将軍暗殺未遂の一件に係わっていないと思われた。直接本人に問いただしての結論である。

あの大男は関係ない。土方は自分の直感を信じていた。だが、薩摩藩が無関係だとするなら、将軍を襲った下手人はいったい誰なのか。

「会津藩京都守護職邸へ行くんですよね」

そうだ、と土方がうなずいた。沖田の察しがいいというより、歩いている道筋を考えれば他に行き先は考えられなかった。会津藩公用方《こうようかた》秋月悌次郎《ていじろう》と面談し、詳しく詮議《せんぎ》せよとのこと」

「老中板倉様より、もう一つご伝言が。会津藩公用方秋月悌次郎と面談し、詳しく詮議せよとのこと」


「他にいねえだろうが」

不機嫌そうに土方が頭を振った。頑固者揃いの会津藩士の中で、他藩との交渉事を一手に引き受けているのが公用方秋月悌次郎である。

既に薩長戦に備え軍備を急いでいる会津藩において、窓口というべき存在が秋月だった。

「わかっておられるなら……おや、あれは？」

沖田が顔を前に向けた。暗がりの中、二匹の犬が走り回っている。その真ん中に男が立っていた。交互に飛び掛ってくる犬と遊んでいるその男は、確かに人というより獣に近かった。

「あの馬鹿が」土方の口からつぶやきが漏れた。「ふざけた真似《まね》をしてやがる」

おお、と男が手を振った。

「土方さん」

坂本龍馬である。いつの間に先へ行ってやがったんだ、と土方が首をひねった。

会津藩京都守護職邸はすぐ目の前だった。

三

おまんら、静かにせんか、と龍馬が人差し指を唇に当てた。奇妙なことに、それまで騒いでいた二匹の犬が素直に地に伏せた。ちぎれんばかりに尻尾を振っている。

「いったいおめえは」近寄った土方がこめかみに指を押し当てた。「何をしてるんだ。だいたい、どうしておめえの方がおれより先にここまで来てるんだよ」

「厠の窓から逃げてきた」龍馬が顎《あご》で薩摩藩邸の方角を指した。「半次郎どんはええ奴じゃが、一度ねじくれると面倒な男じゃきにの。正面から相手をすると長引きよる。面倒じゃから逃げてきた」

「それにしても、いつ追い抜いた」

抜いちゃおらん、と龍馬が答えた。

「公家屋敷の庭を突っ切って来ただけのこと」

沖田が大きく口を開いたまま、その顔を見つめた。何を考えてんだ、おめえは、と土方が怒鳴《どな》った。

「相手は公家だぞ。不敬だとは思わねえのか」

「いや、早い方がよかろうと思っただけのことじゃが」龍馬ががりがりと頭を掻《か》き毟《むし》った。「いかんかったかの」

土方さん、と沖田が首を振った。

「話し合っても無駄です。この人は、我々とは違うようですよ」

「おお、あんた沖田くんじゃな」

龍馬が沖田の肩を叩いた。聞いちょるぞ、と言いながら体を撫《な》で回し始めた。

「あんた、強いらしいの。まだ若いのに、大した腕前という話じゃが」

「坂本さんほどではないと思います」

礼儀正しく沖田が答えた。いや、わしゃもう駄目じゃ、と龍馬が腰の刀を軽く叩いた。

「毎日修練しとる奴にはかなわん。これぱっかしは仕方のない話じゃ……とはいえ、あんた、ちっと痩せ過ぎてはおらんか」

いいえ、と沖田が体を引いた。構わずに龍馬が話し続けた。

「あれか、新選組は飯《めし》が出んのか。いかんぞ、そりゃ。ほいじゃったらわしんとこに来んか。海援隊は貧乏じゃが、飯だけはなんぼでも食わせちゃるきに」

「台所の世話まで、おめえに心配してもらう筋はねえよ」土方が憎まれ口を言った。「そんなことより、その犬を何とかしねえか。まったくおめえは、隙《すき》がありゃ遊んでやがる」

「いや、わしも困っちょったんじゃ」本当じゃ、と龍馬が眉間に皺《しわ》を寄せた。「寄るな寄るなち言うちょるのに、勝手に人の後を追っかけてきよる。これからおっかない人が来よるから、さっさと家に帰れち言うてきかせても、離れていかん」

「犬は犬同士ってわけだ。おめえのことを、仲間だと思ってるんじゃねえのか？　親兄弟と同じ臭いでもするんだろうよ」

そうかもしれん、と大真面目にうなずいた龍馬がしゃがみこんで、二匹の犬に話しかけた。黙って聞いていた犬が悲しそうにうなだれた。

せっかく見つけた遊び相手と離れなければならないのが、いかにも辛《つら》そうな様子だった。

「ほいじゃ、行くかの。しかし土方さん、わしもさすがに会津の人はよう知らん。あんた、当てはあるんかの」

まあな、とつぶやいた土方が先に立って歩き出した。その後ろに続いた龍馬が、お前らも帰れ、と犬に言った。

「おめえもだ、総司。もう遅い、さっさと屯所に戻れ」

わたしまで犬扱いですか、と沖田が苦笑した。

「言われずとも戻ります。わたしはご老中からの言付けを伝えに来ただけのことですから。坂本さん、いずれまた。次会う時は、わたしの剣技を見てください」

うんにゃ、と龍馬が鼻の頭を掻いた。

「そんなことより、あんたは体を大事にせえ。それと、腹が減ったらいつでも来るんじゃ。ええな」

さっさと来い、と土方がその肩を突いた。痛いがの、とつぶやいた龍馬が急ぎ足で歩き出した。

四

既に老中板倉勝静《かつきよ》、若年寄《わかどしより》永井尚志《なおのぶ》によって、二人の来訪は伝えられていた。通されたのは会津藩京都守護職邸の大広間である。

京都守護職はもともと文久《ぶんきゅう》二年（一八六二）、京都の治安維持のために設立された幕府の役職で、京都所司代《しょしだい》・京都町奉行などの上位に位置づけられていた。その役宅は、はじめ黒谷金戒光明寺《くろだにこんかいこうみようじ》内に置かれたが、文久三年末、釜座《かまんざ》通り丸太町上《あが》ルに新築された。

落ち着かんの、と壁に背を押し付けるようにしながら龍馬がつぶやいた。そりゃそうだろう、と土方が言った。

「おめえにとっちゃ、敵方の屋敷だからな」

そうではない、と龍馬が首を振った。

「広過ぎはせんか。しかも、どこもかしこもきれいに磨かれておって、どうもわしゃこういうのは好かん。まあ、会津の藩風じゃから、仕方がないというもんじゃが」

「きれいで何が悪い」

「悪いとは言うとらん。ただ落ち着かんと言うちょる」

龍馬の言う通り、大広間の畳は顔が映って見えるかと思われるほど、磨き上げられていた。当然のことながら、塵《ちり》ひとつ落ちていない。周囲を見渡すと、調度品もすべてが何やら角張《かくば》っているようだった。

「何しろ、会津だからな」

土方にしては珍しく、口調に畏敬《いけい》の念があった。家康が江戸幕府を開いてからおよそ二百六十年、その後、時の流れの中で武士たちは戦国の気風を忘れ、惰弱《だじやく》に落ちていたが、会津藩士だけは例外であった。

会津藩は藩内に什《じゆう》という組織を設け、藩士の子弟を教育した。什には、年長者の言うことに背《そむ》いてはならないとするなど七カ条の掟《おきて》があり、徹底的に武士としての心構えを叩き込まれた。

このような制度を持つ藩は、他に薩摩藩があるのみである。幕末、全国の諸藩は佐幕《さばく》と勤皇と二つの立場に分かれたが、その代表として会津と薩摩が立ったのは、こうした背景から考えても当然だっただろう。

ただし、会津には薩摩にある諧謔《かいぎやく》の精神がなかった。これは藩風ではなく、むしろ東北と南九州という地理的な風土の問題だっただろう。

龍馬もまた南国土佐の出である。それゆえ、会津藩の持つ生真面目《きまじめ》さに、どうしてもなじめないものを感じるのは、やむを得ないところだった。

「皆、おっかない顔をしておったのう」

龍馬が目だけを大広間の外に向けた。襖《ふすま》は固く閉ざされていたが、ここへ通されるまで、二人は粛々《しゆくしゆく》と軍備を整えている会津藩士の様子を見ていた。来《きた》るべき薩長戦への準備であろう。

「まあな」土方がつまらなそうに首を振った。「そりゃ、会津としては戦うしかねえだろう」

十五代将軍徳川慶喜《よしのぶ》が政権を朝廷に返上するという噂は、二条城だけでなく京の町にも流れていた。子供でさえも知っていただろう。

厭戦《えんせん》気分が強い幕府直参《じきさん》の旗本《はたもと》、御家人《ごけにん》たちが当てにならない以上、佐幕陣営にとって会津、桑名《くわな》は最後の、そして最強の砦《とりで》だった。大政奉還に反対する者たちは、誰もが会津と共に戦う道を選ばざるを得なかった。

時勢の風は勤皇方に向かって吹いており、会津藩士たちもそれをわかっている。将軍自らが政権を返上するという考えを持つに至っているのである。

それに倣《なら》うのは簡単だったが、武士としての誇りがそれを許さなかった。最後まで幕府を佐《たす》ける、というのが全会津藩士の決意だった。

その会津藩士の立場になれば、政権を返上しようとしている慶喜こそが最大の裏切り者という考え方も十分に成立するし、事実その通りだった。戦から逃げようとしている慶喜は、会津藩士が最も蔑《さげす》む卑怯者《ひきょうもの》なのである。

「乱暴な話だが、将軍を殺《あや》め奉《たてまつ》ってしまえという意見を持つ者が出るのも、仕方のねえところだろうな」

ほにほに、と龍馬がうなずいた。

「薩長が慶喜公を狙うというのは、ありそうじゃがあり得ん話じゃ。むしろ、ここにいる会津藩士の方がよほどその想いが強かろう」

土方が唇を噛《か》んだ。龍馬の言わんとするところは、新選組副長という立場からもよくわかっていた。

既に大勢《たいせい》は決している。戦が始まれば、おそらく緒戦《しょせん》において幕府方が勝つだろう。長州藩が京都に軍勢を送ることができない今、兵力の差は歴然としている。要所を押さえているのも幕府側である。

だが、緒戦ですべてが終わるわけではない。そこで負けたとしても、薩長は帝《みかど》をかついで戦い続けるだろう。長引けば日和見《ひよりみ》をしていた諸藩も勤皇方に靡《なび》く。それが時勢というものだ、と土方は知っていた。

だからこそ、薩長方には将軍暗殺という強引な手段を使ってまでして、大政奉還を止める必要がないのだ、との龍馬の意見は理解できた。とはいえ、それでは会津が動いた、とも土方には思えなかった。

新選組もまた、幕府陣営の中では会津藩と同じ立場を取っている。だが新選組の内部において、慶喜討つべしというような声は挙がっていない。近藤も土方も、考えたことすらなかった。

幕府、そして徳川家に対し、諸藩の中で最も忠誠心の強い会津藩が将軍狙撃のような乱暴な手段に出るとは、土方にはどうしても思えなかった。これは立場を同じくする者にしかわからないであろう。

「遅えな」返事の代わりにそれだけ言った。「ずいぶんと待たせやがる」

会津は大藩である。当然のことながら、格式も高い。会津藩主を務める松平家は、徳川二代将軍秀忠の子の保科正之《ほしなまさゆき》を大名として三代将軍家光《いえみつ》が引き立てた家柄である。尊大なのは藩風でもあった。

「それが薩摩との違いじゃな」

龍馬がうなずいた。龍馬の目から見て、嘉永《かえい》年間のペリー来航以来、幕府には打つ手がないわけではなかった。にもかかわらず、対応の鈍《にぶ》さが致命的だったと思っていた。

幕府以上に固陋《ころう》な一面を持つ会津藩もまた、旧態依然とした感覚が残っていた。状況に即応できない大藩の不自由さは、佐幕諸藩に共通するところだった。

「だから、おれたち新選組が必要になったのさ」

土方が低い声で言った。状況に応じて果断な対処のできる組織、それが新選組であることは言うまでもなかった。

局長近藤勇は、その名の通り豪勇の士であり、その任を果たすに最も相応《ふさわ》しい男だっただろう。土方もまた勇猛さ、判断力については人後《じんご》に落ちない。

ただ、土方には、新選組は汚れ仕事を押し付けられているという不満があった。この期《ご》に及んでなお大藩の面目を守ることに汲々《きゅうきゅう》としている会津藩に対して、複雑な思いが胸中を去来《きょらい》していた。

「そう言わんでも」むしろ龍馬の方が、会津藩に対して同情的でさえあった。「もう夜中じゃ。いきなり客が来たからっちゅうて、すぐ応対に出てこれんのは仕方のない話よ……いや、来たようじゃな」

静かな足音が伝わってきた。そのようだ、と土方が座り直した。

五

東北人に共通する特徴として、口数が少ないということが挙げられる。加えて武士は言挙《ことあ》げせずという言葉があるように、最も武士としての気質を残している会津藩士の多くは無口であった。

什の掟七カ条にも、虚言を言ってはならないとあるように、口の軽い者が軽んじられる藩風である。当然、他藩との交渉について盛んではない。

武を重んずるという点で、会津藩と薩摩藩は瓜ふたつと言っていいほどによく似ていたが、薩摩の場合、西郷をはじめ大久保一蔵《いちぞう》、小松帯刀《たてわき》などの重臣が積極的に外交を担当していた。その違いが、今の会津と薩摩を二つに分かっていると言ってもいいだろう。

西郷らは他藩との交渉の席において、藩を代表して意見を述べる権限を持っていたし、また決裁権もあった。時によっては藩主の思惑を無視して自分たちの判断で事を進めることもできたのである。

それに対し、会津藩は藩士に対しその権限を与えなかった。当然、上の判断を待つことになり、状況への対処が遅れてしまう。この点が、薩摩と会津の大きな差となっていた。

公用方秋月悌次郎も、やはりその例に漏れない。若くしてその才を藩から認められた秋月は、藩校の日新館《にっしんかん》に学び、二十八歳の時江戸へ遊学、昌平坂《しょうへいざか》学問所に通うなどして、見識を深めた。

会津藩士としては稀《まれ》だったが、他藩の士とも交遊がある。この経歴が、藩の公用方として抜擢《ばってき》されるに至った理由であった。

ただし決して社交的な性格というわけではない。この男もまた、その意味では生粋《きっすい》の会津藩士であった。自らの判断だけで物事を決しきれないのは、多くの会津藩士に共通する傾向である。

大広間に入った秋月が一礼した後に下座《しもざ》についた。この時期、土方歳三は幕臣であり、身分としては秋月より重い。

「夜分に申し訳ござらぬ」

土方としては過分《かぶん》なまで丁重《ていちょう》に礼を取った。今では佐幕陣営の旗頭である会津藩に対して、疎漏《そろう》な振る舞いをするわけにはいかない。

「しかし、やむを得ぬ仕儀があってのこと。秋月殿も了《りょう》とされたい」

堅苦しい武家言葉で挨拶した土方に、秋月が小さく頭を下げた。さて、と土方が先を続けた。

「老中板倉様よりお達しがあったはず。少々立ち入ったことをお尋ねしたい」

秋月は無言のままである。やや茫洋《ぼうよう》とした目で見つめているだけだった。

「一昨日早暁《そうぎょう》のことだが、二条城を出た上様《うえさま》を銃で狙った者がいるという。率直にお尋ね申し上げるが、心当たりはござらぬか」

「心当たり……と申されると」

怯《おび》えたような声で秋月が言った。不安そうな表情である。これは噂に過ぎませぬが、と前置きした上で土方が声を低くした。

「尊藩内では、此度《こたび》の大政奉還について、反対する者が多いと聞く。そのいずれかが暴発し、上様を襲うという不埒な振る舞いに及んだのではござらぬか」

まさか、とつぶやいたきり秋月が顔を伏せた。沈黙が続いた。

「……秋月殿、もう一度お尋ねする。一昨日、あるいはそれ以前に、尊藩において不審な動きがあったかどうか。あったとすれば、その者に心当たりがあるかどうか」

しばらくの沈黙の後、ありませぬ、と秋月が掠《かす》れた声で答えた。いかが、と問いを重ねた土方に、そのようなこと、とほとんど聞き取れないほど小さな声で言葉を返した。唇がすっかり乾ききっていた。

「まさか、そのような愚挙《ぐきょ》を弊藩《へいはん》の者がするなど……考えられませぬ」

「考えられんっちゅうのは、ほんにその通りじゃろうが」いきなり龍馬が脇から口を挟《はさ》んだ。「会津藩が怪しいのも確かな話でござっての。何でかっちゅうと、一昨日慶喜公が二条城から出るのを知っちょったのは、かなり限られた面々であるからなんじゃ」

よせ、と土方が制したが、龍馬は構わずに話し続けた。

「いやいや土方さん、秋月さんにゃ、もうちいと細かい事情も言わねばなるまいよ。そうでなければ、何を話そうにも話せられんちゅうもんじゃ。そいでな、秋月さん、慶喜公がなぜ二条城から出ようとしたかといえば、薩摩の西郷と話があったからなんじゃ。ほいじゃき、薩摩の芋連中はその辺の事情を知っちょった。じゃが、会津藩も知っちょったはずじゃ。慶喜公の警護を任せられたのは、会津じゃからの」

秋月が虚《うつ》ろな視線を龍馬に向けてから、不安げに土方を見つめた。

「新選組で使っている下僕《げぼく》にござる」不機嫌な顔で土方が言った。「この件については、我ら新選組もその総力を挙げて調べているところ。たまたま屯所に残っていたこの男を道案内にと思い、連れて参ったまでのこと。そうだな、馬」

馬呼ばわりされた龍馬が何か言おうとしたが、土方の方が早かった。

「顔が長うござってな。隊の中ではそう呼ばれております」

黙ってろ、と振り向いた土方の形相《ぎょうそう》が険しいものになった。薩摩藩邸では龍馬が主であったが、会津相手となれば新選組副長の方が通りが早い。

ここでの尋問役は土方が務めることになっていた。余計な口出しをするな、と念を押されていたこともあり、龍馬は口を閉じた。

「しかし、馬の言うことにも一分《いちぶ》の理があるはず」再び土方が秋月に向き直った。「我ら新選組も、あの朝警備についていたゆえ、その辺りの事情はわかっているつもり。上様が二条城を出た理由については、秋月殿も存じていたはず」

無論、と秋月が硬い声で答えた。

「役目柄、知らされていたことは確か。だが、藩士全員が知っていたわけではなく、むしろその数は少なかったかと。決してそのような無謀の挙に出るような者は……」

「おらぬと申されるか」

見据えた土方の眼光に、秋月が顔を横に逸《そ》らした。新選組副長土方歳三の雷名について、京の町で知らぬ者はなかった。

「おらぬわけでは……確かに、藩内には此度の大政奉還に反対する者がいたこと、事実に相違ありませぬ。しかしながら、慶喜公を襲うなどということは……」

「なぜ、そう言い切れる」

土方が鋭く尋ねた。逃げ腰になっていた秋月の唇が、かすかに震え始めていた。

「なぜか……と申されれば、確《かく》たる根拠はありませぬ……ただ、慶喜公と薩摩藩西郷吉之助殿との会談が決まったのは、その前日の夜半過ぎ。とても襲撃の備えをできるだけの刻《とき》は……なかったかと……」

老中板倉勝静をはじめとする幕閣がその外交能力のすべてを駆使して、西郷との会談を成立させようとしていたことは、土方も知っていた。大政奉還に当たり、薩摩藩の内諾《ないだく》を取っておかなければならなかったからである。

だが、薩摩藩は常にそうであるように、容易に態度を決しようとはしなかった。会談について、応諾の返事があったのは十月三日の夜である。

永井尚志《なおのぶ》の指揮のもと、将軍警護の兵が集められたのはそのすぐ後のことだ。土方は新兵徴集《ちょうしゅう》のために不在だったが、その間の事情に関しては局長近藤勇、一番隊隊長沖田総司からも聞いていた。

深夜にもかかわらず、緊急の招集があったため、新選組内部でも相当な混乱があったというのが沖田からの報告だった。当然のことながら、その辺りの事情は会津藩も同じだっただろう。

秋月の言う通り、その事態に即応して将軍襲撃の手筈《てはず》を整えることはほぼ不可能だと考えられた。

「ほいじゃが、慶喜公と西郷が会うっちゅう噂は流れておったはず」再び龍馬が口を出した。「その時に備えて、前から人を集めちょったとしたらどうかの」

「黙ってろ、馬」

土方が押さえ付けるように怒鳴った。だが龍馬に頓着《とんちゃく》する様子はなかった。それもあり得ませぬ、と秋月が答えた。

「会津の士は、大樹《たいじゅ》慶喜公と西郷殿の会談に反対していたわけではござらぬ。確かに、大政奉還には抵抗の声が強く、そのためなら慶喜公を殺め奉ってでも、という極端な意見があったことは事実。ですが、それならば会談を待つまでもありませぬ。二条城には多くの会津藩士が詰めておりました。城内で慶喜公を襲えば、それで目的は達せられることになります」

道理である、と土方がつぶやいた。秋月の言《げん》を待つまでもなく、会津藩内に過激な言説を弄《ろう》する者たちがいたことは間違いないだろう。

将軍襲撃の計画は何度も話し合われていたかもしれない。だが、そこまで思い切った行動に出る者はさすがにいなかったのではないか。

秋月の言う通り、会津藩士の目的が大政奉還の阻止にあったとすれば、西郷との会談より前に将軍を襲っていなければならないはずである。そして、その機会はいくらでもあった。

二条城内で警護を担当しているのは、その大半が会津の武士なのである。彼らならば、いつでも将軍を襲い、殺害することは十分に可能なはずだった。

「そのようだな、馬」

確かめるように土方が言った。そうですな、と龍馬がうなずいた。同じことを考えていた、とその顔に書いてあった。

六

二人が会津藩京都守護職邸を出たのは、それから約半刻（一時間）後のことだった。既に真夜中近い刻限である。

会津藩士に対する疑いはほぼ晴れていたが、それでもなお土方は確認のための手立てを取っていた。会津藩内で大政奉還に強く反対していた者たちの名簿を作成するよう、要請していたのである。

藩主松平容保《かたもり》は将軍徳川慶喜の意を受け、大政奉還の大方針に従っており、恭順という態度を堅持している。徳川の家名存続だけが容保の願いであった。

これは政治的な結論であり、文官である公用方秋月悌次郎もその方針に従っている。ただし、藩士すべての意志が統一されていたわけではない。

武士の一分《いちぶん》を立てるためには戦に踏み切るしかない、という声が強いこともまた確かだった。土方としては、念には念を入れて確認する必要があった。

秋月は土方の要請に抵抗した。会津藩士として、名簿を作るのは仲間を売るのと同じであろう。

だが、土方にも老中板倉からの命を受けて動いているという立場があり、引き下がるわけにはいかなかった。

交渉は長引くかに思われたが、龍馬が説得する形で決着を見た。将軍襲撃に関して、会津藩が無関係だと言うのなら、その名簿を出したところで問題はないはずであり、いずれにしても最終的には幕府から同じ要請が出されるのだから、今作っても同じではないかと説いたのである。

説得に応じる形で、秋月は名簿を作成した。佐川官兵衛《かんべえ》、日向内記《ひなたないき》など、強硬派とも言うべき者たちの名前がそこに記されていた。いずれも会津藩を代表する一騎当千の武士たちばかりであった。

「鬼佐川の名は、わしでも知っちょる」

夜空を見つめながら龍馬が言った。武勇に秀《ひい》で、藩内からも信頼の篤《あつ》い佐川は薩長の士たちからも恐れられていた。

「そりゃ、畏《おそ》れ多くも慶喜公を殺め奉ろうという者だとしたら、豪勇の士ばかりが名を連ねるだろうさ」

土方が懐に名簿をねじ込んだ。会津藩士に対しての疑念は、少なくとも土方の胸からは消えていた。

秋月の言った通り、佐川たちが徳川慶喜の殺害計画を立てていたとしたら、二条城内でその挙に出るのが当然の策だっただろう。だがその場合、大政奉還を待つまでもなく、幕府は瓦解《がかい》したはずである。統制の取れないまま、すべてが崩壊し、政権は朝廷に移っていたであろう。

それこそ、会津藩士が最も恐れていた事態である。従って会津藩内部の強硬派としては、将軍襲撃、あるいは暗殺に伴い、少なくともそれを薩長側の仕業と見せかける必要があったが、それだけの工作をする余裕があったとは考えられなかった。

「そこまで手の混んだことを、会津の田舎侍が考えるとは思えねえな。そんな知恵者がいりゃあ、こんなことにはなっていねえだろう」

ほにほに、と龍馬がうなずいた。

「あんたの言う通りじゃ。会津の士たちは、人は好いが少しばかり鈍いからの」

「おめえみたいに、こすっからくはねえってことだ」

そりゃ別の話ぞ、と龍馬が小さく笑った。

「わしのことはともかくとしてじゃ、噂で聞いた話じゃが、慶喜公が対薩長戦を諦《あきら》めたのは、勝てんと見切ったからだそうじゃの。幕府方には、薩摩の西郷や長州の桂のような切れ者がおらぬ、だから戦には勝てんと言ったとか。まあそうじゃな。会津にはそこまでの人物はおらんじゃろ」

「おめえに何がわかる」

　吐き捨てた土方に、見りゃわかるじゃろうが、と笑いかけた。

「わしゃ、見たままを言っただけのことじゃ。あんたもわかったじゃろうが。西郷っちゅう人と秋月さんを見比べれば、子供にだってわかる。そりゃ、秋月さんの方が賢いかもしれん。人柄もええかもしれん。ほいじゃが、そんなのはどうでもええことじゃ。要は、どちらの方が腹が据わっておるかということよ」

　土方は何も答えなかった。無言のまま龍馬を見据えているだけである。

「早い話が、あんたの見え透《す》いた脅《おど》しに顔を青くしているようでは、会津藩の底も知れたものということじゃ。そうじゃろ」

「脅したつもりはねえぞ」

「あんたのつもりは知らんが、向こうは歯を鳴らすほどに震えあがっておったぞ」

かわいそうに、と龍馬が渋面《じゅうめん》を作った。「人が悪いにもほどがあるっちゅうもんじや……。人が悪いといえば、わしのことを馬呼ばわりするっちゅうのもどうかと思うがの」

そうでもねえだろう、と土方が言った。

「薩摩藩邸で、おれのことを小者《こもの》と言ったのはおめえだぞ。おれが小者なら、おめえは下僕だろうよ。それでようやく釣り合いが取れるってもんだ」

「あんたは子供みたいな人じゃの」呆れ顔で龍馬が首を振った。「意趣《いしゅ》返しのつもりか」

そんなところだ、とうなずいた土方が、これからどうする、と尋ねた。あんたにはやることがあるじゃろ、と龍馬がその懐を指さした。

「秋月さんに書かせた名簿に載《の》ってる会津藩士を調べてくれんか。そりゃわしにはできんことじゃ」

「おめえはどうするつもりだ」

懐手《ふところで》のまま、龍馬が顎を掻いた。

「わしゃ、長州の連中に話を聞きに行こうかと思うちょる」

あっさりとした口調だった。長州人が京にいるのか、と土方が半信半疑の眼差《まなざ》しで尋ねた。

この時点で、長州藩はまだ朝敵《ちょうてき》である。京へ入ることは許されていなかった。もし見つかれば、殺されても仕方のない立場である。

ただし新選組の調べでは、薩摩藩との連絡要員として、数名の長州藩士が薩摩藩邸に潜《ひそ》んでいる可能性があった。また、京の商家には長州びいきが多く、彼らが匿《かくま》っているという噂もないわけではない。とはいえ、どちらについても確証がある話ではなかった。

「いる」迷いなく龍馬が答えた。「転々と居場所を変えているが、京におるのは確かじゃ」

「どこだ」土方が龍馬の胸倉を摑《つか》んだ。「さっさと吐け。吐かねえと、おめえを斬るぞ」

「それは言えん」無抵抗のまま龍馬が口を開いた。「あんたのためじゃ、土方さん。連中がどこにいるか教えれば、あんたは後先構わず一人で行くじゃろ。だがな、長州人の新選組への恨《うら》みは、あんたが思うちょるほど生易《なまやさ》しいものではないぞ。いかに天下の土方歳三とはいえ、多勢に無勢じゃ。わしがどう説いても、止められるものではない。斬られるのはあんたの方じゃ」

何を言いやがる、と突き飛ばすようにして土方が後ずさった。そのまま腰の和泉《いずみの》守兼定《かみかねさだ》に手をやる。二尺二寸八分の業物《わざもの》である。

「止めちょけ。そんなことしちょる場合か」龍馬が胸元を整えた。「今、ここで斬り合ってどうする。確かにわしらは仇敵《きゆうてき》も同然じゃが、今だけは同じ仲間よ。わしらの目的はひとつ、将軍を襲った者を捜し出すことじゃ。そうじゃないかの」

無言のまま唇を嚙《か》み締めていた土方が、ゆっくりと手を刀から離した。

「わかった。おめえの言う通りだ。だが、それならおれも一緒に行く。小者でも下僕でも構わねえ。どう扱われても文句は言わねえよ。だから、おれも長州人のところに連れていけ。穏やかに話し合おうじゃねえか」

「あんたの穏やかは当てにならん」笑いもせず龍馬が言った。「どちらにせよ、今はわしも長州の連中がどこにいるか知らんのじゃ。無駄足を踏ませるわけにもいかんし、あんたには別にやることもある。会津のことを調べておいてくれ。ここは二手《ふたて》に分かれた方がええじゃろ」

静かに土方がうなずいた。よろしく頼む、と龍馬が片手で拝んだ。

「とにかく、しばらく待っちょってくれんか。朝までには七梅屋に戻れるじゃろ。その時には、もう少し話せることもあるはずじゃ」

「食えねえ野郎だ」

悔しさを隠そうともせず土方が言った。

「そりゃお互い様じゃ」大口を開けて龍馬が笑った。「ほいじゃ、後でな」

言い捨てた龍馬が背中を丸めて歩きだした。その後ろ姿を見つめていた土方が、視線を左右に振った。

闇の中、かすかに人の動く気配がした。新選組監察方《かんさつかた》の手の者である。万事周到な土方は、最初から龍馬に監視をつけていた。

（まあ、いいだろう）

龍馬がどこへ向かおうとしているのかはわからないが、どこへ行くにせよ尾《つ》けていけば間違いなく長州人の隠れ家までたどり着くことができるだろう。

新選組監察方は、吉村貫一郎《かんいちろう》、大石鍬次郎《くわじろう》など腕利《うでき》きが揃っている。龍馬を見失うことなど考えられなかった。

土方が腕を組んだまま歩きだした。沖田に言われていた通り、二条城で待っている老中板倉勝静と若年寄永井尚志に、これまでの経過を報告しなければならない。

（面倒な役目だ）

夜空を見上げてつぶやいた。流れ星がひとつ、西の空へと落ちていった。

第四章　尾行

一

土方《ひじかた》が通されたのは、再び黒書院《くろしょいん》であった。

「こちらでお待ち下さいませ」

前と同じ小姓《こしょう》に案内されるまま、それに従った。小半刻《こはんとき》（三十分）ほど待つうち、ようやく永井が現れたのもまったく同じである。

板倉が出てくるまで、やはり待たされるのだろう。一種の儀式のようなものだった。

（何を、もったいつけてやがるんだ）

それが城中の仕来《しきた》りであることは、土方にもわかっている。見廻組肝煎格《みまわりぐみきもいりかく》、御目見得《おめみえ》以上の身分とはいえ、幕府政局の中枢である老中《ろうじゅう》といきなり対面するわけにはいかない。だが、そんな悠長なことを言っているから駄目なのだ、と強く感じていた。

（薩摩《さつま》を見ろ）

二刻《ふたとき》（四時間）ほど前に訪れた薩摩藩邸での事を思い返した。夜更け、しかも事前に申し入れがあったわけではなく、突然の訪問である。薩摩藩における西郷の身分、立場ならば、面会を断ってもいいはずだった。

いかに坂本龍馬《りようま》が一緒だったとはいえ、所詮《しよせん》龍馬も一介の浪人に過ぎない。むしろ断るのが定法《じようほう》と言ってもいい。

だが西郷は面会を即諾《そくだく》し、しかも本人の部屋に通された。その決断の速さこそが、薩摩藩をして時勢に先んじる要因となっているのであろう。

新選組を率いている土方には、それが理解できた。新選組もまた、あらゆる意味で機能化された戦闘集団である。

すべての命令は局長近藤勇《いさみ》から発せられるが、突発的な事態に対しては副長、助勤《じよきん》と呼ばれる幹部が独断で処理できる権限を持っていた。

これは土方の定めた制度によるものである。そうでなければ臨機かつ迅速に事を処すことなどできないと、土方自身が知り抜いていた。

薩摩藩も、そしてまた長州《ちようしゆう》藩も同じだろう。違いといえば、藩と新選組というその規模だけである。

（幕府は遅《おせ》えよ）

何をするにしても、幕府は常に打つ手が遅れがちだった。異常なまで複雑になっている命令系統のためである。

それが権威を高めているのは事実だったが、この時局においては意味のないことであろう。

板倉が黒書院に現れたのは、土方が二条城に入ってから半刻後、子《ね》の刻九つ半（深夜一時）過ぎのことだった。刻《とき》がないと命じておきながら、この危機意識の低さはいったいどういうことなのか。

上座《かみざ》に座った板倉が、状況を述べよと低い声で言った。土方は薩摩藩邸での西郷吉之助《きちのすけ》との面会、加えて会津《あいづ》藩京都守護職邸での秋月悌次郎《ていじろう》との面談について報告した。

「それで……どうなのか。上様《うえさま》を襲ったのはどちらか。薩摩か、会津か」

表情のない顔で板倉が尋ねた。どちら、と言われても困る。判断するには、まだ材料が少なすぎた。無言のままの土方に、存念を述べよ、と永井がやや甲高《かんだか》い声で促《うなが》した。

「存念……と申されても」

土方が渋面《じゅうめん》を作った。もともと役者のように整った顔である。表情を歪《ゆが》めると凄《すご》みが増した。

「薩会《さっかい》いずれも、上様と西郷の会談について、事情を把握しておりましたゆえ、双方、共に機会があったことは間違いございませぬ。両藩共に上様がこの二条城を出る時刻についても知っていた様子。確かめることができたのは、とりあえずそこまででございます」

それだけでは困るのだ、と板倉が苦《にが》り切った声で言った。

「既《すで》に日も改まってしまった。明日の夕刻までに下手人《げしゅにん》を特定し、上様にご報告申し上げねばならぬ。さもなければ大政奉還は水の泡となるだろう。土方、誰が襲ったのか。薩長か、それとも会桑《かいそう》か。そしてその裏で糸を引いている者は誰か。それがわからねば、善後策が取れぬ」

板倉の立場は土方にもわかっている。誰に狙われているのか不明なままでは、将軍の慶喜《よしのぶ》としても思案を決することができないであろう。

大政奉還について、徳川慶喜はそれを断行するつもりだった。しかし、未遂に終わったとはいえ襲撃されたことにより、その方針が揺らぎ始めている。

下手人が誰かを調べることが急務であり、そのために、自分と坂本龍馬が呼ばれたことも承知していた。

だが、まだ動き始めたばかりで、報告すべき材料はない。とてもではないが、結論を出すところまで至ってはいなかった。

「疑わしい者はまだいくらでも数えあげることができます。土佐《とさ》藩にも不平分子はおりますし、また公家《くげ》の岩倉公を中心とした勢力にも何らかの動きがある様子。更《さら》には戦《いくさ》を待ち望む異国の者たちも怪しゅうございますが、まだそこまで調べるには至りません。しかも既にこの時刻。夜明けを待つしかありませぬ」

「そういえば坂本はどうした。何をしている」

永井の問いに、長州人を捜しに参りました、と土方が答えた。

「坂本の話では、京に長州人が潜入している模様。無論、彼らもまた上様襲撃の下手人として十分に考えられるでしょう。それ以外にも陸援隊中岡慎太郎など、挙動不審な者たちが数多くおります。この者たちをすべて調べねば、確かなことは申せませぬ」

「信じられぬ。長州人がこの京にどうやって入ってくるというのか」

長州人の京への出入りは厳重な監視下にある。京には大津口、丹波《たんば》口など、出入り口としていわゆる七口があるが、現段階ではすべてを幕府が押さえ、会津、桑名その他各藩が厳しく警戒しているため、容易なことでは潜入などできないはずだった。

どうでございましょうな、と土方が首を傾《かし》げた。長州藩桂小五郎《こごろう》、伊藤俊輔《しゅんすけ》などが薩摩藩との協議のため、京に潜伏しているという噂《うわさ》は聞いていた。ただし、どこにいるのかは不明である。

「もしそれが事実なら」永井が言った。「新選組の失態であること、わかっておるであろうな」

土方は何も答えなかった。不機嫌になればひと言も言葉を発しなくなるのがこの男の性格であり、欠点でもある。

土方にしてみれば、長州藩士が京に潜入していたとしても、それは新選組とまったく係わりのないことだった。京の七口の監視について、ほとんど新選組は関与していない。管轄が違うのである。それを新選組の責任と言われても、片腹が痛いだけのことであった。

しかも長州はともかくとして、薩摩と事を構えてはならない、と厳命してきたのは外《ほか》ならぬ板倉、永井の両人だった。例えばだが、長州人が薩摩藩士を装って入京したとすれば、手出しをすることはできなかった。

新選組は警察機関である。その権能は、あくまでも京の町の治安維持と定められていた。幕閣の許しがない限り、独断で動くことはできない。

長州人の検挙は、老中を含めた幕閣の許可があってこそなのである。今、京都に長州人が潜入していたとすれば、それはむしろ板倉や永井の責任と言うべきであろう。

だが、官僚である彼らがそれを認めるはずもなかった。責任を下の者に押しつけるのは、官僚の常套《じょうとう》手段である。

「坂本はどこへ向かったのか」

静かな声で板倉が尋ねた。わかりませぬ、と土方が答えた。

「奴には奴なりの信義があるのでしょう。新選組に長州人の居場所を教えることはできぬと言い残して、一人で出掛けてしまいました。やむを得ぬところかと存じます」

「それでよいのか……あのような男を、信じるというのか」

永井が吐き捨てるように言った。信じてはおりませぬが、と土方が横を向いた。

「ですが、信じておるように見せかけねばなりませぬ。さもなければ、あの男はあっさり我らへの協力を止めるでしょう。口惜《くちお》しいところではありますが、あの男がいなければ今後の探索に不便が生じることは間違いございませぬ。奴の腹はわかっております。割ってみれば、勤皇、と書いてあるだけでございましょう。ではありますが、大政奉還のためには今のところ我らと利害が一致しております。従って、今はまだ泳がせておいた方が得策かと存じます。我ら新選組も、まだ長州人の行方《ゆくえ》までは探り切れておりませぬゆえ、あの男を利用するのが何よりも早道かと」

「わからぬではないが……しかし」

紐《ひも》はつけております、と土方が凄《すご》みのある微笑を浮かべた。

「監察方に尾行《びこう》を命じております。坂本がどこへ向かい、誰と会ったのかは、すぐにでも知らせがくるでしょう。ただし、上様を襲ったのが誰の仕業《しわざ》かは、また別の話にございますが」

朝方には報告できるかと思われます、と付け加えた。良いであろう、と板倉がうなずいた。

「長州人が本当に京の町に潜入しているのか、それともそうでないのか、すぐにわかるというのなら構わぬ。いたとすれば、後の事は新選組に任せる。坂本についても同じだ……とはいえ、泳がせておくのはいいが、手に余るとなれば処分した方が良いのではないか。勝手が過ぎれば、ますます事態は複雑になるであろう」

「ご命令とあらば、すぐにでも追手を向かわせますが」

まだ早い、と板倉が鷹揚《おうよう》に手を振った。

「今のところ、あの者が役に立つことは確かだ。長州人は無論のことだが、土佐藩との関係、またその他の勢力についても、坂本ならば誰とでも接触は可能であろう。まだ殺してはならぬ」

無言のまま、土方が頭を垂れた。他に何かあるか、と永井が尋ねた。土方が懐《ふところ》から二つに折った懐紙《かいし》を取り出し、畳の上に置いた。

「会津藩公用方《こうようかた》、秋月殿より預かった名簿。藩内の不穏《ふおん》分子がこれに記されております。お調べいただければと思っております
る」

わかった、と永井が名簿を自らの懐に入れた。これからどうするつもりか、と板倉が尋ねた。

「坂本は朝までに例の宿へ戻ると申しております。おそらく、早朝から長州人と会う手筈《てはず》を整えていることでしょう。自分もそれに立ち会い、下手人とわかればすぐにでも捕縛《ほばく》するつもりにございます」

急げ、と板倉が暗い視線を向けた。

「刻は残り少なくなってきている。昨日も申した通り、明日の夕刻までに下手人を見つけねばならぬ。上様にどのようにお伝えすれば良いというのか。このままでは

動きが取れぬ。一刻も早く下手人を捕らえねば、新選組の名が泣くというものではないか」

「別に泣きはしませんが、捕らえねば大政奉還が引っ繰り返るやもしれませぬ。それでは上様をはじめ、皆様がお困りでしょう。急ぎ下手人を捕らえることを、今一度お約束致します」

その通りだ、と永井が膝《ひざ》を打った。

「鬼と呼ばれた新選組副長が、事もあろうに上様を襲った下手人を見つけられぬというのでは、新選組そのものの存在を見直さなければならぬことになるであろう。そのようなことが起きぬよう、とにかく全力を尽くしてもらいたい」

「永井の申す通りである」

立ち上がった板倉が、後は頼んだ、と言い残して黒書院を後にした。平伏する永井の横で、苦虫《にがむし》を噛《か》み潰《つぶ》したような表情を作る以外、土方にできることはなかった。

二

二条城を出たところで、土方は口中に溜まっていた唾《つば》を吐《は》き捨てた。元来、自らを恃《たの》むところの強い男である。

厭味《いやみ》や当てこすりを言われて、黙っていられるほど我慢強い性格ではない。それでも耐えていたのは、あまりにも身分が違い過ぎたからだった。

(勝手なことばかり言いやがる)

足元の小石を思いきり蹴っ飛ばした。既に時勢は変転している。

にもかかわらず、板倉も永井も、頭の中は昔のままだった。命令をすれば何とかなると思っている。

(そうはいくかよ)

幕府の権威が辛《かろ》うじて保たれていたのは、安政《あんせい》七年(一八六〇)、大老《たいろう》を務めていた井伊直弼《なおすけ》が桜田門外の変で斃《たお》れた時までだっただろう。あるいはその二年後、文久《ぶんきゅう》二年(一八六二)京都守護職が新設され、松平容保《かたもり》が入京した頃まではないか。

文久三年(一八六三)新選組が結成され、その後禁門の変、更に第一次長州征伐などがあった。その戦いで幕軍は勝利を収めていたが、むしろこの戦いを通じ、幕府の旗本、御家人《ごけにん》などの弱体ぶりが天下の知るところとなったと言っていいだろう。

勤皇方が勢いを増したのはあの後だった、という実感が土方にはあった。幕府方の兵は弱く、率いる将もいない。

しかも政治を動かすことのできる人材がいないことも露見《ろけん》していた。勤皇方が勢いを得るようになったのは当然のことではないか。

その証拠に、第二次長州征伐では圧倒的な兵力の差にもかかわらず、幕府方はことごとく敗れ続けていた。政治的な工作により、朝廷が停戦を命じたことで幕府は何とかその面目を保つことができたが、どう見ても明らかな負け戦だった。

だが、幕閣は固陋《ころう》だった。過去の慣例や仕来《しきた》りにこだわり、そこから一歩も踏み出すことができないままでいる。

(どうにもならねえな)

土方の頰《ほお》に薄い笑《え》みが浮かんだ。仕方がない、と思っていた。今までのいきさつから考えて、新選組が幕府の最後の盾《たて》にならざるを得ないだろう。

(今さら、薩長に尻尾《しっぽ》を振れるかよ)

譜代《ふだい》、外様《とざま》を問わず、各藩がその政治的な方向を転換しつつある。数年前までは幕府の命《めい》に服することを第一義としていたはずだったが、各藩こぞって薩長、あるいは朝廷との関係を深めようとしていた。

現に新選組の組織内にも、その動きはあった。半年前の三月に伊東甲子太郎《かしたろう》率いる十数名が、分派と称して離脱している。その後伊東は薩摩藩の庇護《ひご》のもと、御《ご》陵衛士《りょうえじ》と呼ばれる組織を作り、勤皇方に回っていた。

勝ち馬に乗る、というのはある意味で当然のことかもしれない。だが土方にはそのように節義《せつぎ》のない生き方ができなかった。

負けるとわかっていても、そこから逃げ出すような惨《みじ》めな真似《まね》だけは死んでもできない。それが土方歳三《としぞう》という男の生き方だった。

(伊東か)

やや下膨《しもぶく》れの、福々しい顔を思い出した。新選組は局中法度《きょくちゅうはっと》により、離隊を厳重に禁じていたが、伊東はあくまでも分派活動であると主張し、国事《こくじ》に尽くす立場は変わらないと局長である近藤勇を説得した上で、新選組から離脱していた。

僅《わず》かながらではあるが、隊士同士の横のつながりもあり、まったく関係が途絶したというわけではない。更に土方は不測の事態に備え、諜者《ちょうじゃ》として隊士の斎藤一《はじめ》を伊東一派に潜《もぐ》り込ませていた。

斎藤は元明石藩浪人で、新選組結成時からの同志である。実際には近藤、土方との関係が深かったが、土方はあえて仲違《なかたが》いを装い、伊東と行動を共にするよう斎藤に命じていた。

（当たってみてもいいかもしれねえな）

今のところ、斎藤からは何の報告もない。目立った動きはないということなのだろうが、念には念を入れておくに越したことはない。

肩をすくめて、土方は歩きだした。屯所《とんしょ》に戻るつもりだった。

坂本龍馬は自ら言っていた通り、長州藩士と会っているのだろう。その後を追っている監察方からの報告は、屯所に入ることになっていた。

七梅屋などという安宿で龍馬を待つつもりはなかった。意外なほど神経が細やかなこの男は、枕が変わるだけで眠れなくなるところがあった。

人の気配を感じて、土方は足を止めた。現れたのは新選組六番隊長、井上源三郎《げんざぶろう》だった。

「源さんか」

二人は試衛館《しえいかん》以来の仲間である。井上は剣の腕こそ近藤、土方より劣るが、その人柄もあって隊士たちから慕われていた。土方もまた、この年上の男を大切にしていた。

「まずいことになったよ、歳《とし》さん」

井上には腹芸というものがない。その言葉に裏がないことは、土方が誰よりもよくわかっていた。

「どうしたね」

「坂本龍馬が行方をくらました」

まさか、と土方が再び歩き出した。

「あり得ねえ」

この時期、新選組監察方はそれまで以上に強化が図られている。吉村貫一郎《かんいちろう》、安富才輔《やすとみさいすけ》など有能な隊士を配し、人斬り鍬次郎《くわじろう》と呼ばれ、勤皇方に恐れられた大石鍬次郎もその列に加えていた。彼らが尾行《びこう》に失敗した例など、かつてないことだった。

「いや、それが」小柄な井上が、大股《おおまた》で歩き出した土方の後を追って小走りになった。「本当なのだ」

「どういうことだ」

歩を止めずに土方が尋ねた。あの男は裏道に詳しいようでな、と井上が言った。

「細い道ばかり選んで歩いていったそうだ。今出川《いまでがわ》通りから近衛《このえ》家の前を通って、鴨川の方へ向かったところまではわかっている。大石鍬次郎、岸島芳太郎《よしたろう》、茨木《いばらき》司《つかさ》の三名で追っていたのだが、本禅寺の境内で見失ってしまった。止む無く分かれて探したところ、茨木が」

「後ろにつかれたか」土方が苦笑を浮かべた。「当て身でも食らったんだろ」

なぜ知っている、と井上が目を丸くした。見てなくてもわかるさ、と土方が吐き捨てるように言った。

「奴のやりそうなこった。何が、わしゃ夜目《よめ》が利《き》かんから、だ。見えてるじゃねえか……それにしても情けねえな、茨木の奴も。士道《しどう》不覚悟ってもんだぜ」

「そうは言うが、あの辺りが暗いのは歳さんも知ってるだろう。いきなり闇の中で襲われたのでは、士道も何もないと思わんかね。不意を突かれれば、どうすることもできんだろうさ。しかもあんたも知っての通り、坂本龍馬と言えば北辰一刀流《ほくしんいつとうりゅう》の達人だ」

茨木をかばうように井上が言った。まあな、と土方がうなずいた。茨木程度の男に押さえられるようなら、とっくの昔に捕縛されていただろう。

「どうする、歳さん。あんた、屯所に戻るかね」

舌打ちをした土方が、そのつもりだったが、と首を振った。

「坂本がどこに行ったのかわからねえんじゃ、戻ったところでどうにもならんだろう。今はあいつを探すことが何より肝要《かんよう》だが、手掛かりもないんじゃ話にならねえ」

「監察方を動員するかね。必要なら、国事探偵方も」

「そうしてもらった方がいいだろうな。もっとも、無駄足だとは思うがね。しかし、やらないよりはましってもんだ」

おれは七梅屋で奴を待つ、と土方が言った。

「どうやら、それが一番早そうだ。まったく、面倒をかけさせる野郎だぜ」

「戻ってくるかね」

疑わしそうに井上が尋ねた。くる、と土方が口元を歪めてうなずいた。

「あいつは法螺《ほら》吹きだが、そんなつまらん嘘《うそ》はつかねえよ。戻ると言った以上、奴は間違いなく戻ってくる」

「歳さん……こんなことをわたしが言うのも何だが、坂本龍馬は国賊《こくぞく》だぞ」井上の表情が硬くなった。「あんた自身、そう言ってたはずだ……信じてもいいのかね。このまま逃げだしたりはせんだろうか」

それはねえよ、と土方が小さく笑った。僅か半日だが、坂本龍馬と接していて、ひとつだけわかったことがある。

大政奉還について、誰よりもその成立を願っているということだ。そうである以上、土方との協力態勢を反故《ほご》にするはずがなかった。

「それにしても、わからねえ……いったい誰が上様を襲ったのか」

独り言のように土方がつぶやいた。薩長ではないのかね、と問い返した井上に、普通に考えりゃそうだが、どうも裏があるような気がする、と答えた。

「幕府方にも、薩長方にも、それぞれ理由がある……機会もあった。双方とも、あの朝、上様と薩摩の西郷が会うことを知っていた。どの道を通るかも、調べりゃすぐにわかっただろう。そこまではいい。だがな、源さん、誰が襲ったにせよ、どんな益《えき》があったのかがわからねえ」

「益とは？」

得ってことさ、と土方が吐き捨てるように言った。

「上様を殺《あや》め奉《たてまつ》ったところで、何がどうなるって言うんだ？　おれにはそれがさっぱりわからねえ。おれぁ政《まつりごと》に口を出す立場じゃねえが、どっちにしたって大政奉還は止まらねえだろうよ。そりゃ、上様が死ねば、とりあえずしばらくの間、そんな話はなかったことになるだろうさ。だが、結局は同じだ。いずれは幕府も政権を朝廷に返す。それがわからねえほど、薩長の奴らも馬鹿じゃねえだろう。それなのに、なぜあんなことをしやがったのか……脅《おど》しに過ぎねえのか」

わからねえ、と土方が首をひねった。この男にしては珍しいことだった。

「源さん、いったいどういう裏があるんだろうな」

「難しいことは、あんたに任せるがね」井上が笑みを浮かべた。「それでは、わたしは屯所に戻って近藤さんに話す。監察方と国事探偵方に、坂本を探すよう命じてもらわねばならんからな。あんたが七梅屋に戻ると言うのなら、宿はもうすぐその辻だ」

わかってる、と土方がうなずいた。では、と額の汗を拭《ぬぐ》った井上が、急ぎ足でその場を去っていった。

(源さんには世話をかけるな)

済まない、とその後ろ姿に軽く頭を下げた。年でいえば、六歳ほど上である。にもかかわらず近藤や自分を立て、裏方に回ってくれている。新選組を支えているのは、ある意味で井上源三郎だということを土方はよくわかっていた。

七梅屋に戻ると、玄関先で老人が居眠りをしていた。声をかけるのがはばかられるほどに安らかな寝顔だったが、起こさないわけにもいかない。

おい、と肩を揺すると口元のよだれを拭いながら老人が顔を上げた。

「……遅うまで、お勤めご苦労様でございますなあ」

ゆっくりとした京都弁で言った。土方は京都弁が嫌いだった。何を考えているのか、さっぱりわからない。無愛想にうなずくと、老人が立ち上がった。

「お連れ様も、つい今し方お戻りでございますえ」

「何だと？」

真夜中であったが、床を踏み抜くような勢いで部屋へと急いだ。何があったのか、と老人がその後についてくる。

音高く襖《ふすま》を開けると、着の身着のままで夜具をかぶっている龍馬の姿があった。

「おい、坂本」

起きろと言ったが、返ってきたのは高いびきだけである。足で頭を蹴ったが、それでも起きない。

「そない乱暴な」

老人がつぶやいたが、構ってなどいられない。もう一度蹴ると、ようやく龍馬が薄目を開けた。

「なんだ、あんたか」

そのまま、ごろりと寝返りを打った。何を言ってやがる、と土方が龍馬の大きな体を自分の方に向けた。

「おい、坂本。起きろ。起きねえか。答えろ、長州の連中とは会ったのか」

物も言わずに、土方が頭を殴《なぐ》りつけた。しばらくの間があってから、痛い、という声が上がった。

「何をするんじゃ。人が気持ちよく寝てるちゅうのに」

「おめえもうちの隊士を痛めつけてくれたというじゃねえか。お返しだ」

「知っちょったんか」さすがじゃのう、と龍馬が夜具の上に起き上がった。「いや、あれはわしも悪かった。ほいじゃが、ああするしかなかったんじゃ。あんまりしつこいので、どうにも仕様がなくてなあ。悪いことをした」

謝っといてくれんか、という龍馬の胸倉《むなぐら》を摑《つか》んで、てめえはいったいどこにいた、と土方が怒鳴《どな》りつけた。夜分でございますえ、と老人がこわごわ声をかけたが、そんな言葉が耳に入るはずもない。

「答えろ、坂本。いったいどこで、何をしてやがった」

「ほいじゃき、言うたろうが。長州の井上聞多《もんた》と、伊藤俊輔と会《お》うちょったと。朝は早いぞ。あんたも早う寝ちょき」

また龍馬が夜具の中に潜《もぐ》り込んだ。

「どうなってんだ。おい坂本、どういう意味だ」

「長州は関係ないと言うちょった」夜具の中からくぐもった声がした。「ほいじゃが、それだけじゃあんたも納得せんじゃろ。わしが説《と》いて、朝早くに、あの二人と会うことにした。直接話を聞けば、あんたの気も済むじゃろ。ただし、まだ場所は言えん。言うたら、あんたが何をするかわからんからの。とにかく、わしゃ眠い。後は起きてからでええじゃろ」

いきなり大きないびきが鳴り始めた。狸寝入《たぬきねい》りかと思ったが、どうもそうではないらしい。

くそ、と土方がもう一度龍馬の頭を布団《ふとん》の上から殴りつけたが、いびきが高くなるだけだった。

（よく眠れるな、こいつは）

新選組副長と同宿しているのだ。土佐藩浪人、しかも反幕活動に挺身《ていしん》していることの男にとって、誰より恐ろしい存在のはずではないのか。

にもかかわらず、龍馬は完全に熟睡していた。今の段階でこそ、幕府老中板倉勝《かつ》静《きよ》の命により、行動を共にしなければならないのは確かだったが、あくまでも建前上のことである。いつ裏切られても文句を言えない立場なのは、お互い様だった。

（度胸だけはありやがるぜ）

顔を上げると、怯《おび》えたように老人が襖を閉めてその場から去っていった。それを確かめてから、土方は壁にもたれかかるようにして目をつぶった。

さまざまな想念が頭をよぎったが、いつの間にか眠りに落ちていた。

三

眠っていたのはそれほど長い時間ではなかった。おそらく一刻ほどだっただろう。

目を覚ました土方は、そのまま立ち上がった。障子《しょうじ》の外がうっすらと明るくなっているところを見ると、夜が明けたばかりのようだった。

「おい」いびきをかいていた龍馬の頭を足で蹴った。「起きろ」

何じゃあ、と寝ぼけ眼《まなこ》のまま龍馬がつぶやいた。次の瞬間、跳び起きて夜具の上に仁王立ちになった。

「いかん、寝過ごしたか」

「夜が明けたところだ」

そりゃ早過ぎる、とつぶやいた龍馬が、もう一度夜具をかぶった。ふざけるな、と土方が今度は肩の辺りを足で突いた。

「おめえが朝早いと言ったんじゃねえか。どこへ連れていく気かしらねえが、さっさと支度しろ」

あんたはせっかちじゃ、と咎《とが》めるように言った龍馬が、今、何時《なんどき》かの、と尋ねた。

「知らん。七つ半（朝五時）ぐらいじゃねえか」

ほんならええか、と立ち上がった龍馬が襖を開けた。あんたは行かんのか、と振り向いて尋ねる。何のことだと問い返すと、厠《かわや》じゃ、と言った。

「それもそうだ」土方も腰を上げた。「新選組と海援隊が並んでするのも一興《いっきょう》だな」

廊下に出ると、宿はまだ静まり返っていた。商人宿の割に朝が遅いのは、七梅屋の風なのか、それとも他に客がいないのか。

はやっていないのは、景気の悪い老人の顔を見ただけでもわかったから、おそらく後者なのだろう。

廊下を進むと、厠があった。筵《むしろ》がかかっているだけだったが、それでも用を足すことはできそうだ。

「すまんが、わしゃこらえ性《しょう》がない」前を押さえたまま龍馬が言った。「先でええか」

本当におめえは武士じゃねえな、とつぶやいた土方が先を譲った。すまんのう、と片手で拝んだ龍馬が筵の奥へと入っていった。放尿する音が聞こえてきた。

しばらく待つうちに、龍馬が出てきた。さっぱりとした顔付きだった。

「待たせて悪かったの。あんたも早うせえ」

言われるまでもない。入れ替わるようにして奥へと進んだ。背後で手を洗う音がした。

「あのな、土方さん」龍馬のぼんやりした声がした。「そこに、竹やぶがあるなあ」

厠から出てきた土方が、どけ、と短く言った。手水鉢《ちょうずばち》もひとつしかない。手を洗う場所はそこしかなかった。見てみい、と龍馬が格子戸《こうしど》を指さした。

「……あるな」

手拭《てぬぐい》を使いながら土方が答えた。宿の裏手にあたるその辺りは竹林だった。いかにも、京都らしい風情である。

「わしが歌詠《よ》みじゃったら、一首ひねるところじゃ……そりゃええが、どうも無粋《ぶすい》な者がおるようじゃの。ありゃ、あんたの知り合いか」

竹林の奥で、痩《や》せた男が影のように立っていた。新選組監察方、安富才輔だった。土方の命により、昨夜からこの宿を見張っていたのである。

「おめえ、近眼《ちかめ》じゃなかったのか」不機嫌な顔で土方が言った。「よくわかったな。命じていたおれにもわからなかったぞ」

「どういうもんか、そういうことだけは何となく勘《かん》でわかる。ほいじゃき、今まで何とかなってきた」

土方が鼻をこすり上げた。勘の良さは、この動乱期を生き抜くために必須《ひっす》の条件だろう。

もちろん、土方もその能力は人後に落ちない。龍馬もまた、千葉道場での剣術修行の過程でそれを身につけたのだと思われた。

「……長州の桂小五郎も勘がいいと聞くがな」

現在、実質的な長州藩の指導者である桂小五郎は、斎藤弥九郎《やくろう》道場で神道無念《しんとうむねん》流《りゅう》剣術の免許皆伝《かいでん》を得ている。そこまでの腕を持つ者ならば、危難を察知することも不可能ではないのだろう。土方も龍馬も、その意味では同等か、あるいはそれ以上の能力があった。

逃げの小五郎という異名《いみょう》を持っていた桂は、例えば池田屋事件においても直前まで池田屋にいたが、新選組の襲撃寸前にすぐ近くの対馬《つしま》藩邸に行き難を逃れている。禁門の変の際にも、戦乱が続く京で幕府や新選組などの執拗《しつよう》な探索を逃れ、長州まで帰藩を果たしていた。

これは幸運というだけでなく、その直感力によって危機を逃れたと考えるべきだろう。

「桂さんとわしは違う」龍馬が首を振った。「わしゃ、昔から臆病でな。おっかない人はなるべく避ける癖がついちょる。それだけのことじゃ」

表にもおるんじゃろ、と外を眺めながら言った。当たり前だ、と土方が答えた。手の内をさらすつもりはなかったが、隠したところで無駄だろう。

「わしゃ伊藤くんらに、あんたとわしの二人だけで会うと約しちょる。すまんが、見張りの人には外れてもらってくれんかの。そうでないと、動くに動けん」

「そりゃ無理だ、坂本。あれはあいつらの仕事だ」

「あんたの言い付けでやっちょるだけのことじゃろうが。あんたが言えば、どこへなりとも行くじゃろ」

頼む頼む、と龍馬が拝むようにして言った。あのなあ、と土方がもう一度手水鉢に手を入れた。

「じゃあ聞くがな、おれの身にもなってみろ。伊藤だ井上だなんて奴らのことは知らねえよ。名前ぐらいは聞いたことがあるがな。そんな奴らは怖《こわ》くもなんともねえが、二人だけってことはあるまいよ。新選組副長が一人で乗り込んでいくとなりゃ、長州人が大挙して待ち構えていてもおかしくはねえ。おめえが言ってた通り、奴らのおれに対する恨《うら》みは根深いからな。いくらおれだって、相手が五人もいたらどうにもならねえよ。膾切《なますぎ》りに斬り刻まれるだけのこった」

　半分は嘘であり、半分は本心だった。新選組としては、長州藩士たちがどこに潜伏しているのかを突き止めておきたいという本音がある。同時に、単身敵地に赴《おもむ》く危険を避けたいという思いもあった。

「そりゃ、わしを信じてもらうしかないの。とにかく、向こうは二人しかおらん」

龍馬がつぶやいた。「あんたを殺させるようなことはさせせん。約してもいい」

　しばらく考えていた土方が、手水鉢の水で顔を洗った。龍馬が手拭を渡した。顔を拭きながら、土方が格子戸に近づいた。

「おい、安富。おれだ、土方だ」

　来い、と命じた。目付きの鋭い男が竹林の中から近づいてきた。

「ご苦労だったな」格子戸の隙間《すきま》から声をかけた。「あと、誰が来ている」

　安富が三人の名前を挙げた。いずれも新選組監察方の者である。わかった、と土方がうなずいた。

「全員、屯所に戻れ。近藤局長には後でおれの方から話しておく」

「しかし、副長」

戸惑《とまど》ったように言った安富に、命令だ、と土方が繰り返した。

「全員戻って、後の指示を待て。わかったな」

承知致しました、とうなずいた安富が遠ざかっていった。これでいいんだな、と手拭を返しながら土方が言った。

「すまんの」

龍馬が頭を下げた。おめえのためじゃねえよ、と外に目をやった。

「こうでもしなけりゃ、おめえはおれを長州の連中のところに連れていかねえだろうからな。それじゃ上様を襲った奴らのことを調べることができねえ。今のおれにとって一番困るのはそれだ。おめえを信じたわけじゃねえよ」

不機嫌な顔付きでそれだけ言った。龍馬の頬にかすかな笑みが浮かんだ。

四

七梅屋を出た龍馬は、東へ向かって歩きだした。土方としては、その後をついていくしかない。

早朝から武士が二人連れで歩いているのも妙なものだったが、この場合はやむを得ないだろう。

「遠いのか」

どこへ行くのかと尋ねたところで、どうせはかばかしい返事は得られないに決まっていた。はぐらかされることはわかっていたから、距離だけを尋ねた。

「まあ、そうかの」

答えはそれだけだった。二人はそのまま黙々と歩き続けた。

竹屋町《たけやまち》通りをまっすぐ東へ進むと、明石《あかし》松平屋敷を越えた辺りに行願寺《ぎょうがんじ》がある。そこを抜ければ、再び公家屋敷にぶつかる。九条《くじょう》、鷹司《たかつかさ》、近衛《このえ》、有栖川《ありすがわ》と名門四家が並んでいるが、龍馬は河原町《かわらまち》通りを南へ折れた。

「鴨川にでも行くかと思ったぜ」

長州人は政治や議論に強いが、比較的武《ぶ》には暗いとされる。龍馬が昨夜会ったという井上、伊藤が周旋屋《しゅうせんや》、つまり事務官であることは土方も知っていた。

もし斬り合いということになった場合、二対一であっても土方ほどの男なら、あっさり斬り捨てることもできるだろう。

むしろ、それは井上たちの方がよくわかっているはずだ。鴨川の河原なら、どこへでも逃げることができる。鴨川ではないか、と土方が言ったのはそのためだった。

「それも考えたんじゃが」龍馬が空を見上げた。「雲行きが怪しい。屋根があった方がええじゃろ」

確かに、曇天《どんてん》である。今にも雨が降ってきそうな空模様だった。

高田御坊、法雲寺と寺社が続く。右には妙満寺《みようまんじ》、本能寺、左側には高瀬川が流れ、角倉屋敷《すみのくら》、長州毛利《もうり》屋敷、加賀《かが》前田屋敷などが立ち並んでいた。

ただし長州毛利屋敷は禁門の変の際、幕府軍が火を放ったため、今はただその形《けい》骸《がい》を留《とど》めているだけである。

「どこへ行く」焦《じ》れたように土方が言った。「坂本、もう教えたっていいだろうが」

「もうすぐじゃ」

なだめるように言った龍馬が、ちらりと顔を傾けた。疑り深い野郎だな、と土方が苦笑した。

「誰もつけてきちゃいねえよ」

「うんにゃ」龍馬が左斜め前を指した。「……池田屋じゃ」

かつて元治《げんじ》元年（一八六四）、幕府、会津、薩摩勢により京を追われた長州藩士を中心とする勤皇の志士たちが、失地回復のためにある計画を立てた。京に火を放ち、その混乱に紛《まぎ》れ孝明《こうめい》天皇を長州へとさらい、その後勅命《ちょくめい》を出させ、長州藩を京都守護職に任命させようという無謀極まりない策だった。

この計画を察知した新選組は、志士たちを捕縛するに絶好の機会と考え、総力を挙げて会合場所を探った。この時期、京は会津を中心とする幕府方が制していた。その状況下、長州藩士たちを匿《かくま》ってくれるのは、木屋町《きやまち》三条の四国屋か河原町の池田屋しかないというのが結論だった。

監察方山崎烝《すすむ》などの探索の結果、六月五日に会合が開かれることが判明していたが、場所については前記二軒の宿屋のどちらか最後までわからなかった。

そのため新選組は隊を二つに分け、近藤局長率いる十名が池田屋、土方率いる二十数名が四国屋の探索に踏み切った。近藤隊の方が人数が少ないのは、四国屋の可能性が高いという情報が直前に入っていたためである。

だが、この情報は誤ったものだった。浪士たちが集まり、会合を始めていたのは池田屋だったのである。豪胆にも近藤勇は沖田総司《そうじ》、永倉新八《しんぱち》、藤堂平助《とうどうへいすけ》の四名だけで、二十名以上いたと思われる浪士たちを捕縛するべく宿屋へ踏み込んだ。

沖田、藤堂が倒れる中、急を聞いて四国屋から駆けつけた土方隊が合流、九名の志士を斬り、四名を捕縛した。いわゆる池田屋事件である。

「三年前だ」土方が唾《つば》を吐き捨てた。「たった三年で……変わるもんだな」

「三年かね」

龍馬が拝むような姿勢になった。池田屋事件では長州の吉田稔麿《としまろ》、肥後《ひご》の宮部鼎《みやべてい》蔵《ぞう》など高名な志士が倒れていたが、犠牲になった者の中には龍馬と同じ土佐藩出身の北添佶摩《きたぞえきつま》、望月亀弥太《もちづきかめやた》もいた。こっちもだ、と土方がつぶやいた。

「新選組も何人か死んでる」

当夜、池田屋では沖田、藤堂がそれぞれ怪我《けが》を負い、また安藤早太郎《はやたろう》以下二名が、脱出を試みた浪士たちによって斬り殺されていた。

「知っちょる」

別に責めてはおらん、と龍馬が言った。そんな筋《すじ》はねえ、と土方がうなずいた。

土方にとって、あるいは新選組にとって、無頼《ぶらい》の浪士を取り締まるのは職務であり、それ以外の何物でもなかった。

池田屋事件はあらゆる意味で新選組にとって戦だった。戦で兵が死ぬのは、やむを得ないことだと土方は考えている。そうかもしれんの、と首を振った龍馬がそのまま歩き過ぎた。

「まさか、池田屋か」

「違う」

「……とすると、酢屋《すや》か。どうだ」

この時期、龍馬率いる海援隊は河原町の材木商、酢屋に京都本部を置いていた。会合の場として便利であり、融通も利くはずだった。

酢屋へ行くためには、三条通りを左に曲がらなければならないが、龍馬はその道を選ばず、ただまっすぐに歩き続けた。

彦根井伊屋敷を通り過ぎ、右手に誓願寺《せいがんじ》、西念寺、宝蔵寺、法界寺、妙心寺といくつもの寺が立ち並ぶ辺りへ出たところで、左側に顎《あご》を向けた。土佐山内屋敷である。

「土佐藩邸でもええかと思うたが、容堂公《ようどう》が許さんじゃろ」

容堂公とは、土佐藩主山内容堂のことである。酔えば勤皇、醒《さ》めれば佐幕と巷間《こうかん》噂されていたように、公武合体派の巨魁《きよかい》だったが、最近では薩長勢に押される形で、やや勤皇寄りに立場を移している。

ただし、容堂は今後薩長主導の形で大勢が決することを恐れていた。薩摩藩が島津幕府を開くのか、それとも長州藩が毛利幕府を開くのか、どちらにしても土佐藩が表舞台に立つことはできなくなるであろう。

容堂としては、それだけは絶対に阻止しなければならないと考えていた。何事においても自らを恃むところの強い性格である容堂は、新政府の中心となるのが土佐でなければならないと頭から決めつけていた。参政《さんせい》後藤象二郎《しょうじろう》の勧めを受け、大政奉還策を推進しているのもその理由による。

ただ、容堂は大政奉還の発案者が龍馬であることを知らない。それどころか、自藩に坂本龍馬という郷士がいることさえ知らなかったであろう。郷士など御目見得以下の身分の者に対して、容堂は冷淡であり、人とさえ思っていなかった。

その容堂の意向を無視して、朝敵《ちょうてき》である長州人を藩邸に招くなど、できるものではない。そういうわけで、と龍馬が通りに面していた建物を指さした。醤油《しょうゆ》商近江屋《おうみや》である。

「あそこじゃ」

「……知らなかったな」

土方が小声で言った。近江屋は有名な豪商だが、薩長方に肩入れしているという噂こそあったものの、新選組ですら確証は摑んでいなかった。そうかの、と龍馬がわずかに微笑んだ。

「いつの間に、そういうことになってたんだ」

「誰にも言うたらいかんぜよ」

子供のように龍馬が人差し指を唇に当てた。ふざけんな、と土方が怒鳴った。

「坂本、おめえは手配書も回っているお尋ね者なんだぞ。今でこそ老中板倉様の命により、やむを得ずこうして連れ立って歩いているが、おめえのことは新選組全員が捜しているんだ。この近江屋に隠れていることがわかった以上、必ず捕まえてやるからな」

「あんたはそう言うだろうと思うちょった。じゃが、わしゃ長州の連中を守ってやらにゃいけん。ここならまだあんたらもわかってはおらんはずだし、いざとなれば土佐藩邸に逃げ込ませることもできるからの」

近江屋と土佐藩邸は辻向かいである。通りを渡れば、藩邸まではすぐだった。

「そんなこと、容堂公が許さねえだろう」

「許すも許さんも、逃げてくる者がおればかばうしかあるまいよ。窮鳥《きゅうちょう》懐に入れば、と昔から言うじゃろが。それに、いかに新選組とはいえ、土佐藩邸に踏み込むわけにもいかんじゃろう」

各藩の藩邸は、それぞれ一種の治外法権《ちがいほうけん》を持っている。京都守護職預かり、現在は幕臣である新選組でさえも、その法を犯すことはできなかった。

「なあ、土方さんよ。あんたの立場はわかる。じゃが、今のところわしらは仲間じゃ。重要なのはわしを捕まえることより、慶喜公を襲った下手人を捜すことじゃろ。板倉さんもそう言うちょったではないか」

「板倉様だ」

横を向いたまま土方が言い直した。

「どっちゃでもええ。下手人を捜し、捕まえたら、あんたは忙しゅうなる。わしのことを構っておる暇などなかろうよ。その間にわしはここを引き払うつもりじゃき。それに、本人から教えられた隠れ家を襲うなど、土方歳三ほどの男がすることとも思えんがの。数日のことじゃ、とにかく大政奉還が成就するまで、勘弁してくれんか」

両手を合わせた龍馬の後ろで、近江屋の玄関が開いた。出てきたのは若い男だった。紀州藩脱藩《きしゅうはんだつぱん》、現海援隊隊士の陸奥陽之助《むつようのすけ》である。

「遅かったですね」

不遜《ふそん》を絵に描いたような口調だった。すまんの、と言った龍馬が近江屋へ入っていった。くそ、と口の中でつぶやいた土方も、その後に続くしかなかった。

第五章　近江屋

一

玄関先で立ったままの土方《ひじかた》に、何をしちょる、と龍馬《りようま》が声をかけた。

「早う上がれ。二階じゃ」

そうか、と土方が草履《ぞうり》を脱いだ。

「おれぁ、てっきり裏の土蔵かと思ってたぜ」

何じゃ、と龍馬が渋《しぶ》い表情になった。

「何でもよう知っちょるのお」

無言で土方が玄関に上がった。知っていたわけではない。

ただ、最近、近江屋の主人が裏手にある土蔵を改築したという噂《うわさ》は土方の耳にも入っていた。土佐藩にとっての重要人物を匿《かくま》うためではないか、という報告も受けていた。

「鎌《かま》を掛けたというやつだが、どうやら当たったようだな」

「なかなか他人の目は欺《あざむ》けんもんじゃの。ここはええ隠れ家《が》じゃと思うちょったが、また別なところを探さにゃならんか」

頼んだぞ、と首だけを曲げた龍馬に、わかってますよ、と階段の下から陸奥《むつ》が答えた。

「坂本さんには驚かされますね。客が来るというから誰かと思えば、新選組副長ときた。どういうつもりなんですか。斬って下さいと言ってるのと同じじゃありませんか」

「この人はそんなことはせん。斬る時は正面から斬る。そうじゃろ、土方さん」

いいや、と首を振った土方が、背後の陸奥を指さした。

「そいつの言う通りだ。おれぁな、坂本、人を斬る時は節義も何も考えたこたぁねえんだ」

「まあ、待っちょってくれんか。せめて、大政奉還が済んでからならそれもええが、今のところわしらは一蓮托生《いちれんたくしよう》じゃろうが」

入るぞ、と龍馬が言った。襖《ふすま》を開くと、二人の男が座っていた。部屋はかなり広い。男たちがそれぞれに太刀《たち》を引き寄せたが、龍馬が首を振った。

「やめちょけ。あんたらが束《たば》になってかかったところで、どうにもならん。わかっちょるじゃろ、伊藤くん」

濡《ぬ》れ鼠《ねずみ》のように貧相な顔をした若い男がうなずいて刀を離した。長州《ちようしゆう》藩下士《かし》身分の伊藤俊輔《しゆんすけ》である。

もう一人、井上聞多《もんた》という傷だらけの顔の男がその隣に座っていた。伊藤とは対照的に藩の上士《じようし》である。

長州は他藩と比べると身分の上下についてそれほどうるさくないが、とはいえここまで身分の違う二人が堂々と並んでいる辺りが、長州らしさと言えるだろう。薩《さつ》摩《ま》にしても会津《あいづ》にしても、このようなことはあり得ない。

土方さんも上がらんか、と胡座《あぐら》をかいた龍馬が下に向かって大声を上げた。

「陸奥くん、誰かに言うて、お茶でももろうてきてくれんか。わしゃ、喉《のど》が渇いた」

不満そうな表情を浮かべたまま、途中まで上がってきていた陸奥が階段を降りていった。二階へ上がってきた土方が、部屋の中を見渡してから入口近くに腰を下ろした。

「もっと奥へ入ったらどうか」

「それじゃ逃げ場がなくなるだろう」

にべもなく土方が答えた。ため息をついた龍馬が、ほんなら始めるか、と言った。

「前置きは抜きじゃ。井上くん、伊藤くんも言いたいことはあるじゃろうが、少しこらえてくれんか、ええな。ゆうべも話したが、こちらは新選組副長の土方さんじゃ」

知っている、と井上がうなずいた。傷だらけの顔に怒気《どき》が漲《みなぎ》っていた。

「池田屋ではこの男に吉田稔麿《としまろ》が殺された」

「その話はせんちゅう約束じゃろが。ほいでの、わしゃ今この人と一緒に、徳川慶《よし》喜《のぶ》公を襲った下手人《げしゅにん》を捜しちょる。薩摩や会津にも話を聞いたが、あれらは関係しておらんと言うた。それぞれ、申し開きにも理がないわけではない。そうすると、残っちょるのは長州藩ということになるわけじゃが」

「坂本さん……自分たちを疑っているのですか」

無表情のまま伊藤が口を開いた。師である吉田松陰《しょういん》に、俊輔、周旋《しゅうせん》ノオアリと評されたこの男は、井上よりも交渉術に長《た》けていた。

「わからん」

だが、交渉力という点では龍馬の方が遥《はる》かに上だろう。普通なら、疑ってはいないというところだったが、予想外な答えを返すのがこの男の流儀だった。

重い足音がして、大柄な男が顔を覗《のぞ》かせた。下僕《げぼく》の嬉作《きさく》という男である。

「お茶、お持ち致しました」

この時期、龍馬は角力《すもう》取り上がりの藤吉という男を下僕にしていたが、この嬉作も同じような経緯で雇っていた。すまんの、と龍馬が湯呑みを盆ごと取り上げた。嬉作がそのまま下へと降りていった。

「あんたも呑《の》まんかね」

「ずいぶん、大きな野郎だな……体つきから何から、おめえとそっくりじゃねぇか。面構えまで似てやがる」

つぶやいた土方に、よくそう言われるとうなずいた龍馬が、ほいでな、と話を続けた。

「疑っちょるかと言われれば、そうかもしれん。なぜかと言えば、昨日も話した通り、慶喜公を襲い、大政奉還がなくなって最も得をするのは長州藩。そうではないかの」

元治《げんじ》元年（一八六四）、禁門《きんもん》の変で敗れた長州藩は京を追われ、その後二度にわたって行われた長州征伐により、ほとんど存亡の危機にあった。

第二次長州征伐において、長州藩は高杉晋作《しんさく》の献策により奇兵隊《きへいたい》などいわゆる諸隊を結成、武士だけではなく農民までもが戦い、そのためもあって戦線では優勢だったが、これはむしろ各藩をまとめるだけの政治力を持たなかった幕府側の事情によるものである。もし第二次長州征伐が長引いていれば、兵力に劣る長州藩の滅亡は免《まぬか》れないところだったであろう。

危機に瀕《ひん》していた長州藩を救ったのは坂本龍馬だった。龍馬の仲介により、薩摩藩と同盟を結んだことによって、ようやく息を吹き返したというのが実情である。

とはいえ、いずれにしても時間の問題だろう。このままでは、長州藩は座して死を待つだけである。対幕府戦に踏み切る以外、残された道はなかった。

大政奉還が成立すれば、長州藩としては対幕府戦への大義名分がなくなる。その間に徳川家が体制を立て直し、譜代《ふだい》藩などによる連合軍を結成した場合、兵力の差は圧倒的なものになるであろう。薩長など西国雄藩《ゆうはん》がどれだけ奮戦しても、勝ち目は薄いというのが長州藩上層部の判断だった。

長州藩は吉田松陰、周布政之助《すふまさのすけ》、高杉晋作など、多くの優れた人材を既《すで》に失っている。残っているのは桂小五郎《かつらこごろう》ぐらいのものだろう。

度重《たびかさ》なる戦いにより、兵は疲弊《ひへい》していた。藩財政も破綻《はたん》状態に近い。今が最後の機会、と上層部が考えるのは当然のことである。

「いや、そんなことはない」井上が激しく首を振った。「坂本さんも知っての通り、まだまだ我らの士気は高い。我らが主君、毛利敬親《たかちか》公のもと、志はひとつであります。それに撫育金《ぶいくきん》という制度もあり、財政的な不安もござらぬ。政権を朝廷に戻し、王政を復古することは我らも願うところ。そのために徳川慶喜公が大政を奉還するというなら、それはむしろ望ましいところであります」

あんた、どう思うかね、と龍馬が視線を横に向けた。さあな、と土方が湯呑みに手を掛けながら首を振った。

土方としては、長州藩に疑念を持っている。薩摩、会津、あるいは朝廷に至るまで、大政奉還を阻止しようという意図を持つ者は多い。だが、その中で最も嫌疑が濃いのは、やはり長州藩ではないか。

最大の理由は動機である。龍馬が言った通り、長州藩には後がない。勤皇、佐《さ》幕《ばく》、それぞれの勢力が、それぞれの理由によって大政奉還に反対していたが、長州藩にとってはより切実な問題だった。

幕府の側から政権を返上するのと、勤皇勢力が政権を奪うのとでは、それこそ天と地ほどの違いがあると言っていい。

これは、長州藩という存在が、この時期既に幕藩体制という枠組みからはみ出していたことによる。長州藩は一種の思想集団、あるいは全藩を挙げての革命軍と考えるべきだろう。

その求心力の源は、あくまでも幕府からの政権奪取にある。当然、そのためには武力革命が必要だった。それが歴史の必然というものであろう。

革命の成就を万民に広く理解させるためには、前政権の象徴を倒さねばならない。具体的には江戸幕府十五代将軍徳川慶喜の首を刎《は》ねなければ、革命は終わらないのである。

だが、過去にない事例であるが、慶喜は自ら政権を返上し、恭順《きようじゆん》という態度を取ることでその危機的状況を免れようとしていた。半《なか》ばその狙い通りに事態は進んでいる。

このまま大政奉還が成立すれば、徳川家はその家名を保持しつつ、新しい時代を迎えることになるであろう。

その場合、最も窮地に追い込まれるのが長州藩であることは、誰の目にも明らかだった。刃《やいば》を頭上に振りかざしているにもかかわらず、斬るべき相手が目の前から忽然《こつぜん》と消えてしまったとなれば、長州藩はその求心力を失い、後は内部分裂を繰り返していくだけであろう。

慶喜にそこまでの計算があるのかどうか、土方にもわからない。ただ、大政奉還の成立が長州藩にとって望ましくないことだけは確かだった。

「仮に襲撃が成功し、上様《うえさま》が殺《あや》め奉《たてまつ》られたら、どうなったか。当然、大政奉還の件は棚上げされただろうな。幕府は十六代目を立てなきゃならねえ。それだけでも大騒ぎだ。その混乱に乗じ、あんたらと薩摩の芋が組んで、今以上に強い形で朝廷を取り込んだだろう。後はあんたらお得意の勅命《ちよくめい》とやらで、対幕戦を始める。そんな筋書きだったんじゃねえのか」

「そんなことは……」

考えていない、という井上の声が尻すぼみになった。長州藩はその藩内に多くの派閥がある。

井上、伊藤らはその中でも主流派であり最大派閥である松下村塾《しようかそんじゆく》系に連なっていたが、他の派閥がどのように動いているかまでは把握しきれていなかった。薩摩藩との大きな違いはそこである。

どうなんだ、と言いかけた土方が表情を硬くした。僅《わず》かに遅れて龍馬も身を起こした。階段の下から、かすかな足音が聞こえたためである。

「そのようなことはあり得ない」

襖の外で声がした。

二

襖が開いた。立っていたのは長州藩士桂小五郎だった。この時期、長州藩を代表する指導者と言っていい。

もとは長州藩医和田昌景の長男だったが、七歳の時、家禄《かろく》百五十石の桂家の末期《まつご》養子となり、長州藩の大組士という武士の身分と秩禄《ちつろく》を得た。その後藩主毛利敬親《たかちか》による親試《しんし》で褒賞《ほうしょう》を受けたことから、その才能を周囲に認められるようになった。

十六歳で吉田松陰に兵学を学び、師弟の交わりを越え、親友として遇された。また、剣術修行に人一倍励み、その実力は藩の内外にまで知られることとなった。

嘉永《かえい》五年（一八五二）には、剣術修行を名目として江戸へ留学、斎藤弥九郎《やくろう》道場に入門した。神道無念流《しんとうむねんりゅう》剣術の免許皆伝《かいでん》を得て、入門一年で練兵館《れんぺいかん》塾頭《じゅくとう》となった。六尺《しゃく》（一メートル八十センチ）という長身から繰り出されるその剣技は、他を圧するものだった。

「桂さん、あんたは来んでええと言うたじゃろうが」

畳に腰を落とした龍馬が井上と伊藤に目をやった。桂が怜悧《れいり》な眼差《まなざ》しで室内を見渡していたが、最後に土方のところで視線を止めた。

「あんたが来ると話がややこしゅうなる」

龍馬が愚痴《ぐち》のように繰り返した。

「坂本、聞いちゃいねえぞ。おめえ、おれを騙《だま》したのか」

土方が油断なく身構えながら言った。騙してなどおらん、と龍馬が答えた。

「その通りだ」桂がうなずいた。「僕も来るつもりはなかった」

僕、という一人称は、まだこの時期、新しい部類に属するが、長州藩は新奇なことに興味を示す藩風があり、この呼称を取り入れていた。自らについては僕と呼び、相手に対しては君と呼ぶ。

「だが、いわれのない疑いを持たれているのも不快というもの。そちらの両君に任せておいても良かったのだが、新選組が来るというのなら、僕が相手をせねばならないと考えたまで」

座ったらどうじゃ、と龍馬が体をずらして桂と土方の間に場所を移した。

「開けっ放しでは不用心というもの。それに少し寒い。土方さんも少し詰めてくれんか」

「おめえは、嘘ばかりつきやがる……ゆうべ、桂小五郎まで一緒だったとはな」

吐き捨てるように土方が言った。嘘などついちょらん、と龍馬がのんびりした声を上げた。

「言わなかっただけのことじゃ……そうそう、桂さんは井上さんたちの間に座った方がええ。その方が収まりがええっちゅうもんじゃ」

「君たちの考えは誤っている。我が長州藩は、慶喜公襲撃に一切係わりない」

伊藤と井上の間に座った桂が言った。長州人の多くがそうであるように、議論にはうるさい男である。理屈が細かいのも長州人の風《ふう》だった。

「違うって言うのか」

今にも立ち上がりそうな土方に、まあまあ、と龍馬が割って入った。

「土方さん、喧嘩腰《けんかごし》はいかんぜよ。桂さんも、もう少し落ち着いてくれてもよかろう。ゆっくり腹を割って話せば、互いの言い分もわかろうというもんじゃ」

「坂本くん、君には失望した」横を向いたまま桂が言った。「確かに、大政奉還については、ずっと主張している通り我が藩は反対の立場を取っている。新選組にはそのような疑いを持たれてもやむを得ないかもしれないが、今日まで君には事を分けて話してきたつもりだ。慶喜公が政権を朝廷に返上するというのなら、それは王を尊ぶ行為として、認めざるを得ないだろうと。現に認めているからこそ、僕たちはここまで事態を静観してきた。その僕たちの心根《こころね》を知っておきながら、なぜこのような男と行動を共にしているのか。結局のところ、君は幕府の走狗《そうく》なのか」

激越な言葉を発するのも、長州人の癖である。違う違う、と龍馬が大きく手を振った。

「わしゃ、何も幕府の言いなりになっているわけではないぜよ。ただ、この件は大政奉還にとって妨《さまた》げとなる。そう思うたからこそ、土方さんと共に下手人を捜しちょる。事ここに至っては、余計なことをされるのが一番困るんじゃ」

「言い訳にしか聞こえない」

桂が声を張り上げた。もともと強い緊張を胸に秘めた性格だが、極限まで煮詰まっている現在の状況下、一層余裕がなくなっていた。吐《は》く言葉が針のように鋭くなるのは、やむを得ないところだろう。

「しかもこの近江屋という拠点に、新選組を連れてくるとはどういうつもりなのか。確かに、ここは土佐藩が用意した場所だが、我々も出入りする。君は僕たちが殺されても構わぬと言うのか」

声が更《さら》に高くなった。だから面倒なことになると言うたじゃろうが、と龍馬が伊藤と井上に向かって囁《ささや》いた。

桂には多くの優れた才能があるが、一度議論が始まってしまうと自説を曲げることはない。枝葉末節《しようまつせつ》にこだわるその性格のため、大局観に欠けるところがある。

龍馬の側からすれば、近江屋のことなどどうでもいい。単に隠れ家に過ぎず、場所はまた探せばいいだけの話である。

差し迫った問題は、土方と長州藩要人をいかに安全な形で会わせるかということだった。そのために最も都合のいい場所が近江屋であり、だからこそ土方をここまで連れてきた。それだけのことである。

これは考え方の違いで、実務家で合理主義者だった龍馬は、常にそうであったように目的のためならどのような手段でも講じた。理論家で理想主義者とも言える桂との差異は、そこにあっただろう。

「桂さん、言いたいことはわかった。わしが悪かった」

龍馬が桂の長口舌《ちようこうぜつ》を遮《さえぎ》るように言った。今はなだめるしか手がない。一度臍《へそ》を曲げた桂小五郎を説得するためには、長州藩藩主毛利敬親を連れてくる以外ないだろう。

「とにかく落ち着いて聞いてくれんか。わしゃ、あんたらが慶喜公を襲ったなど、これっぽっちも考えてはおりゃせん。これっぽっちもじゃ」龍馬が親指と人差し指をくっつけてみせた。「じゃが、あんたも認めちょる通り、長州藩には疑われてもやむを得ん事情があるのも確かじゃ。桂さん、ここは腹を割って話してくれんか。あんたら、慶喜公の襲撃に何か関係はあるのか」

「ない」

桂がひと言で言い切った。待てよ、と土方が鋭い目で桂を見つめた。

「ないというひと言だけで信じられるもんじゃねえのは、あんただってわかるだろう。子供じゃねえんだ。いったいどういう根拠があってそこまで言い切れるのか、それを教えてもらおうじゃねえか」

「今、京にいる長州人は、僕たち三名だけだからだ」

桂が答えた。部屋を沈黙が包んだ。

三

まさか、三名で慶喜公を襲えるとは新選組でも考えていないだろう、と桂が腕を組んだ。

「ゆうべ坂本くんから聞いたところによれば、下手人は慶喜公の乗っていた駕籠《かご》を銃で撃ったそうだな」

「そうだ」

「残念ながら、僕も、そしてこちらの両君も、銃の扱いに慣れていない。もっと率直に言えば、だいたい僕は銃を撃ったことさえないのだ。それでどうやって慶喜公を襲えばいいのか、教えてもらいたい」

自尊心を傷つけられたような表情で桂が言った。

「そいつはどうかな」土方が足を投げ出した。「本当に三人しかいないとも思えん。もっと大勢いてもおかしくはねえだろう」

「そうしたいところだが、君たちが邪魔で京に入ることができない」

「邪魔で悪かったな」

やめんか、と龍馬が疲れ切った顔を二人に向けた。

「子供か、あんたらは」

「君に言われたくない」

桂が拗《す》ねたようにつぶやいた。まったくだ、と土方が苦笑を浮かべた。

「ガキみてえなことばかり言うと、昔っからよく言われたもんだ。だがな、おめえにだけは言われたくねえよ」

しばらく口をつぐんでいた龍馬が、なあ土方さん、と呼びかけた。

「あんたが疑うのはわかる。じゃが、長州人がこの辺に大勢おったとしてみい。新選組っちゅうのはそれに気づかぬほど間抜けなんかの？　あんたが率《ひき》いちょるんじゃ、そんなことはないじゃろ。三人だけかどうかはわしもわからん。他に、もう少しおるかもしれん。慶喜公と西郷さんが話し合いを持つという話は前からあったようじゃから、桂さんもそれをどこかで聞いたかもしれんの。じゃが、二人の会談の刻限が決まったのは、その前日の夜と板倉さんは言うとったぞ」

その通りである。会談を持ちかけた幕府に対し、薩摩藩はなかなか結論を出さなかった。急遽《きゆうきよ》会談が決定したのは、前日の夜のことだ。その刻限を早朝と決めたのも、薩摩の側である。

「桂さんも地獄耳じゃ。そこまではどうにかして知ったかもしれん。西郷さんも、長州の者に会合があることを伝えたと言うちょったが、ありゃ桂さんのことじゃろう。しかしな、土方さん。そこから人を集め、慶喜公を待ち伏せし、襲うっちゅうのは難しいと思わんか。だいたい銃はどうやって用意するんじゃ」

「そんなことおれぁ知らねえよ。それこそ、そっちの大将に聞けばいいじゃねえか」

「うんにゃ、聞くまでもないじゃろ。あんたもそれはよくわかっちょるはずじゃ。そんなことができるはずがないとな。銃はええとしよう。じゃが、どこに集まる。どこで待ち伏せる。そしてどこへ逃げるつもりだったんか。この桂さんは、逃げの小五郎とまで言われちょるんぞ。退路も用意せんで、そんな無茶をするはずがなかろうが」

桂のこめかみに青い筋《すじ》が浮き立った。逃げの小五郎は、決して名誉な異名《いみょう》とは言えない。

「つまり、長州の連中はこの件に係わりあいを持っちょらんということじゃ。そうは思わんか」

うるせえ、と土方が畳を叩《たた》いた。僅かに埃《ほこり》が舞い、桂が眉《まゆ》をひそめた。

「だったら聞くがな、長州じゃなけりゃ誰が上様を襲ったというんだ」

「そりゃわからん。だからあんたとわしが組んじょる」龍馬が後ろに手をついて体を支えた。「ほいじゃが、間違いなく言えることがある。長州人にはできんことじゃ」

うつむいていた土方が、それなら聞くがな、と顔を上げた。

「いや、坂本、お前じゃねえ。長州のお歴々に聞いてみてえんだ。あんたらもこいつから詳しい話は聞いてるはずだな？　その上で尋ねるが、上様を襲ったのはいったい誰だと思う」

教えてもらえねえか、と鋭い目で三人の男たちを睨《にら》んだ。僕たちにわかるはずがない、と桂がそっけなく答えた。

「いいか、君たちのせいで僕たちはこの町を歩くことすらできなくなっている。そうしたのは君たちだ」

「そうだ」と土方がうなずいた。「それがおれたちに与えられた仕事だからな」

「さっきも言ったが、今京にいる長州人は僕たち三人だけだ。何がどうなっているのか、わからないことも多い。状況を教えてくれているのは坂本くん、そして薩摩藩の重臣だけだ。それで何をどう判断しろというのか、こちらが教えてもらいたい。それにだ、仮に我々が慶喜公を狙い撃ったとして、万にひとつでも慶喜公を殺《あや》めてしまうようなことがあれば、いったいどのような事態が出来《しゆつたい》するかわからない。無論、いずれは対幕府戦が始まるやもしれぬ。だが、まだその時期ではないと我が長州藩は考えている。それなのに、狙撃などするはずがないだろう」

坂本、と土方が体の向きを変えた。

「お前の下らねえ話を聞くのも腹が立ってならねえが、長州人もよく喋《しやべ》りやがるな。聞いてると頭が痛くなってくるぜ」

両の耳に小指を突っ込みながら言った。不愉快だな、と桂が声を高くした。

「薬屋の倅《せがれ》が、大きな口を叩くじゃないか」

「よく知ってるな。それなら言うが、そっちは医者の息子だったんじゃねえのか」

「ほんなら、二人とも兄弟みたいなもんじゃ。違うか？」

合いの手を打つように龍馬が言った。なるほど、薬屋も医者も、病人を治すのが仕事である。

「坂本さんは、うまいことを言うなあ」

膝《ひざ》をひとつ叩いた井上が、大きな口を開けて笑った。何を言うか、と桂が怒鳴った。井上が口をつぐんだ。

もともと長州人は諧謔《かいぎゃく》を解さない者が多いが、桂はその典型だった。理屈にうるさく、それに合わないものは排除する傾向がある。性格的にも、余計な半畳《はんじょう》を入れられるのが嫌いだった。

「坂本くん、君には前から言っておきたいことがあった。いつでもそうだ。僕たちが真剣にこの国の行く末を案じ、国事に奔走《ほんそう》しているにもかかわらず、君は常に高みの見物を決め込む。そればかりか、冷水を浴びせるようなことばかり言う。それが悪いとは言わない。冷静な意見が必要な時もあるだろう。だが、事ここに及んでは、時と場合を考えてもらいたい。明日にでも大政奉還が成立しようというこの時期に、僕たちはこんなことで時を無駄に費やす暇はないのだ」

「いや、すまん。まことにすまん。申し訳ない。これはその、ちょっとした冗談というもんじゃ」

慌《あわ》てたように龍馬が何度も頭を下げた。その様子を見ていた伊藤が、こらえきれないように吹き出した。桂の顔が真っ青になった。

「伊藤くん、笑い事ではない。それに坂本くんも、道化《どうけ》のような真似《まね》は止めたまえ。謝ってほしいなどと言ったつもりはない。態度を改めてもらいたいと言っている」

細けえ野郎だな、と土方がつぶやいた。確かに桂は理にこだわる男である。

「細かくて悪かったな。だが、これは僕の性分《しょうぶん》だ。幕府の飼い犬に余計な口を挟んでほしくない」

「飼い犬とはご挨拶《あいさつ》じゃねえか」ゆっくりと土方が立ち上がった。「黙って聞いてりゃ、大口ばかり叩きやがる。桂、わかってんのか。お前は手配書も回ってるお尋ね者なんだぞ」

桂も片膝を立てた。まあ待たんか、と龍馬が割って入った。どちらかが刀を抜けば、それで終わりである。流血沙汰《ざた》は避けられないだろう。

「いや、待てない」

桂の唇が怒りに震《ふる》えていた。例えば池田屋事件の際、松陰門下で最も親しく交わっていた吉田稔麿が新選組に殺されている。

吉田だけではなく、長州藩士で新選組の手に掛けられた者は少なくない。積年《せきねん》の恨《うら》みがこもっていた。

「両君、その男を挟み込め……土方くん、なぜ僕が遅れてやってきたのか、その理由を教えよう。僕は近江屋の周囲に、新選組の手の者がいないかどうか、確かめていたのだ」

そういうことか、と土方が左右に目をやった。伊藤と井上が血走った目のまま、刀の柄《つか》に手をかけている。

最初からそのつもりだったのかどうかは別として、話がこじれた場合、土方を斬るという筋書きが長州人たちの間にあったのだろう。

（抜かったな）

龍馬を信じていたわけではない。単身敵地に赴《おもむ》く形になるのは避けたかったが、強く説《と》かれてやむなくここまで来た。将軍襲撃の下手人を捜すためにはそれしかないと判断したからである。

過信もあった。伊藤と井上という名前だけは聞いていたが、長州人が武《ぶ》に暗いのはよく知られている。

万一、龍馬が裏切って三人で襲ってきたとしても、どうにかなると考えていた。ただ、桂小五郎が来ることは聞いていなかったし、計算にも入れていなかった。

桂は神道無念流の、龍馬は北辰一刀流《ほくしんいっとうりゅう》の達人である。一対一ならともかく、二対一ともなれば、圧倒的な不利は目に見えていた。

（まあ、しょうがねえ）

読みが間違っていた以上、こういう結果になるのはやむを得なかった。数々の修《しゅ》羅《ら》場《ば》をくぐり抜けてきた土方は、覚悟を決めるのも一瞬だった。

（どっちか一人ぐらいは斬れるだろう）

坂本くん、と桂が大声で怒鳴った。

「これは絶好の機会。いかに新選組土方歳三《としぞう》とはいえ、我ら四人で掛かれば必ず倒すことができる。土佐藩も新選組には強い恨みがあるだろう。今がその恨みを晴らす時だ」

そうではないか、と念を押すように言った。恨みはあるのお、と龍馬が微笑《ほほえ》んだ。

「ほいじゃが、今ここでこの人を殺させるわけにはいかん」

桂の表情がかすかに歪《ゆが》んだ。なぜだ、と鋭く尋ねた。約束したからじゃ、と龍馬が答えた。

「約束？」

「わしはこの人をここへ連れてくるに当たって、騙し討ちのような真似はせんと約した。この人もそれを信じてここへ来た。ほいじゃき、殺させるわけにはいかん」

それだけではない、と龍馬が続けた。「今、急務なのは大政奉還を成立させること。そのためには誰の手でも借りにゃあならん。慶喜公は迷っちょる。その迷いを解くためには、何としても下手人を見つけにゃいかん。それには新選組土方歳三の力がいるんじゃ」

鋭く一歩踏み込んだ龍馬が、柄に掛けていた桂の右手を押さえた。何をしている、と桂が怒鳴った。

「君にはなぜわからんのか。この男は奸賊《かんぞく》だぞ」

「奸賊でも何でも、殺しちゃいかん。桂さん、あんたほどの人が、そんなことをしてはいかんのじゃ。土方さん、あんたも抜くなや。わしらの目的は争うことではない。長州が慶喜公襲撃に関係があるのかどうか、それを確かめるために来たのではなかったか」

再び土方が左右を睨《にら》みつけた。その眼光の鋭さに、伊藤も井上も動けなくなっていた。

「抜け！　両君、その男を斬れ！」

桂が叫んだが、それでも動けない。僅かな隙《すき》が生じた時、どうしました、坂本さん、と階段の下から声がした。陸奥陽之助《ようのすけ》である。駆け上がる足音と同時に、襖が開いた。

「いったい何が……桂さん！」

そこからの龍馬の動きは素早かった。御免《ごめん》、と叫んで桂に当て身を食らわし、そのまま土方の袖を摑《つか》んで部屋の入口に走った。陸奥を押しのけるようにして階段を飛び降りる。

待て、逃げるな、という桂の怒声が鳴り響いた。駆け出そうとした龍馬が悲鳴を上げてうずくまった。

「どうした、坂本」

「いかん、くじいた」

階段を飛び降りた時、足首でも捻《ひね》ったのだろう。振り向くと、襖を破るようにして桂が飛び出してきた。背後から陸奥がその腰にしがみついている。

「逃げるぞ」

肩を貸しながら土方が言った。すまんの、と龍馬がうなずいた。

四

逃げ込んだのは誓願寺《せいがんじ》の境内《けいだい》である。

桂も外まで追ってくることはなかった。陸奥が止めたのか、それとも伊藤たちが諦めるよう説得したのか、おそらくはその両方だろう。

近江屋を逃げ出す時、土方は懐《ふところ》に草履《ぞうり》をねじ込んでいたし、また龍馬も西洋靴を手にしていた。足はどうなんだ、と土方が尋ねた。靴を履こうとしていた龍馬が、痛いのう、とつぶやいてうずくまった。

「頼むからさっさと治してくれ。お前の角力取りみてえなでっかい図体《ずうたい》を抱《かか》えて歩くなんざ、考えただけでもやりきれねえ」

境内にあった石灯籠《いしどうろう》の台座に腰を下ろしながら土方が言った。ほにほに、とうなずいていた龍馬が、きちんと靴を履き直してから静かに立ち上がった。ゆっくりと歩き始めるその様子は、八十の老爺《ろうや》のようだった。

「おお、歩ける歩ける」

歩けなけりゃ置いていくだけだ、と苦《にが》りきった表情で土方が言った。冷たいことを言うのう、と龍馬が思いきり背伸びをした。

「それにしても、あれであんたも長州がこの一件に関係ないと、得心《とくしん》してくれたじゃろうな」

まあな、と土方がうなずいた。長州人の京への密入に対し、会津、桑名《くわな》などによる監視の目が鋭く光っている。

なるほど、確かに桂以下三名の長州人が入ってきているのは確かだが、おそらくそれは薩摩藩の手引きによるものだろう。

現在、幕府と薩摩藩の関係は微妙である。幕府としては第三次長州征伐があった場合、再び薩摩藩の力を借りざるを得ない。

薩摩の側は既に藩論を倒幕と決していたが、対幕戦が始まるまで、あからさまに敵対することはできなかった。今のところ、表面上は小康を保っている。

そうである以上、薩摩藩としても、あまり多くの長州人を入京させることはできないはずだった。その数が増えればそれだけ目立つことになる。幕府に見とがめられれば、これまでの苦労が水泡《すいほう》に帰《き》すからである。おそらく十指に満たない数なのではないか。それだけの人数で、将軍襲撃などできるはずもない。

長州人は、いたとしてもあと数人だろう。おそらく十指に満たない数なのではないか。

加えて、桂を始めとするあの三人がそうであったように、今、薩摩藩が欲しているのは、政務を担当する長州人である。

長州藩は奇兵隊以下、いわゆる諸隊と呼ばれる人民軍を結成し、その戦闘員の数は藩の規模に比して大きかったが、今の段階で兵は必要ない。そして、朝敵である以上、彼らが大挙して入京することは不可能だった。

現状から考えて、薩摩が主、そして長州が従となるのはやむを得ないところであろう。桂としてもそのつもりのはずだ。

彼らの計画としては、対幕戦が始まったという連絡が京都に潜入している桂たちから入り次第挙兵、京都に向かって進撃する予定だったのだろう。今はそのための戦備を整えているはずだ。

この状況下、長州は京に軍隊を送り込む余裕はない。桂自身も言っていたが、この段階で徳川将軍を暗殺するのはまだ時期尚早だろう。

「薩摩も違う、会津も違う、そして長州も違う」

再びしゃがみこんだ龍馬が、落ちていた木切れを拾い、地面に文字を書いては消していった。決して達筆とは言えないが、なかなかに味のある字だった。

「土方さん、そうすると後は誰が残るかの。慶喜公を殺して得をする者といえば」

「土佐じゃねえのか」からかうように土方が言った。「山内容堂公は、ずいぶんと立場が苦しいらしいじゃねえか。公武《こうぶ》合体といやあ聞こえはいいが、結局はどっちつかずってこった。そうだろう？」

そうじゃな、と龍馬がうなずいた。土方が首を鳴らした。

「このままでは、薩摩や長州の後塵《こうじん》を拝するってことになる。それならいっそのこと上様を殺め奉り、幕府と薩長を戦わせ、その隙に乗じて天下を取ろうって魂胆《こんたん》じゃねえのか」

「あの人にそんな度胸《どきょう》はありゃせん」龍馬が木切れをぶらぶらと振った。「ありゃあ、単なるわがままな酔っ払いよ。口先は達者だが、本気で動くつもりなどありゃせん。そういう男じゃから、わしの唱えた大政奉還策に乗ったんじゃ」

土佐、と地面に書いて、その上から二本の線で消した。動機の面から考えればそうだろう。

この時点で大政奉還を幕府に対して働きかけているのは、土佐藩だけなのである。その土佐が、自ら大政奉還を台なしにしてしまうようなことをするはずがなかった。

「そうでもねえだろう。そっちの乾退助《いぬいたいすけ》は、ずいぶんと飛び回っているらしいじゃねえか」

後藤象二郎《しょうじろう》と同じく参政である乾退助は、土佐藩内でも急進派の一人と言っていい存在である。乾は容堂の因循《いんじゅん》な態度を嘆き、西郷、桂たちに対し、もし対幕戦争が始まった場合、自らも一隊を率いて必ず戦《いくさ》に加わると約束していた。そのため、同僚の後藤とは違い、大政奉還には真っ向《まっこう》から反対している。

「あんたは何でもよう知っちょるの」

感心したように龍馬が首を振った。各藩の動向に詳しいのは職務であり、また土方の性分でもあった。

〝バラガキ〟と呼ばれた子供の時分から、勝てる喧嘩しかしないというのが信条である。相手の状況を知ることが勝つための絶対の条件だと、喧嘩上手なこの男はよくわかっていた。

「土佐藩といやあ、お前の仲間の中岡慎太郎はどうなんだ」

中岡はこの時期、龍馬の海援隊と同じく浪人結社である陸援隊を率い、一隊の将となっていた。中岡もまた、大政奉還には反対の立場を取っている。

最終的には対幕戦に踏み切らなければならないだろう、というのがこの優れた理論家の見通しであり、大政奉還はある種の時間稼ぎ的な役割しか果たさないと考えていた。そのため、龍馬と激論を戦わせたこともある。

「いや、慎の字はあり得ぬ。少なくとも、それほどの大事ならば、わしに必ず断りを入れる。あれはそういうところは律義な男じゃ」

可能性だけで語れば、他にいくらでも数え上げることができるだろう。鍋島閑叟《なべしまかんそう》率いる肥前《ひぜん》佐賀藩は、中立の立場を取りつつ、藩内では軍備の拡充を図っていると も言われる。芸州《げいしゅう》、因州《いんしゅう》など、密かに藩論を勤皇へと方向転換している藩も少なくない。

ただし、ほとんどの藩がまだその旗幟《きし》を鮮明にするところまでには至っていなかった。逆に言えば、その態度をはっきり表すために、将軍襲撃という非常手段に出たということも考えられないではない。

ただし、これはあくまでも可能性の話である。土方と龍馬に共通しているのは実務家という性格であり、その判断としてこれらの各藩がそこまで踏み切るだけの度胸はないと見切っていた。

「となると……あとは岩倉公か」

岩倉具視《ともみ》は公家《くげ》である。堀河康親《ほりかわやすちか》の次男として京都に生まれ、岩倉具慶《ともやす》の養子に入った。

元来、公武合体派であり、尊王攘夷《そんのうじょうい》を叫ぶ過激派にとっては敵ですらあったが、後に京都洛北《らくほく》にある岩倉村に蟄居《ちっきょ》してからは志士たちとの交流を深め、特に薩摩藩との関係を密にしていた。

孝明《こうめい》天皇の崩御《ほうぎょ》後、表舞台にこそ立てないものの、朝廷を牛耳《ぎゅうじ》っているのが岩倉であることは誰もが知っている事実だった。今、岩倉は朝廷工作を始めており、討幕の密勅《みっちょく》を出させるべく、盛んに運動しているはずである。

岩倉、と地面に書いた龍馬がその名を大きく丸で囲った。岩倉には動機がある。大政奉還が成立し、倒すべき幕府の存在がなくなれば、薩摩藩などに対する影響力が薄れる可能性がある。それを恐れて、岩倉は将軍襲撃という手段に訴えたのかもしれない。

「確かに、岩倉公ならやりかねん……ほいじゃが、ひとつ問題がある」

そうだな、と土方がうなずいた。当然のことだが、公家である岩倉自身が襲撃に参加したはずもない。実行犯は別にいるはずだが、それがわからないのではどうにもならないだろう。

岩倉は龍馬よりも、中岡慎太郎と懇意である。昨年、三条実美《さねとみ》と和解したのも、中岡の仲介によるものだった。中岡を通じ、岩倉に事情を聞くこともできるだろうが、まさか自分が指示したなどと言うはずもない。

「手詰まり、じゃやな」

龍馬が木切れを捨てて立ち上がった。どこへ行く、と土方が見上げた。

「飯《めし》じゃ、飯。腹が減っては戦ができんと言うじゃろが」

あんた、どっか店を知らんか、と尋ねた。しょうがねえな、と土方が腰を上げた。

五

寺町通りから二条通りへと左に折れ、川越松井屋敷を越えた辺りに開いている蕎《そ》麦《ば》屋があった。まだ朝五つ（午前八時）過ぎと早い。他に店もなく、二人はそこへ入っていった。

「永井さんは夕刻夕刻と騒いでおったが、夕刻とはいったいいつのことかの」

龍馬は鰊《にしん》蕎麦を頼み、土方は何も入っていないかけ蕎麦を注文した。鰊蕎麦は京都の名物であるが、土方は食べたことさえない。蕎麦に丸ごと魚を入れるなど、田舎者としか思えねえな、と聞こえよがしに言った。

店の主人が無愛想な顔付きで黙々と蕎麦を茹《ゆ》で始めている。他に客はいなかった。

「日が暮れるまでってことだろうよ」

十月初旬、京都の日暮れは早い。暮れ六つ（午後六時）ぐらいだろう。明日のその刻限までに、何としてでも下手人を見つけ出さねばならない、ということだった。

「あのな、土方さん」

入口に近い席を取っていた龍馬が口を開いた。

「何だ」

「慶喜公を襲った下手人は、お命を奪うことが目的だったのではないかもしれんの。要は脅《おど》しじゃ。真の目的は、あくまでも大政奉還潰しではなかったんかの」

なるほどな、と土方が先を促した。

「面白えな。おれも似たようなことを考えてたよ……お前、何でそう思ったんだ」

「だいたい、あんな暗いうちから鉄砲を撃って、当たるもんかの」

この時代、銃の精度は決して高くない。例えば最も一般的に使用されているゲベール銃の場合、有効射程距離は約五十間から百十間（約九十メートルから二百メートル）ほどだろう。暗ければ、その距離は更に短くなる。

警護を担当していた新選組沖田総司《そうじ》が、料亭分田上《わけたがみ》までの道の途中にあった空屋に数名の不審者を発見したのは、慶喜ら一行が移動していた約三百間（約五百五十メートル）先のことである。

ゲベール銃やミニエー銃の射程距離からいえば、弾がなんとか届く程度の距離だった。とても正確に狙い撃てるものではない。それは二人にもよくわかっていた。

「新選組や見廻組《みまわりぐみ》が警備のために先を行っておったというから、相当離れたところから撃ったんじゃろうな。会津の者が撃たれたり、慶喜公の乗っちょった駕籠の桟《さん》に当たったたちゅうのは、まぐれ当たりみたいなもんじゃないかの。つまり下手人は、はなから慶喜公のお命など、どうでもよかったんじゃなかろうか」

「かもしれねえな……もし上様を本気で殺《あや》めるつもりなら、斬り込んでいたはずだ。桜田門で井伊大老がそうだったようにな」ひとつひとつ言葉を選びながら土方が言った。「お前の言う通り、下手人の狙いが脅しだったとしよう。実際、その目論見《もくろみ》通りになっている。上様は大政奉還についての思案を決められぬまま、二条城に籠《こ》もりっきりだ。だから、おれたちが走り回ることになってるんだがな。誰に狙われたのかわからねえうちは、容易に態度を決められねえというのも当然だろう。だが、そうなると……」

そうなんじゃ、と龍馬がうなずいた。

「もうひとつ怪しい連中が出てきよる……異人じゃ」

うむ、と土方も首を強く縦に振った。既に、昨夜二条城で老中の板倉に報告した際にも、異人が動いている可能性については触れていた。

「坂本、おれたちは同じことを考えてたのかもしれねえな。勤皇方についてる英国《えげれす》か、それとも幕府方の仏国《ふらんす》か、どっちかはわからねえ。だが、どっちにしても奴らは戦を待ってる。戦になれば武器がいる。鉄砲はもちろんだが、大砲やら弾やら、何でもかんでもだ。戦国の昔じゃねえ。刀と槍だけで戦をするわけにもいかんだろうさ」

「人斬り集団の頭領《とうりよう》にしちゃ、あんたはようわかっちょる」

「人斬りだからわかるんだよ。もう刀槍《とうそう》の時代じゃねえ。当たり前じゃねえか」

出てきた店の主人が、無言のまま丼《どんぶり》を置いた。色が薄いなあ、と土方が口元をへの字にした。

「おれぁ、ついこの間まで江戸にいたんだぜ。真っ黒なつゆで蕎麦を食いてえよ」

「ああ、ありゃ妙なもんじゃの。わしも時々、江戸の蕎麦が食いたくなることがある」

龍馬が言った。江戸の千葉道場で剣術を学んでいた時期があったが、その頃は江戸風の蕎麦ばかり食べていたものだ。

「最初はのう、こんな醬油《しょうゆ》みたいなつゆで蕎麦を食うんかと思って驚いたが、あれはあれで慣れてみればなかなかうまいもんじゃ……それで、何の話じゃったかの」

「異人が裏で糸を引いてるとしたら、どうだ」

土方が蕎麦に箸《はし》をつけた。ふむ、と龍馬がうなずいた。

「確かに、連中が戦を待っちょるのは間違いない。武器弾薬はもちろんじゃが、他の装備も金になるからの。戦は連中の稼ぎ場じゃ。わしゃ、長崎でずいぶん異人ともつきおうたが、あれらの考えちょることは皆一緒よ。要は銭儲《ぜにもう》けじゃ。そうでなけりゃ、わざわざ海をわたってこんな島国まで来よるはずもない」

高名な英国商人グラバーなどを含め、龍馬は外国人商人とも亀山社中という結社を通じ、小規模ながら商いをしていた。その後、土佐藩に付属させて海援隊となったが、浪人という身分で龍馬ほどに外国人との折衝《せっしょう》をしていた者はいないだろう。当然、海外の事情にも通じていた。

「わしゃあな、土方さん。あの連中と会い、話しているうちに、これはいかんち思うたんじゃ。内乱になって喜ぶんは、異人だけぞ。なあ、わしら同じ国の者同士が争ってどうする。つまらん話とは思わんか。いや、武士はええ。武士は戦が役目じゃからの。ほいじゃが、本当に迷惑するのは民百姓よ。あんたならそれがわかるじゃろ。ほいじゃき、そんな下らんことを止めるためにも、大政を奉還せにゃならん。何とかせにゃならんのじゃ」

「お前が大政奉還にこだわってるのは、もうよくわかった。何度も聞いた」土方が蕎麦をたぐりながら言った。「十分だよ。おれが知りてえのは、異人が上様を襲ったかどうかだ」

横浜、長崎、神戸などが開港している。外国商船、あるいは軍艦なども港には停泊しているだろう。

当然、水兵をはじめとする軍人、あるいは陸戦隊も乗っているはずだ。彼らが将軍襲撃を試みた可能性もないとはいえないのではないか。

「いや、そりゃあり得んな」龍馬が音をたてて蕎麦のつゆをすすった。「あんたも知っての通り、京の町に異人は入れん。大坂までは来ちょるがの。万が一、異人が京まで来てたとしても、大勢でうろうろしちょったら嫌でも人目につく。自ら手を下すようなことはないじゃろ。じゃが……金で人を傭ったことはあり得るかもしれんの」

「異人は誰を傭ってもいいってことだ……勤皇でも、佐幕でも」

ほにほに、と龍馬が首を何度か振った。だがな、と土方が口元を歪めた。

「それでも問題は残る。いったいそれをどうやって調べればいいのか、それがわからねえ」箸を持つ手が止まった。「異人と接触している藩はいくらでもあるだろう。だいたい、幕府そのものが仏国《ふらんす》と商いをしてるぐらいだからな」

「あのな、土方さん、それじゃったら……」気まずそうに龍馬が言った。「わしの方で、調べさせちょる」

何だと、と土方が目を丸くした時、蕎麦屋の戸が開いた。

第六章　高台寺党

一

　入ってきたのは、ついさっき近江屋《おうみ》で顔を見たばかりの嬉作《きさく》という下僕《げぼく》である。蕎麦《そば》を食べていた二人を見つめていたが、そのまま後ろへ下がって外に出て、店の戸を閉めた。

「……何だ、ありゃあ」呆《あき》れたように土方《ひじかた》がつぶやいた。「本当にお前とよく似てやがるな。図体のでかさや面構《つらがま》えもだが、無愛想なところもそっくりだ」

「わしゃ、あんなに愛想がないかの」

　楊枝《ようじ》を歯に当てながら龍馬《りようま》が言った。ねえな、とにべもなく土方が答えたとき、再び戸が開いた。現れたのは陸奥陽之助《むつようのすけ》である。その後ろに、嬉作ともう一人、瘦《や》せた小男が立っていた。

「ああ、やっぱり」

陸奥がうなずいた。何がやっぱりじゃ、と龍馬が尋ねた。

「どうせ飯でも食ってると思ってましたよ。言ったでしょう、長岡さん。坂本さんを探すなら飯屋だと」

小男がうなずいた。長岡謙吉といって、海援隊の文官である。隊では書記官を務めていた。

「蕎麦でも食わんか」

龍馬が言ったが、二人は肩をすくめた。見ていたのは土方である。

二人の目からすれば、新選組土方歳三《としぞう》は化け物と同じであろう。その化け物と肩を並べて蕎麦を食べている坂本龍馬も、化け物に近い。

「陸奥とか言ったな。なるほど、坂本龍馬を探すなら飯屋というのはその通りだ」

土方が小さく笑った。勘弁してくれんか、と龍馬が真顔で言った。

「わしゃ、そんなに飯ばかり食っておるわけではないぞ……それはええが、何でわしを捜しとったんじゃ」

「何で、と申されても困ります」長岡が謹直《きんちょく》な口調で言った。「異国の連中の様子を探れとおっしゃったのは、坂本さんご自身ではありませんか」

おお、そうじゃった、と龍馬が左手で楊枝を二つに折った。

「どうかの、何かわかったか。今、ちょうどこの人とその話をしとったところじゃ」

箸《はし》を持ったままの右手で土方の肩に触れた。汚ねえな、と土方がその手を払った。

「……よろしいのですか」

長岡がわずかに首を傾《かし》げた。新選組副長の前で話してもいいのか、という意味である。構わん構わん、と龍馬が応じた。

「わしらは仲間じゃ。隠すことなど、何もありゃせん」

「今だけは、だ」

土方が言った。それでは申し上げます、と長岡が口を開いた。

「坂本さんは、英国《えげれす》商人のブラウンとは面識がありましたか」

ブラウン、と二度繰り返した龍馬が、あの強欲男か、と言った。海援隊には貿易という商務があるため、異人との接触も多い。ブラウンもその中の一人である。ただし、自らの利ばかり言い立て、金にうるさいブラウンについて、よく思っている者は海援隊の中に誰一人としていなかった。

「握った指を開くのも嫌がるという我利我利《がりがり》亡者《もうじや》です」長岡がうなずいた。「自分も長崎で何度か会っておりますが、どうもあまりの金の汚さに、それほど深くは係わっておりませんでした。そのブラウンが、十日ほど前、自らの商船を神戸へ向かわせております」

ふむ、とうなずいた龍馬が楊枝をもう一本取り出して奥歯の辺《あた》りをせせるようにした。口の中から葱《ねぎ》の切れ端《はし》が出てきた。

「それで？」

「その船が陸揚げしたのは、最新式のスナイドル銃五丁だけだったそうです……妙だとは思いませんか」

銃五丁を運ぶためだけに商船を動かすというのは、確かに奇妙な話であろう。船には燃料である石炭や、水夫などの人員も必要である。当然、経費がかかる。欲の皮の突っ張ったブラウンが、その経費を支払ってまで長崎から神戸へと船を出すというのは、何か特別な理由があると考えてもよいのではないか。

「よほど急ぎの用でもあったんじゃろうか」

龍馬がとぼけた声を上げた。馬鹿野郎、と土方が鋭く言った。

「そのブラウンって英国人が、上様《うえさま》を襲った奴らに銃を渡したってことじゃねえか」

「おそらくは……そういうことも有り得るかと」

長岡がゆっくり首を縦に振った。ほいじゃが、と龍馬ががりがりと頭を掻《か》いた。

「その五丁の銃を、ブラウンは誰に渡したんかいの」

「英国と言えば、薩摩《さつま》だろうが」

土方の言葉に、そうとは限らん、と龍馬が言った。

「あんたは知らんじゃろが、ブラウンちゅうのは札《ふだ》付きの男での。金になるなら、薩摩や長州《ちょうしゅう》だけではなく、会津《あいづ》や幕府とでも商売をしようっちゅう男じゃ。それに、英国と親しくしちょるんは、もう薩摩藩だけではない。あんたの知らんところで、いろんな藩が英国人と商売をしちょるんじゃ。時代は変わっちょるんぞ」

長岡が小さく空咳《からぜき》をした。

「……坂本さんのおっしゃる通り、ブラウンは薩摩だけではなく、他にも芸州《げいしゅう》、長州、土佐、そして奥州のいくつかの譜代《ふだい》藩にも武器弾薬を売るなど、幅広く商いをしております。薩摩とは限りませぬ」

「となると……その五丁の銃を誰に渡したのかはわからねえってことか」

土方の問いに、今のところは、と長岡が答えた。

「ブラウンの雇った者たちが、大坂までその銃を運び入れたことはわかっております。ですが、その先までは」

「船はまだ神戸にいるのか」

「十日ほど前と言ったはずですが」陸奥が横から口を出した。「とっくに港を離れてますよ」

「ブラウンって野郎はどこにいやがるんだ」

土方が叫んだ。陸奥が首を振った。

「長崎だと思いますがね。ブラウンの商館は長崎にありますから、本人はそこから指図しているだけでしょう。今から長崎へ行ってそれを調べるのは、時間がかかるでしょうね」

坂本、と土方が不機嫌な表情で言った。

「お前の子分は、口の利《き》き方がわかってねえようだな」

それで困っちょる、と龍馬がうなだれた。

「陸奥よ、もう少し物言いを何とかしてくれんかの。恥を掻くのはわしじゃ。そうじゃ、土方さん、一度新選組でこの男を預かってくれんか。世の中には礼儀ちゅうもんがあるのを、教えてやってもらえんものか」

遠慮します、と陸奥が一歩下がった。それはそれとして、と龍馬がまた頭を掻いた。

「確かにその銃の話は妙じゃな。何かあるのかもしれん。少し探ってみてくれんか」

「ついでだ。こっちでも調べさせよう。お前ら、不動堂の屯所《とんしょ》に行ってくれ。そこに沖田という男がいる。今の話をして、ブラウンって野郎のことを調べるようおれが言っていたと伝えてこい。叩《たた》けば、埃《ほこり》のひとつやふたつ出てくるかもしれねえからな」

「嬉作に行かせます。わざわざ新選組の屯所になど、行きたくありませんね」

口を尖《とが》らせた陸奥に、やっぱり新選組で一度引き取った方がいいか、と言った土方がいきなり横っ面《つら》を張った。なるほど、と龍馬が二度うなずいた。

「やっぱり、それぐらいのことをせにゃならんかの」

さっさと行け、と土方が陸奥の尻を蹴《け》り上げた。

二

二人にはまだ探らねばならない相手がいた。そのうちの一人が、龍馬の盟友ともいうべき中岡慎太郎《しんたろう》である。この時期、中岡は白川村《しらかわ》に陸援隊本営を構えていた。

白川村は京の東北の外れにあたる。今出川《いまでがわ》通りから東に進み、鴨川を渡ると、その辺りであった。一面に田畑が開けている。そこに土佐藩は第二藩邸として白川屋敷を建てていた。

場所としては辺鄙《へんぴ》であり、不便とさえいっていい。にもかかわらず土佐藩がこの地を選んだのは、他の要地を他藩によって押さえられていたためだった。

「土佐はいつも打つ手が遅い」

歩きながら龍馬が言った。機を見るに敏《びん》なところのある薩摩藩などは、今後京都が政治の中心地になると見定め、町中《まちなか》の長屋をそのまま買うなどさまざまな方策を立て、土地、家屋などを確保していたが、土佐藩はその点遅れていた。やむなく白川村に第二藩邸を建てたのが、昨冬のことである。

「あんなところで何をしようってんだ」

土方も、その意図がわからなかった。なるほど、白川は広い。藩兵を収容するには十分な面積があるといっていいだろう。

ただし、土地は平地で要害は極めて悪い。攻めるにしても守るにしても、これほど向いていない場所はないだろう。おまけに京都の中心地から遠いため、何か事があった場合でも臨機に動くことすらできないのである。

「わしにもわからん。まあ、兵の宿舎と思えば、それでいいのかもしれんがの」

昼前、ようやく白川村に着いた。陸援隊は一種の混成部隊であり、土佐をはじめとして水戸、三河《みかわ》、肥後《ひご》、豊後《ぶんご》、伊予《いよ》、対馬《つしま》など各地の浪人が参加していた。

本来なら浮浪の士として新選組の取り締まりの対象となってもいい存在だったが、陸援隊本営が土佐藩邸内にあることからもわかるように、暗《あん》に土佐藩に属している。

そのため治外法権が働き、土方としても手出しはできなかった。この辺りの事情は海援隊とほぼ同じといっていい。

先に海援隊の小者を走らせていたため、中岡は本営内で二人を待っていた。用件についても承知している。中岡が腹を立てているのは、部屋に通された途端にわかった。

「龍《りゅう》の字、いったい何を考えちょるがか。新選組と連れ立って歩くなど、おんしゃどっちの側についちょるんか」

なまりの強い土佐弁で怒鳴った。まあ、待て、と龍馬が座った。

「言い訳はせん。わしゃ、陸援隊はこの件に関係ないと何度も言うた。ほいじゃが、このお人が」土方を指さした。「直接確かめんと納得せんち言うちょるがじゃ」

「納得してもらいたいもんじゃの。まあええ。それで、いったい何が聞きたいがじゃ」

茶の一杯も出ないのは陸援隊の風《ふう》である。龍馬の海援隊には貿易という商務があり、自ら利益を生み出すことも可能な仕組みになっていたが、あくまでも戦闘組織を建前としている陸援隊にはその機能がない。

土佐藩の財政が破綻《はたん》しかかっているということもあって、贅沢《ぜいたく》は許されなかった。米こそ支給されていたが、それ以外の副食物は自弁である。

「中岡さん、あんた、大政奉還に反対しているそうだな」

腰を下ろした土方が単刀直入に尋ねた。まあそうじゃ、と腕を組んだまま中岡が答えた。

「そんなことをしているうちに、戦機を失いかねん。わしゃ何度もそう言っちょる」

「だが、坂本は大政奉還のためなら命もいらんと公言しているようだ……あんたらは同じ土佐藩の仲間なんだろ？　いったいどういうことなんだ」

「それは龍の字ともさんざん話した。はっきり言うち、いずれは薩長と幕府の間に戦《いくさ》が起きるじゃろ。それは新選組の副長であるあんたにもよくわかっちょるはずじゃ」

「それで?」

「戦が始まれば、必ず薩長が勝つ。時勢とはそういうもんじゃ。それもわかっちょろうが」

だからどうした、とは土方も言わなかった。中岡が激越な開戦論者であることは、よく知っていた。

「こりゃ革命ぞ。革命ちゅうたら前の権力者を倒さにゃいけん。それで初めて成しとげられるもんじゃきの。この国で言うたら、徳川家じゃ。徳川慶喜《よしのぶ》の首を刎《は》ねん限り、革命は終わらん。そういうもんじゃろ」

ほいじゃが、龍の字に説得された、と中岡が組んでいた腕をほどいた。

「なぜだ」

「あんたらにはわからんかもしれんが、土佐は藩主容堂《ようどう》公の因循《いんじゅん》姑息《こそく》な性格により、時勢から大きく遅れを取っちょる。じゃが、この大政奉還策をもって事態を収拾できるとすれば、一躍《いちやく》土佐藩が薩長と肩を並べることができる。そう言われれば、賛成せざるを得んじゃろが」

この時期、勤皇《きんのう》の雄藩《ゆうはん》といえば薩長の二藩がそれに当たる。土佐、肥前《ひぜん》がそれに次ぐが、あくまでも立場は二番手以下という扱いだった。

中岡は龍馬と比べて土佐藩出身という意識が強かった。これはあくまで性格的なものであり、それ以外に理由はない。

土佐藩の失地回復のためなら、大政奉還も止《や》むなしという立場を中岡が取るに至ったのは、そういう事情があった。あくまでも土佐人としての意識によるものである。

「だいたい、わしらは慶喜公と西郷の会談について知らんかった。聞いてる限り、その会談は極秘のうちに決まったっちゅうことじゃろう？　刻限も突然決まったという話じゃないがか」

龍馬が小者に渡しておいた手紙を読んでいたのだろう。中岡は事情について、詳しく把握《はあく》していた。

「確かに、陸援隊っちゅう組織はあるが、話も知らんのにどうやって準備を整え、どうやって襲えばええんか、逆に教えてほしいぐらいじゃ。機会があればやったかもしれんが、今回はその機会さえなかったんじゃぞ」

そうだろうな、と土方がうなずいた。土方としても、中岡を疑っていたわけではない。

まったく可能性がないとは言えないが、一枚の紙よりも薄いだろうと考えていた。理由は中岡が言った通りである。

突如決定した会談に対して、白川村からそれを襲撃することはほぼ不可能だった。突発事態に対応するには、あまりに遠過ぎるのである。

「実は、こんなところまで足を運んだのは、聞きたいことがあったからだ……薩摩も、会津も、長州も、そしてあんたも、自分たちは襲撃に無関係だという。では、いったい誰が上様を襲ったのか。心当たりはねえかと思ってな」

中岡は何も答えなかった。答えるための材料がないということもあったが、誰と言えばそれが裏切りにつながるかもしれないからである。

「誰もが、自分たちは違うと言う。だが、上様が襲われたのは歴《れっき》とした事実。ということは、誰かが嘘をついている……そうとしか思えねえんだがな」

「そうとは限らんじゃろ。あんたが言ってるのとは別の者が動いているのかもしれん」

異人とかな、と龍馬が言った。かもしれねえ、と土方がつぶやいた。

「確かに、異人の差し金って線もあるだろう。だがな、坂本。どっちにしたって実際に上様を襲ったのは、この国に住む誰かだぜ。異人にゃできねえよ。目立ち過ぎる」

「そりゃそうじゃな」

「中岡さんよ、あんたは理屈にうるさいと聞いた。おれたちの調べたところじゃ、下手人《げしゅにん》は異人から十日ほど前に銃を調達している。そいつらは、大政奉還に反対の立場を取っている者だろう。そして京の町に詳しく、逃げ道もわかってる奴らだ。もちろん、上様と西郷との会談について、知り得る立場にいたはずだろうよ。この条件を満たしていた連中といえば、いったい誰だと思う」

中岡は何も答えなかった。

三

白川村の陸援隊本営を出てから、二人は吉田村の尾張《おわり》徳川屋敷の横を通り、南へと下っていった。

吉田村から聖護院《しょうごいん》村を回り、丸太町《まるたまち》通りにぶつかる。そこから安芸《あき》浅野屋敷の脇を通り抜け、見性寺《けんしょうじ》、佛光寺《ぶっこうじ》、大恩寺《だいおんじ》など数十を数える寺社の間を更《さら》に下った。

宇土細川屋敷と平戸松浦屋敷が並んでいる。左手には知恩院、そのまま下れば祇園社《おん》である。目指していたのは、更にそこからしばらく行ったところにある高台寺《こうだいじ》であった。

洛北《らくほく》岩倉村にいる岩倉具視《ともみ》のもとへは、中岡慎太郎自らが事情を確認しに向かっている。二人が高台寺まで来たのは、元新選組参謀、現御陵衛士頭取《ごりょうえじとうどり》である伊東甲子太郎《かしたろう》への事情聴取のためだった。

もともと伊東は常陸《ひたち》の志筑《しづく》藩生まれである。本名を鈴木大蔵といい、志を立てて水戸に出た後、神道無念流《しんとうむねんりゅう》剣術と水戸学を学んだ。学問、教養共に深く、儒学《じゅがく》についても十代で漢籍塾で教えていたほどである。

剣術についてもその腕前は人後《じんご》に落ちず、神道無念流をおさめた後に江戸へ出て、深川《ふかがわ》佐賀町の北辰一刀流《ほくしんいっとうりゅう》伊東道場に入門、ここで免許皆伝《かいでん》を得た。伊東姓に変わったのは、道場主伊東精一に認められてその跡目を継いだときからである。

元治《げんじ》元年（一八六四）十月、同門の藤堂平助《とうどうへいすけ》の紹介で新選組に入隊、翌十一月、弟の鈴木三樹三郎《みきさぶろう》らと京都へ上った。この年が元治元年甲子《かっし》だったために、伊東甲子太郎と名を改めている。

伊東は江戸でも高名であり、また弟の三樹三郎だけでなく、友人でもあった篠原泰之進《たいのしん》、服部《はっとり》武雄、門人の内海《うつみ》二郎、中西昇ら十数名と共に入隊したため、新選組内での立場も重くなり、参謀という新しい職制についた。厳密にいえば、副長である土方よりも上級職である。

　新選組は元来、尽忠報国《じんちゅうほうこく》を目的とした尊王攘夷《そんのうじょうい》集団であり、その意味で伊東一派とは加盟時に思想的な意味での大きな相違はなかったが、その後の政局の変化、また根本的な考え方の違いによって、行動を共にすることが不可能になっていた。

　伊東は近藤、土方と話し合った末に分派という形で新選組を離れたが、土方にとっては最初からそうなるとわかっていたようなものだった。ある意味で裏切りとも取れる行動であり、決して円満な関係とは言えない。

　にもかかわらず、今二人が高台寺を目指しているのは、伊東が複雑な状況下、薩摩藩の庇護《ひご》を受けつつも、御陵衛士という役目柄、対幕府、あるいは会津藩とも良好な関係を保っているためだった。

「奴なら、何か知っていてもおかしくはねえ」

　色白でやや太り気味だが、様子のいい伊東の顔を思い出しながら土方が言った。

それはええが、と龍馬が首を振った。

「あんたがいきなり斬りつけたりはせんかと、わしゃ心配で心配で」

そんなことはしねえよ、と土方が吐《は》き捨てた。

「斬るんだったら、話を聞いてからだ」

御陵衛士とは、天皇の陵墓を守るための組織、というほどの意味である。後に高台寺党と彼らが呼ばれたのは、京都東山《ひがしやま》高台寺の塔頭《たっちゅう》月真院《げっしんいん》に屯所を置いていたためと言われる。

土方と龍馬の突然の来訪に対し、応対したのは藤堂平助だった。もともと新選組結成時からの同志であり、土方との関係は決して悪くない。ただ、藤堂の側に驚きがあったのは、新選組副長と海援隊隊長が同道していることに対してだった。

「坂本先生、お久しぶりです」

藤堂が言った。伊東もそうだったが、龍馬も北辰一刀流の出身である。関係性で言えば、龍馬は藤堂の兄弟子に当たる。自然、藤堂の態度は丁重《ていちょう》なものだった。

すぐその後から、斎藤一《はじめ》が顔だけを覗《のぞ》かせた。斎藤もまた新選組から御陵衛士に加わっている。ただし、斎藤は藤堂と違い、実際には土方の諜者《ちょうじゃ》として御陵衛士に参加していた。

もともと口数の少ない男である。目礼《もくれい》だけを交わし、そのまま外へと出て行った。

屯所内の別室で小半刻《こはんとき》（三十分）ほど待たされた後、御陵衛士の頭取である伊東甲子太郎が現れた。若干《じやつかん》肥大気味であるが、恰幅《かつぷく》のいい男である。黒縮緬《くろちりめん》の羽織《はおり》を着用した姿は役者のようであった。

「これは土方副長、お待たせをして申し訳ございませんでした。坂本先生も、ご無《ぶ》沙汰《さた》しております」

丁重に挨拶《あいさつ》した。時間を取っていたのは、伊東が土方歳三という男をよく知っていたためである。

下手《へた》に会えば、問答無用で斬りつけてくることもあり得るだろう。土方が分派を快く思っていないことはよくわかっていた。

ただ、藤堂に来訪の理由を確かめさせると、そういうことではないようだった。用件を確かめもせず人と会うことなど、できない時代の中に彼らはいる。

「それにしても、お二人がお揃《そろ》いというのは……意外といえば意外」

確かにその通りだろう。佐幕と勤皇、まったく立場を異《こと》にする二人である。不思議に思わない方がどうかしている。

「誰ぞ、茶の用意を……それとも昼酒といきますか」

「酒に弱いのは知ってるだろ」

土方が視線を横にずらした。冷たい物言いに、部屋が一瞬静まりかえった。そうでしたな、と伊東がわざとらしい大声をあげて笑った。

「それでは茶に致しましょう。しかし、それにしても驚きましたな。いったい何があれば、このような組み合わせが」

伊東先生、と土方が言った。

「無駄話をしに来たわけじゃねえ。それほどのんびりもしてられねえんだ。茶もいらねえよ。さっそくだが、聞きたいことがある」

何でしょうか、と伊東が扇子《せんす》を出して自らの顔を扇《あお》いだ。先生、と土方が口を開いた。

「先生は先日、畏《おそ》れ多くも上様が不逞《ふてい》の輩《やから》に襲われたという話は聞いてますかね」

「何のことです、藪《やぶ》から棒に」

「藪から棒だか蛇《へび》だか知らねえがな、あんたが知ってるかどうか、それを聞きたくて高台寺くんだりまでやってきたんだよ」

「知りませぬ」扇いでいた伊東の手が止まった。「いったい、何の話でござろうか」

「いや、知らなきゃいいんだ」

「伊東さん、あんた、ブラウンという英国商人を知っちょりますかの」

横合いから龍馬が尋ねた。ブラウン、と首を曲げていた伊東が、聞いたこともありませんな、と答えた。ほうかの、と言ったきり龍馬が口をつぐんだ。

「聞いた話だと、ここじゃ西洋銃の訓練もしてるそうだな」

再び土方が質問を始めた。当然でしょう、と伊東が答えた。

「それは御陵衛士として当然の務め。有事《ゆうじ》の際には、我らがこの地を守らねばなりませぬゆえ。備え有れば憂《うれ》いなしと申す通りですな」

「有事とは何ですかの」

のんびりした声で龍馬が尋ねた。対照的に伊東が声を潜《ひそ》めた。

「仮にですが……幕府が対朝廷、あるいは朝廷に近い立場を取る諸藩に対し、戦を仕掛けてきた場合、という意味でございます。もっとも、それは我らも望むところ。そのためにこの御陵衛士、毎日の訓練を欠かしたことはございませぬ」

「たとえば、銃の訓練もそれに含まれてるってことか……伊東さんよ、その銃を見せてくれねえか」

戸惑ったような表情を伊東が浮かべた。

「土方副長、おっしゃっておられる意味がわかりませんな。見せろと申されるならお見せするのは一向に構いませんが、いったい何の意味が……」

「おれたちは、今、ご老中《ろうじゅう》の板倉様の命《めい》で動いてる」脅《おど》しをかけるように土方が言った。「こんなことは言いたくねえが、二条城から直接命じてもらってもいいんだぜ」

ふむ、と腕を組んだ伊東が、失礼、と断ってから控えていた隊士の一人に小声で何かを命じた。隊士が部屋の外へと出て行き、しばらく経ってから戻ってきた時、その後ろに従っていたのは伊東の弟の三樹三郎であった。腕に二丁のゲベール銃を抱《かか》えていた。

「このようなものを用い、調練《ちようれん》をしております。旧式の銃ではありますが、十分役には立つかと」

他にはねえのか、と土方が言いかけた時、失礼致します、と襖《ふすま》の向こうで声がした。顔を覗かせたのは藤堂平助だった。

「沖田くんが来ています。何か、火急《かきゆう》の用件があるとか」

坂本、と土方が言った。

「他に何か聞いておくことはねえのか」

別に、と龍馬が首を振った。邪魔したな、と土方が立ち上がった。

「とんでもございませぬ。何か御用の節《せつ》は、いつでもお待ちしております。国事《こくじ》について語るべきことがありますときも、ぜひお見えになっていただければと」

伊東が深々と頭を下げた。二人はそのまま部屋の外に出ていった。

四

どうした、と土方が聞いた。御陵衛士の屯所を出た辺りから、龍馬が頭を掻き毟《むし》りはじめていた。

「いや、どうもこうも……何ちゅうか、その、気色《きしょく》が悪い」

言葉のあやではなく、龍馬の二の腕辺りに鳥肌が立っていた。そういう奴だよ、とうなずいた土方が左の肘《ひじ》を掻いた。

「馬鹿野郎……こっちまで痒《かゆ》くなってきたじゃねえか。坂本、あれぁお前の同門だろうが。北辰一刀流ってのはみんなあんな具合か」

皮肉を吐いた土方が、沖田、と大声で呼んだ。手を懐《ふところ》に入れたまま、松の木の蔭から沖田総司《そうじ》がその痩身《そうしん》を現した。

「よく動き回りますね、土方さんも。捜すだけでもひと苦労だ」

「下らねえことを……それにしても、よくここにいるのがわかったな」

「陸援隊へ行くということだけは聞いてましたんでね。とすれば、ことのついでに御陵衛士を目指すのではないかと思っただけのことです」

陸奥くんから聞いたか、と龍馬が言った。二人は陸奥たちを新選組屯所へ向かわせるにあたり、次は陸援隊の中岡慎太郎を訪ねる、と伝えておいたのである。

「そうです。坂本さん、こんなことは言いたくありませんが、あの陸奥という男は相当な変わり者ですね。言うだけのことを言って、さっさと帰っていきましたが、いつもああなんですか？」

「いつもああかどうかは知らんが、偏屈《へんくつ》なのは確かじゃ。伝言は聞いてくれたんかの？」

英国商人ブラウンの動向を探るように、という土方の命令のことである。聞きましたよ、と沖田が言った。

「だからこんなところまで来たんじゃありませんか。土方さん、どうでしたか、伊東参謀の様子は」

「相変わらずだ。愛想こそいいが、本音はひとつも見せやしねえ。ああ、思い出したらまた痒くなってきた」土方が派手な音を立てながら首の辺りを掻いた。「そんなことはどうでもいい。沖田、何かわかったのか」

「まあ、いくつかは。土方さん、海援隊も馬鹿にしたもんじゃありませんね。というよりも、なかなかの手腕《しゅわん》を持っていますよ。少なくとも、海運について調べさせたら、我々のかなうところではありません」

「何ちゅうても海援隊じゃからの」龍馬が得意げに言った。「海のことなら、わしらに任せてもらおう」

「いろいろと当たってみたのですが、ブラウンの船が神戸の港に現れたのは、十一日前、九月二十五日の昼。正確には四つ半（午前十一時）頃のことだったようです。陸揚げしたのは銃五丁だけということでしたがそれは誤りで、他に漆器《しっき》、弾薬、食糧、薬、茶葉、綿などいくつかの品も運んできています。ただ、確かに長崎から来るにしてはやや荷が少ないというのはその通りですが」

「要点を言え、要点を」

土方が怒鳴《どな》った。順番に話します、と沖田が言った。

「陸揚げした荷を神戸から大坂まで運んだのは、回船問屋丸正の差配《さはい》によるものです。特に銃に関しては至急運ぶようにと、荷主から強く言われていたそうです。今回の場合はブラウンということですが」

「面白いな」土方がつぶやいた。「それで？」

「大坂でその荷を受け取った者もわかりましたよ……誰だと思います？」

「おれぁ判《はん》じものは嫌《きれ》えなんだ。もったいつけてねえで、さっさと言え」

土方が沖田の肩を強く突いた。まるで兄弟じゃな、と呆れたように龍馬が言った。

「天然理心流《てんねんりしんりゅう》っちゅうのは、そういう流派なんかの。まあよい、あんたらが仲がええのはようわかった。そいで沖田くん、その続きを聞かせてくれんか。わしも早《はよ》う知りたい」

「それがですね……はっきりとはしないのですが、どうも十津川《とつかわ》村の郷士《ごうし》だったと思われる節《ふし》があるんです」

「十津川か……」

土方が腕を組んだ。大坂からも京都からも遠く離れている奥吉野の十津川村は、にもかかわらず古来からよく知られている。

特に南北朝時代、一貫して南朝側に属し忠誠を尽くしたこと、また楠木正成《まさしげ》の孫の正勝《まさかつ》が最後まで立てこもったのが十津川村だったということもあり、村には尊王の気風が強く流れていた。

それは未《いま》だに変わっていない。文久《ぶんきゅう》三年（一八六三）のいわゆる天誅組《てんちゅうぐみ》の変に呼応《こおう》して挙兵するなど、勤皇活動をする者も多かった。

「なぜ十津川とわかった」

「丸正に、以前十津川郷士と商いをした者がいたんですが、その者に問いただしたところ、どうも言葉に十津川なまりがあったようだと」

十津川か、ともう一度土方が繰り返した。なるほど、十津川村の郷士なら、将軍襲撃という挙に出るということも考えられなくはない。

『古事記』、『日本書紀』にもその地名が出てくるほど尊王、あるいは勤皇の気風の強い村である。その意味で、十津川村の郷士ほど純粋な存在はなかった。彼らならば、その思想に基づいて将軍襲撃を試みる可能性もあるだろう。

「いや、ほいじゃが、それは無理じゃ」龍馬が首を振った。「十津川の連中には、慶喜公と西郷がいつ会談するかなど、わからんかったはずじゃろうが」

その通りである。十津川郷士たちは、最高機密とも言える慶喜と西郷の会談について、その正確な日時を直接知り得る立場になかった。

「では、誰かが漏《も》らしたか……いや、下知《げち》したのかもしれねえな」

土方が言った。つまり、徳川慶喜と西郷隆盛の会談を準備した人物、その細かい日程、刻限までをも知っていた人物が十津川衆に命じたのではないかという意味である。そして、それができる人物は一人しかいない。

「……岩倉公か」

「そうなるな」

この時期、公家《くげ》岩倉具視は討幕の密勅《みっちょく》を手に入れることに専念していた。岩倉は洛北岩倉村に引きこもりながらも、薩摩藩大久保一蔵《いちぞう》らと共に、朝廷工作をしていたのである。

薩摩藩は全藩を挙げて、明確に武力革命を志している。ただ、薩摩藩単独では難しいため、友藩を増やそうとしていた。薩長同盟はその一環でもある。

着々とその準備は進んでいたが、まだ兵力は不足していた。共に立つと思われていた土佐藩が龍馬の創案した大政奉還を藩論と定めたため、薩摩藩内に自重論もあったが、この頃になると戦機を逸《いっ》するという見地から、薩長だけでも決起しようという動きが強くなっていた。

薩摩藩と密接な関係にあった岩倉もまた、武力革命論者である。ここまで事態が進行している以上、倒幕を決行する以外ないと考えていた。その意味では、大政奉還に対して反対の立場を取っている。

ただ、現状のまま開戦しても、これは薩長対幕府の私戦ということになってしまうだろう。大義名分《たいぎめいぶん》がなければ天下は動かない。

岩倉は討幕の密勅を用意しなければならなかったが、そのためには帝《みかど》の玉璽《ぎょくじ》が必要になる。この工作に時間がかかっていた。

「つながったな」土方がうなずいた。「坂本、こういうことじゃねえのか。岩倉公には討幕の密勅を手に入れるまでの時間が必要だった。ところが、それに予想外の時間がかかることがわかった。その間に上様は大政を奉還なされる決意を固められた。それを知った岩倉公が、非常の手段でそれを止めようとした。つまり、十津川の郷士を使ったってことだ」

「なるほど、そこで英国商人ブラウンを通じ、最新式の銃を手に入れ、十津川郷士に命じ、慶喜公を狙撃したっちゅうことじゃな。お命まで狙ったのかどうかはわからんが、その必要はなかったじゃろ。首は武力革命のその日まで預けておくっちゅうわけじゃ。要《よう》は、慶喜公の決断を鈍《にぶ》らせればそれでよかったんじゃろうな」

二人の顔色が、期せずして同じように青くなっていた。もし今考えた通りだとすれば、すべては岩倉の描いた筋書き通りになっている。

「どうする、坂本。もしそうだとすれば、どうにもならねえぞ」

うむ、と龍馬がうなずいた。岩倉は先帝の勅勘《ちょっかん》を受けていた身だったが、今は許され、現役の公家である。

その身分は前中将《さきのちゅうじょう》で、例えば土佐藩主山内容堂よりも官位は高い。直々《じきじき》に取り調べることなどできるものではなかった。

「とにかく、わしらも岩倉村へ行くべきではないかの。既《すで》に慎の字が行っちょる。わしらが行っても、とりあえず会ってはくれるじゃろ」

過去、龍馬は岩倉と面会したことがある。大政奉還を説《と》き、その了承を得《え》に行ったのだが、これにはさすがの土方も舌を巻かざるを得なかった。

「沖田くん、すまんがどこぞで馬を借りてきてくれんか。岩倉村はちと遠い。馬でもなければ行ききれんじゃろ」

龍馬が言った。いや、それが、と沖田が渋い表情を浮かべた。

「とにかくお二人に、一度二条城まで戻ってきてほしいと老中板倉様より固いお言い付けが」

「ゆうべ行ったじゃねえか」

土方が怒鳴った。わたしもそう申し上げたのですが、ととりなすように沖田が言った。

「その後どうなったのか、報告をせよとの仰《おお》せ……わたしだって、どうかと思いますよ。ゆうべの今で、何が変わるというものでもないだろうということは、その辺の子供にだってわかる話です。ですが、老中より直々のお達しとあっては、どうすることもできません」

「そんなら土方さん、あんた、お城へ行ってきてくれ。わしは岩倉公のところへ……」

「坂本さんも一緒に、ということです」

「それどころじゃねえんだ、こっちは。沖田、お前が城へ行って報告してこい。長州人桂小五郎《こごろう》と会ったが、奴らは関係ねえようだってな」

「そんなことわたしが言えるはずがないでしょう。とにかく、板倉様も永井様も、一刻も早くお二人の報告を聞きたいと申されています。うちの連中も朝から土方さんたちを捜して、総出で京の町を歩き回ってるんですから」

「だから役人ってのは」

「頭が固いんじゃ」

　土方と龍馬が同時につぶやいた。

五

高台寺から市内へ戻ると、確かに新選組の隊士たちが至る所にいた。新選組だけではなく、見廻組《みまわりぐみ》もいる様子である。

「何だか知らねえが、大変なことになってるみたいじゃねえか」

「土方さんたちも良くありませんよ」沖田が言った。「どこにいるのかをはっきりさせておいてくれれば、こんな騒ぎにならなかったはずです。たまたま海援隊の連中が屯所に来てくれたから、どうにか探し当てることができましたが、あれがなかったらいったい今頃どうなっていたか」

運が良かったの、と龍馬がつぶやいた。

「いちいちそんなことを伝えてる暇《ひま》なんざ、おれたちにはねえんだよ」そう言った土方が、さてどうする、と沖田に尋ねた。「お前はこれでお役御免《やくごめん》か」

「ええ。お二人がお城に入るのを見届ければ、隊務に戻るつもりです」

「隊務はええが、あんたは時々妙な咳をするの」龍馬が沖田の顔を覗き込みながら言った。「あまり質《たち》のいい咳ではなさそうじゃが……風邪《かぜ》かの」

少しばかり、と沖田が答えた。ほんならええが、と龍馬が優しく笑った。

「沖田くん、まだ先は長いぞ。体を労《いたわ》ることも隊務のひとつじゃとわしゃ思うんじゃが、どうかの。どうもあんたの上におる人は、人使いが荒いようで、それが気になる」

荒いさ、と土方が言った。

「それが新選組の風だからな……さて、沖田よ。ついでといっちゃあ何だが、お前、おれたちの代わりに岩倉村まで行ってきてくれ。いや、新選組が行ったところで会ってくれねえのはわかってる。そうじゃなくて、土佐の中岡って奴を迎えに行ってほしいんだ。おれたちが行けねえ以上、奴の話を一刻も早く聞きたい。今度の件に岩倉公がどこまで絡《から》んでるのか、今となってはそれが一番の重要事だ」

「中岡に行っておいてもらってよかったの」龍馬が大きく伸びをした。「なあ、土方さん、あんたはわしらを目の敵《かたき》にしておったが、これでなかなか使えるっちゅうのがわかったじゃろ」

まあな、と土方がうなずいた。

「おれたちが行けねえところにおめえらが出入りしてるってのはよくわかったよ。ついでにおめえらの本音もな」

「では、わたしは一度屯所に戻ってから岩倉村へ向かいます」二人の間に沖田が割って入った。「とにかく、その中岡という人を何とかして摑《つか》まえてきましょう。どうしますか、その人を連れてお城までお迎えに上がりましょうか」

皮肉は止めろ、と土方が言った。

「あの連中がいつまでおれたちを引っ張っておくつもりかわからねえが、なるべく早く済ませるつもりだ。例の七梅屋という宿屋があっただろう。あそこで待っててくれ」

「沖田くん、余計なお世話かもしれんが、その浅葱《あさぎ》色の羽織《はおり》は脱いでいった方がええ。それを見ただけで、中岡は逃げよるぞ……そうだ、陸奥を連れていけ。木屋町《きやまち》の酢屋《すや》におるはずじゃ。ありゃ頑固《がんこ》で偏屈《へんくつ》な男じゃが、頭は悪うない。わしが言うちょったと伝えてくれれば、一緒に岩倉村まで行ってくれるはずじゃ」

その方がいいかもしれねえな、と土方もうなずいた。新選組の一隊士が入っていけるほど、岩倉屋敷の敷居は低くない。というより、むしろ高いだろう。

「では後ほど。七梅屋でお待ちしております」

おどけたように言った沖田がその場から離れていった。お待ちするのはどっちじゃろうな、と龍馬がつぶやいた。

六

黒書院《くろしょいん》に入ると、そこで待っていたのは永井尚志《なおのぶ》一人だけだった。

「板倉様もすぐに参られる」

座って待て、と永井が言った。すぐにと言ってものう、と龍馬が胡座《あぐら》をかいた。どうせまた待たされるんじゃろ、とその顔に書いてあった。

無作法《ぶさほう》を絵に描いたような姿だったが、もう土方もそれを止めようとはしなかった。慣れたということもあるし、どうせ止めたところで無駄だという思いもあった。

案に相違して、板倉が入ってきたのはそれからすぐのことだった。表情に一切のゆとりがなくなっていた。

「……長州人桂小五郎が入京していると聞いた」

端座《たんざ》するなり言った。その通りでございます、と土方が答えた。

「自分とこの坂本で、今朝方会って参りました」

「此度《こたび》の件、やはり長州の仕業《しわざ》か」

「どうでございましょう。ただ、桂本人は強く否定しておりましたが」

「それは否定するであろう」永井が厳しい声で言った。「まさか、それを鵜呑《うの》みにしたのではあるまいな」

土方の目がすっと細くなった。怒っている時の表情である。まあ聞いて下され、と龍馬が座り直した。

「桂さんは、こう言うておりました。今、京にいる長州人は自分を含めて三名だけだと。だけ、かどうかは別として、少人数であることは確かでしょうな。何しろ、会桑《かいそう》の兵が要所で長州人改めをしております。天下に名高い会津、桑名の兵士の目を欺《あざむ》けるものでもないとわしゃ思いますが、どうでしょうな」

「……確かに」

永井が答えた。永井の立場としては、そう答えざるを得ない。

「つまり、長州人の数は少ないっちゅうことです。もしそうだとすれば、その少ない人数で慶喜公を襲ったと考えるのは、ちと無理があるとは思いませんかの」

「……では、長州ではないと？」

「そう考えにゃならんでしょうな」

しばらく沈黙が続いた。その後のことを、と永井が促《うなが》した。

土方が話を引き取る形で、早朝桂らと会った後に、白川村の陸援隊本部へ行ったこと、また高台寺にいる御陵衛士の頭取伊東甲子太郎に事情を聞いたことについて触れた。

「つまり……まだ下手人はわからぬということか。いったいお前たちは何をしていたのか」

永井が甲高《かんだか》い声で叫んだ。まだと申されても、と土方が言った。

「調べ始めてから、一日も経っておりませぬ。これだけの短い刻《とき》の中で、諸藩の士と会い、事情を聞き、何があったのかを調べるのは難しゅうございます。もう少しお時間をいただかなければ、とても……」

「刻がないから、二人に頼んでいるのだ」板倉が重い口を開いた。「今、わたしは上様と面会してきたばかりだが……此度の件につき、上様も大変ご心痛《しんつう》のご様子。このままではどちらへ進んでも行き先には闇しか見えぬとの仰せ。わたしもそう思う。一刻も早く、下手人を見つけねばならぬ。わかっているのか」

「わかってはおりますがの、なかなかそう簡単に話が進まぬのも確かなこと」

坂本、と土方が肘で脇をついた。龍馬の足が半ば崩れている。慌《あわ》てたように龍馬が足を揃えた。

「薩摩、会津、長州、土佐」板倉が指を折った。「それだけの者に会って、まだ怪しい者さえわからぬと申すか」

「わかりませぬな、今のところは」

龍馬が答えた。再び沈黙が流れた。

「逆にお尋ね申し上げますが、先夕お渡しした会津藩士の名簿の中に、疑わしき者はおりましたでしょうか」

土方の問いに、まだ調べが至っていない、と永井が言った。自分たちの仕事の遅さについて、棚に上げるのは官僚の常である。

「土方、坂本……何でもよい。何か上様にお知らせできるようなことはないのか。それがなければ、どうにもならぬ」

板倉がつぶやいた。永井もそうだが、二人は官僚である。官僚には官僚の辛《つら》さがあった。何もわかりませぬ、では済まされないのが官僚というものであろう。

板倉には体裁《ていさい》を整えなければならない義務と責任があった。そうであればこそ、正規の方法ではなく、新選組副長と海援隊隊長という水と油のような二人を組ませ下手人の探索に当たらせることに同意していた。

もし、このまま無為《むい》に刻が流れていったとすれば、その責任を取らなければならないのが官僚たる二人の立場だった。何でもよい、というのは本音である。

「……それでは、ひとつだけ」土方が口を開いた。「英国商人ブラウンと申す者がおります。この者が最新式のスナイドル銃五丁を長崎から神戸へ運び入れたという噂《うわさ》を耳にしました。この銃が上様狙撃に使われたものと思われる節がございます」

「何と」

永井が振り返った。大きく板倉がうなずいた。

「して、その銃の行方は」

「今、それを探っているところにございます。神戸から大坂へ運んだ回船問屋の話によれば、銃の受け取り手は十津川郷士ではないかということ。ただ、これはまだ不確かな話でございますが」

「十津川なら、有り得る」永井が言った。「それで？」

「もし、十津川郷士が下手人だとしても、彼らは単に命令を受けて上様を狙ったものと思われます。あくまでも、彼らは雇われ者。問題は、誰が十津川郷士にその命令を下したかということでございますが……」

「この件については、その黒幕に条件がありますからの」

龍馬の言葉に、条件とは、と永井が尋ねた。

「まず、慶喜公と薩摩の西郷が会談を持つことを知っていた者。そしてその刻限をも知っていなければなりませぬ。逃げっぷりの鮮やかさから見て、京の町に詳しくもあったでしょう。同時に、逃げ道、あるいは隠れ家《が》を確保していた者。少なくともこれらの条件を満たしていた者でなければ、慶喜公を襲うことはできなかったでしょうな」

「……それは、いったい誰か」

板倉が尋ねた。龍馬が土方に目をやった。

「今のところ……まだわかりませぬ」

目を逸《そ》らしたまま土方が答えた。

第七章　討幕の密勅

一

「わからぬとはどういうことか」

　顔を真っ赤にした永井が問いただした。そうとしか答えようがございませぬ、と土方《ひじかた》が首を振った。

「当て推量でよろしければ、何とでも申せます。ですが、此度《こたび》の件につきまして、迂闊《うかつ》なことは申せますまい。今、我らが誤ったことを申せば、ますます事態は混乱すること必至《ひっし》でございましょう」

「確かにその通りである……しかし……」

　永井が板倉の顔色を覗《のぞ》き見るようにした。裏付けのない情報をもとに事態の収拾に当たれば、間違っていた場合取り返しのつかないことも起こり得る。特に、今回の場合は刻限に余裕がないだけに、その危険性は高かった。

大政を奉還するにせよ、しないにせよ、その方針を決するのは明日の夕刻までと決まっている。その後の政治的な手続きを考えれば、それ以上の時間がないのは明らかだった。

「上様《うえさま》を襲った下手人《げしゅにん》は、薩摩《さつま》かもしれず、会津《あいづ》かもしれませぬ。あるいは長州《ちょうしゅう》ということも有り得るでしょうじ、幕臣ということもないとは申せませぬ。少なくとも今の段階で、申し上げられるのはそこまでかと存じます」

そう言ったきり、土方が口をつぐんだ。しかし、と二度繰り返した永井が、もう一度板倉を見た。

「……今、報告できることはそれだけか」

板倉のこけた頬骨《ほおぼね》が動いて、呟《つぶや》きが漏《も》れた。落ち窪《くぼ》んだ眼窩《がんか》は、まるで骸骨《がいこつ》のようだった。

「それだけでございます」

「くどいようだが、今一度尋ねる。薩摩、会津、長州、その中で最も怪しきと思われるのはどこか」

幕臣を除いて言ったのは、板倉の立場からすれば当然のことだっただろう。わかりませぬ、と土方がもう一度言った。

「……坂本はどうか。ここまで調べた中で、怪しいと思われる者はいなかったのか」

「怪しいと言えば誰もが怪しゅうございますな。ほいじゃが、誰かと言われると困りますがの。土方さんではないが、誰をと言い出せばきりがありませぬ」

「我らの立場もわかってはくれぬか」板倉が弱々しい声を上げた。「上様を襲った下手人が薩長なのか会津なのか、せめてそれだけでも見当がつかぬというのでは、我らも困るのだ。上様にどのように話せばよいというのか。我らの事情を察してはくれぬか」

「ご老中《ろうじゅう》、お立場はよくわかりますがの、そうは言うても不確かなことは申せませぬ。急《せ》いては事を仕損じると昔から申すではありませぬか。刻《とき》をもう少しいただけませぬと、今のところは何とも……」

「刻は与えているつもりだ」

とてもとても、と龍馬《りょうま》が手を左右に振った。

「我らが此度の件を調べ始めたのは、昨夕のこと。まだ丸一日も経ってはおりませぬ。この短い刻の間に下手人を捜し出すなど、できるものではありませぬ」

その顔に渋面《じゅうめん》が浮かんだ。この男にしては珍しいことである。それはそうかもしれぬが、と板倉が顎《あご》をこすった。

「……だからこそ、二人に組んでもらっておるのではないか」

「確かに、我ら二人が組めば、薩長だろうが会津だろうが、どこへなりとも行き、誰と会うこともできましょう。ですが、だからといって相手が何もかも本当のことを話すかどうかはまた別の話。はっきりとした証拠を摑《つか》むまでは、迂闊に疑いを持つわけにもいきませぬ。それが我らの責任というものでございましょう」

土方が鋭い調子で言い切った。もうひとつ、と龍馬が腕組みをした。

「板倉様、永井様、失礼ではありますが申し上げます。なるほど、我らの調べがどのように進んでおるのか、気になされる事情はよくわかっているつもりでございます。お二方《ふたかた》とも苦しいお立場であること、重々承知しております。ですが、何度となくこのように呼び出されて、どうなっておるのかと申されても話は進みませぬ。ここは我らを信じて、お待ちいただけませぬか」

「信じてはいる」板倉が不快そうな表情で答えた。「我らとて、このように二人を呼び戻していることが、かえって時間の無駄になっていることは承知しているつもりだ。しかし、そうも言ってはおられぬ。上様からは、どうなっておるのかと矢継《やつ》ぎ早の催促が入る。もちろん、我らも手をこまねいて事態を傍観《ぼうかん》しているわけではない。見廻組《みまわりぐみ》などを使い、二人とは別の方向から調べてもいる。だが何もわかっておらぬのが実情。二人を呼んで状況を聞くしかないではないか」

「これでは堂々巡り」土方が額《ひたい》の汗を拭《ぬぐ》った。「早く調べろとおっしゃりながら、こう何度も呼び戻されるのでは、話になりませぬ。いったいどうせよとおっしゃられるのか」

「一刻も早く下手人を捜し出せ」冷厳な声音《こわね》で板倉が言った。「そのためにはどのような手段を用いても構わぬ……加えて、二人がどこで何を調べているのか、その都度《つど》報告を入れるように。そうでなければ我らも善後策が取れぬ」

「板倉様の申される通りである」永井が大きくうなずいた。「両名とも、今は幕命によって動いていることを忘れることなきように。よいな」

土方と龍馬が顔を見合わせた。とりあえず、この場は板倉たちの言っていることにも理がないわけではない。

とはいえ、ひとつ調べが進むたびにそれをいちいち報告するため二条城へ戻るのでは、時間がかかり過ぎる。頭の痛いところであった。

やむなく、土方は折衷《せっちゅう》案として、七梅屋に新選組隊士を常駐させ、自分たちがどこにいるのか、何を調べているのかをその都度伝えるようにする、と二人に約した。

新選組の任務からはやや外れることだったが、幕府老中からの命令には従わざるを得ないだろう。

龍馬は七梅屋へ戻ることとなった。岩倉村へ行っている中岡慎太郎が戻ってくる時分だったからである。

土方は二条城で待機するように申し渡された。七梅屋に新選組隊士を常駐させること、すなわち新選組を動かすためには局長近藤勇《いさみ》の許可が必要となる。その手配が終わるまで待つように、というのが板倉の命令だった。

そこに何らかの含みがあると土方も龍馬も思ったが、確かに手続きは必要だろう。止《や》む無く二人は一旦《いったん》そこで別れて、後で合流することにした。八つ半（午後三時）のことだった。

二

黒書院《くろしょいん》でしばらく待つうちに、板倉が戻ってきた。単身である。永井を連れてはいなかった。

「……よい」

座り直そうとした土方に、そのままでいい、と板倉が手で示した。とはいえ、相手は老中である。膝《ひざ》を崩したままというわけにもいかない。

土方が端座《たんざ》した。向かい側に板倉が腰を落ち着けた。

しばらく沈黙が流れた。永井が、と小さな声で板倉が言った。

「新選組に使いを向かわせている。今は非常の時である。近藤局長も新選組を非常の用に使うことに異は唱えまい。しばらく待て」

「待つまでもないかと」土方が薄い唇を開いた。「新選組は幕臣。ご老中の命令とあらば、従うのは当然のことでございます。近藤局長もそれは十分承知しているはず」

「無論である。しかし、やはり手続きは必要」

板倉が答えた。この場合、手続きというのは会津藩主松平容保《かたもり》に対する配慮である。

幕臣である新選組を動かすのは、幕府政局の中枢である老中の板倉が命令を発すればそれで済む話のはずだった。だが、そうもいかないのがこの時期の政治状況の複雑なところであった。

旗本八万騎という言葉があるように、幕府直属の旗本、御家人《ごけにん》の数は多い。だが、今後起きるであろう対薩長戦について、彼らを当てにすることはまったくといっていいほどできなかった。

太平に慣れ切った彼らに戦意はない。戦《いくさ》を予想し、早々と若隠居《わかいんきょ》した上で、童子にその家督《かとく》を譲り渡す者が続出しているのが現状である。

幕府にとって当てになるのは戦意を高揚させている会津、桑名《くわな》の両藩以外なかった。自然、何をするにしても、会津藩主であり京都守護職でもある松平容保への配慮は欠かせなかった。

土方の言う通り、新選組は今や幕臣である。とはいえ、実質的には会津藩の管理下にあった。板倉としても、新選組を動かすにあたっては、やはり会津藩の了解を得なければならないのである。

「ですが、松平容保公はご老中の要請を断りますまい」

土方が言った。無論そうであろう。松平容保も、やはり幕府の命令によって動いているのである。幕府からの要請に対し、拒絶することなど有り得なかった。

「だが、そこが配慮というもの」板倉が首を振った。「断りもなしに新選組を使ったのでは、松平公も快くは思わないであろう」

「それだけではございませぬのでしょう」土方が言葉を重ねた。「自分をここに残されたのは、何か別のお話があられるのでは」

板倉が視線を逸《そ》らした。再び沈黙が流れた。

「坂本龍馬の前では聞きにくかったのだが……」板倉がゆっくりと口を開いた。「土方……あの男を信じてよいのかどうか」

どういう意味でございましょう、と土方が尋ねた。

「最初から、自分はあの男を信じてなどおりませぬ。あれはあくまでも勤皇《きんのう》の士。幕府を倒すために動き回っている男でございます。それは当初より申し上げているはず」

わかっている、と板倉がうなずいた。ですが、と土方が続けた。

「にもかかわらず、板倉様、永井様が何としてでもと命じられたため、行動を共にしているだけのこと。何度でも申し上げますが、自分はあの男を信じてなどおりませぬ」

難しいところだ、と板倉がため息をついた。実際のところ、この時期の龍馬の政治的な立場は非常にわかりにくかった。

龍馬の唱《とな》える大政奉還《たいせいほうかん》論は、幕府のためになるものなのか、それともそうではないのか、判然としていなかった。

龍馬は土佐《とさ》藩参政《さんせい》後藤象二郎《しょうじろう》と手を携《たずさ》え、板倉、永井の説得に当たった。その際彼らが常に口にしていたのは、大政奉還はあくまでも幕府及び徳川家にとって、今後必ずその立場を有利にさせるための策である、ということだった。

政権という厄介《やっかい》な荷物を朝廷に返上して、現在の地位と立場を保全できるという意味ではその通りだろう。

ただし、板倉としてもそれを鵜呑《うの》みにしているわけではない。龍馬は大政奉還論に反対する薩長両藩の重役たちに対し、いずれは対幕府戦争が始まるとした上で、その際に朝廷を象徴とする新政権を樹立し、官軍となっておいた方が、絶対的に有利であるという論をもって説得したと聞いていた。

幕府にとっても薩長にとっても都合のいい策など、あるはずがない。この時期の龍馬は、二枚舌といえば二枚舌を使っていたといってもいいだろう。土方の立場から言えば、幕府はあの男に騙《だま》されているのだ、ということになる。

「ただし」土方が声を大きくした。「大政奉還の件に関してだけは、あの男を信じてもよろしいかと思っております。坂本は大政奉還のためなら命も捨てる覚悟がある様子。此度の上様襲撃について、その下手人探索は大政奉還成立のため絶対に必要。そうでなければ、上様も態度を決しかねることでありましょうから。あの男はあの男なりに、下手人を見つけださねばならぬ理由があるということです」

ここまで危機を脱してきたのは、坂本龍馬の機転によるものだった。龍馬が身を挺《てい》して救ってくれなければ、場合によっては命を落としていたかもしれない。その意味で、龍馬を信じることができると思っていたが、それを言ったところで板倉には理解ができないだろう。

難しいところだ、ともう一度板倉が言った。

「あの男が何を考えているのか、どうしてもわからぬ……すべてが本音なのか、それともすべてが嘘《うそ》なのか……。ところで土方、何かまだ話していないことがあるのではないか」

「……と申されますと」

「先ほど、坂本はこう言った。上様を襲った者たちにはある条件が必要だと。まず、十津川《とつかわ》郷士に命令を下せる立場にある者。そして、上様と薩摩の西郷が会談を持つことを知っていた者。同時に、その刻限さえも事前に知っていなければならない。更《さら》に、この京の町をよく知っていたか、あるいは隠れ家を手配することができた者、と」

「左様でございます」

「もし坂本の言っていた通りであるとすれば、その条件を満たすことのできる人物は一人しかおらぬ。そうではないか」

「……岩倉公でございます」

やはりか、と沈痛《ちんつう》な面持《おもも》ちのまま板倉が言った。

「……調べてはおるのだろうな」

陸援隊中岡慎太郎を京都洛北《らくほく》の岩倉村へ向かわせている、と土方が説明した。

「先ほど、なぜそれを言わなかった」

「まずひとつには、申し上げました通り、まだ不確かなことが多過ぎるためでございます。しかも岩倉公は公家《くげ》。調べるといってもどこまで本音を引き出せるのか、あまりにも微妙な事柄でございますゆえ、もう少し事情がはっきりしてからと思い、申し上げませんでした」

それでは困るのだ、と板倉が渋い顔になった。

「今、幕府と朝廷の間には複雑な状況が渦《うず》を巻いているといってもいい。その中でお前たちの判断だけで動かれたのでは、我々が困る。何もかもを報告せよと繰り返し申しているのはそのためではないか」

人斬り集団である新選組の副長風情《ふぜい》に何がわかるか、と言わんばかりの口調だった。

「そうは申されますが……」

土方の口が動きを止めた。言ったところでどうなるものでもない。しかも、あまりに礼を失したことにもなるであろう。

土方としてはこう言いたかった。誰が、どのような思惑《おもわく》で動いているのかわからない情勢下、命を張って動いているのは自分たちである。

現実に、薩摩藩邸では中村半次郎に襲われかけた。会津藩からも、新選組副長という立場にもかかわらず、不審な動きをしていると疑惑の目で見られただろう。長州藩桂小五郎《かつらこごろう》たちからは、実際に刀を向けられた。

命懸けなのは日常の隊務も同じだったが、今回はいつもと事情が違う。今、動いているのは新選組の職務ではない。あくまでも幕府老中からの密命によるものである。この状況で命を落としたとしても、それは犬死にに近いものであろう。

「……前にも申したが」板倉が口を開いた。「とにかく、不審な事があればすべて報告せよ。また、坂本について何か怪しい動きがあれば、必ず我らに伝えるように。必要とあらば……」

斬れ、とは板倉も言わなかった。ただ無言でそれを命じただけである。土方としても、うなずくしかなかった。

「岩倉公のことは、我らも調べてみることにする」板倉が言った。「とにかく、時間がない。明日の夕刻までに、必ずや下手人を捜し出し、捕らえるように。繰り返すようだが、残された刻は少ない。それをよく考えておくことだ」

行け、と板倉が鶏《にわとり》を追うように手を振った。七梅屋に戻れ、という意味である。

一礼してから、土方が席を立った。

三

二条城の外に出ると、数人の男が何をするでもなく立っているのがわかった。夕暮れ近い刻限である。何の用もなく、男たちがいるはずもない。視線を感じながら、土方は足早に歩き始めた。

(信用されてねえな)

苦笑が頬に浮かんだ。男たちの中に、一人見覚えのある顔がいた。今井信郎《のぶお》といって、見廻組の隊士である。おそらくは老中板倉勝静《かつきよ》の命により、土方の動向を監視しているのだろう。

（だったら、最初から見廻組にやらせりゃいいじゃねえか）

なるほど、将軍襲撃事件の下手人探索に当たり、新選組副長である自分と海援隊隊長である坂本龍馬を組ませて事に当たらせるというのは妙案といえただろう。二人とも武に強く、また各方面に顔も利《き》く。

例えば会津藩士で土方歳三《としぞう》の名を知らぬ者はいないであろうし、薩摩、長州などのいわゆる反幕勢力に対し、坂本龍馬ほどよく知られている武士はいないと言っていい。

その意味で、この二人の組み合わせならば、どこへ行くとしてもどちらかの顔が利く。永井の案か、板倉が思いついたのか、いずれにしてもうまい考えであることだけは確かだった。

（だが、それならすべてを任せてくれねえと）

動くに動けない、という憤《いきどお》りが土方の中にあった。龍馬もそうだったが、土方もまた勘で動く男である。

その都度入ってくる情報に臨機に対応して、次の行動を決めていく。それ以外の行動様式を、偶然ながら二人とも持っていなかった。

悪くいえば行きあたりばったりということになるが、過去、このやり方で失敗したことはない。だからこそ、この激動の時代を今日まで生き抜くことができた。それは二人とも同じである。

信じるものは自分だけ、というのが土方の信条だった。あとは天命《てんめい》に任せるのみである。

いちいち行動に口を出され、あまつさえ監視をつけられるというのは土方の最も嫌うところだった。ましてやその監視をしているのが見廻組とあっては、これほど腹の立つこともない。

(結局、新選組は野良犬扱いってことか)

新選組は局長近藤勇以下、主だった幹部は多摩試衛館《しえいかん》の出身である。そのほとんどは百姓身分の者たちばかりだった。近藤もそうであり、土方もまたそうである。

それに対し、見廻組は旗本、御家人の次男、三男を中心としているとはいえ、その筋目は正しい。基本的には歴《れっき》とした幕臣と言っていいだろう。

板倉、永井の考えていることは手に取るようにわかった。どう転んだところで、これは一種の溝浚《どぶさら》いのような仕事である。それを見廻組にやらせるわけにはいかない、ということなのだろう。

　更に言えば、新選組の副長や海援隊の隊長などどうなっても構わない、という思惑があるのは明らかだった。いかにも老中や若年寄《わかどしより》のような官僚たちの考えそうなことである。蜥蜴《とかげ》の尻尾など、切れたところでいくらでも替わりは利く。そういうことなのだろう。

（まあ、どっちでもいい）

　土方は歩を速めた。命令は命令である。やるべきことをやるだけの話だ。所《しょ》詮《せん》、見廻組の連中に、この種の汚れ仕事ができないことを、土方は知っていた。そして、旗本や御家人連中には手に余る仕事である。そして、その任に最も似合っているのが自分と龍馬であることも、土方にはよくわかっていた。

　七梅屋の近くの辻まで出ると、そこに沖田総司《そうじ》がいた。目立たないよう手に口を当てながら小さく咳《せき》をしていたが、土方の姿を見ると小さく笑いかけた。

「ずいぶん遅かったですね、土方さん」

「おれのせいじゃねえ」

　そりゃそうでしょうが、と沖田が横に並んで歩きだした。

「ずいぶん、おっかなそうな連中を引き連れているようですが」

「それもおれのせいじゃねえ」

沖田が苦笑を浮かべた。

「あれは見廻組の連中ですね、何と言ったかな、あの男は……確か渡辺彦之助と言ったような」

「いちいち知るかよ」

この時期、京都には幕命による二つの警察組織があった。ひとつが新選組であり、もうひとつが見廻組である。

出自の違いもあり、決して互いに協力関係があるわけではなかった。見廻組は新選組を百姓集団と見下していたし、新選組は見廻組のことを修羅場《しゅらば》を潜《くぐ》ったことのない、ただの警護組織だと考えている。

「まあ、あんな連中は放っておけ。いざとなったら脅《おど》かして、追い払っちまえばいい……その時は頼んだぜ」

「そりゃあ、何でもしますがね」

新選組もまた人数を出している。必要とあらば、見廻組の十人や二十人の動きを止めるだけの手段はいくらでもあった。

「そんなこたぁいいが……例の中岡って奴は戻ってきてるのか」

「つい先ほど。わたしが岩倉村から連れ戻してきました」

わたしというより、あの陸奥《むっ》という男ですが、と沖田が言い直した。確かに、新選組の沖田総司の依頼など、中岡慎太郎が聞くはずもないだろう。

「坂本は」

「坂本さんの方が先に宿に戻っていました。わたしも話を聞かせてもらいましたが、どうも事態は容易ならざることになっているようですよ」

「どうなってるっていうんだ」

「それはわたしから話すより、二人から直接聞いた方がいいでしょう。宿で二人が待ってます」

「陸奥って野郎はどうした」

「よほど嫌われているようですね」おかしそうに沖田が笑った。「土方さんが来ると聞いたら、さっさと宿を出ていきました。今頃は酢屋にでも戻っているんじゃありませんかね」

「お前はどうする」

わたしも屯所《とんしょ》に戻ります、と沖田がうなずいた。

「代わりに永倉さんが来ることになっています。見廻組への対処はあの人に引き継いでおきます。では、ここで」

七梅屋の前で小さく礼をした沖田が、そのまま立ち去っていった。あっさりした野郎だ、とつぶやいて土方が宿へと入っていった。

四

ひそひそと囁《ささや》き交わす声が聞こえた。入るぞ、とひと声かけてから土方が襖《ふすま》を開いた。不機嫌な表情のまま、中岡慎太郎が首だけを向けた。

「遅い。何をしちょったがか」

「まあそう言うな」龍馬が座るようにと畳を指した。「土方さんは幕臣じゃ。わしらにゃわからん苦労もあるち言うもんじゃ。そうじゃろ」

「おまんはすぐそがいなことを言いよる。わかっちょるがか、こん男はわしらにとっては敵ぞ。何でおまんがそうかばうようなことを言うのか、わしにはちっともわからん」

「板倉様は何と申されておったかの」

中岡の言葉を聞き流した龍馬が尋ねた。どうもこうも、と土方が腰を下ろした。

「明日の夕刻までに、何としてでも下手人を捜し出してこいとよ。てめえは指一本動かしもしねえで、よくあんなことが言えるもんだ」

「それが役人っちゅうもんじゃ」

茶でも飲むか、と龍馬が手ずから湯呑《ゆの》みに茶を入れた。受け取った土方が一気に飲み干した。

「ぬるいな」口元を拭《ぬぐ》った。「もうちょっと何とかならねえのか」

「そりゃ宿に言うてくれ。わしのせいじゃないきに」

「まあ、そんなことはいい……中岡さんよ、あんた、岩倉公には会ってきたのか」

会《お》うた、と中岡がうなずいた。

「会うには会えたが、相変わらず難しいお人じゃ。公家っちゅうのは皆あんなもので、岩倉様はまだまともな方じゃが、それにしても今回の件について、はっきりしたことは何ひとつ言わんじゃった」

「どうなんだ。やはり岩倉公が今回の件に関係しているのか」

そりゃわからん、と中岡が肩をすくめた。

「まさかあんたも、本人が認めるとは思っちょらんじゃろうな。ありゃ一筋縄《ひとすじなわ》ではいかん人ぞ。まともに聞いても取り合ってはくれよらん。ほいじゃが、何もないっちゅうわけでもなさそうじゃ」

「なぜ、そう思った」

「今、それを話しちょったんじゃ」龍馬がもう一杯茶を入れた。「慎の字、詳しいことをもう一度話してくれんかの。わしももう一度聞いておきたい」

そうか、と座り直した中岡が口を開いた。

「まず間違いないのは、岩倉様は慶喜《よしのぶ》公と西郷殿の会談について知っちょったっちゅうことじゃ。当たり前といえば当たり前の話じゃがの。岩倉様は簡単にいえば薩摩派じゃ。最も親密なのは薩摩の大久保一蔵《いちぞう》。そして大久保と西郷は互いに連絡を密に取り合っちょる。知らん方がおかしい」

当然、刻限までも知っちょったじゃろう、と龍馬がうなずいた。

「これで、第一の条件は満たしたことになる。ほいで、次は何じゃったかの」

「会談の日時を決めたのは薩摩側じゃ。当然、将軍襲撃の準備をすることもできたじゃろ。逃げ道はもちろんのこと、薩摩藩邸に下手人を匿《かくま》ったのかもしれん。それも含めて、第二の条件を満たしたことになる」

薩摩藩と岩倉が将軍襲撃に加担していたとすれば、第一の条件、第二の条件、共に満たすことは最初からわかっていたことである。わざわざ中岡が岩倉村まで出向くまでもなかっただろう。

「中岡さんよ、そんなことのために岩倉村まで行ってもらったわけじゃねえんだ。この件が岩倉公の指図によるものかどうか、あんたはどう思ってるんだ」

「それがわかりゃ苦労はせん……いろいろと遠回しに探りを入れてみたが、岩倉様は知らぬ存ぜぬと答えるばかりじゃ。ただ、それとは別に、少しばかり妙なことを聞き込んだ」

「どういうことだ」

「岩倉様の屋敷におる小者《こもの》から聞いたんじゃが……ひと月ほど前から、十津川村の郷士が何度か屋敷に現れておるそうじゃ」

ふむ、とつぶやいた土方が茶をひと口飲んだ。

「なるほど……確かに妙な話だ」

「難しいところじゃがの」龍馬が腕を組んだ。「もともと、十津川郷士は勤皇の志が強い。それはあんたもよう知っちょるはずじゃ。逆に言えば、出入りしていない方がおかしいぐらいの話よ。とはいえ、どうも時期が重なっておるのが気になるがの」

「その小者の話は確かなのか」

間違いない、と中岡が言い切った。

「十津川村の郷士の名前もわかっちょる。横川元左衛門ちゅうて、筋金《すじがね》入りの勤皇の士よ。わしも直接会うたことはないが、噂《うわさ》は聞いちょる。なかなかの男という話じゃがの」

「では、こういうことか。事前に上様と西郷の会談の日時を指定した岩倉公が、長崎の異人ブラウンにスナイドル銃を手配させ、十津川村の横川という郷士に渡し、あの朝、上様を狙撃させたと」

土方が二人の顔を見た。筋書きは合《お》うちょる、と龍馬がうなずいた。

「ほいじゃが、どうも合い過ぎちょる気もせんではない。だいたい、横川ちゅう男のことはわしも慎の字もよう知らんが、西洋銃の扱いにそれほど慣れておったじゃろうか。これはあくまでもわしの想像じゃが、十津川の郷士はあまり銃の取り扱いには慣れちょらんはずじゃがの」

「そりゃ、訓練次第だろう」

訓練か、と龍馬がつぶやいた。

「あんたは銃が届いたのが十日前だったことを忘れちょる。それから訓練したちゅうて、たかだか十日でどこまで腕前が上がるもんかの」

それもそうだ、と土方がまた茶を飲んだ。確かに龍馬の言う通りだろう。

この時代、銃の性能は日進月歩《にっしんげっぽ》の勢いで進歩している。火縄銃のような過去の遺物はともかくとして、最新式の銃を扱うには、それなりの訓練が必要とされた。十日という限られた日時の間に、どこまで上達するか、はっきりしたことは誰にも言えない。

「脅しは脅しじゃったろう。ほいじゃが、ただ撃つだけならゲベール銃でたくさんじゃ。なあ、土方さん、どうもおかしくはないか」

「何がだ」

「沖田くんが見つけた空屋から、慶喜公の乗っておった駕籠までは、約三百間（約五百五十メートル）はあったという。ゲベール銃では届かん距離じゃし、ミニエー銃でもやっとのところじゃろう。しかも早朝で、辺りは薄暗かったという。にもかかわらず、撃った者の狙いはかなり正確じゃった。駕籠の近くにおった会津の兵にも当たっちょるし、だいたい駕籠そのものにも当たっちょるんじゃ。つまり、下手人の使っておった銃は、最新式のスナイドル銃だったんじゃろうな」

「かもしれねえ。ミニエー銃のような旧式銃では、正確に狙いをつけることも難しかっただろうからな。だから十津川の連中はスナイドル銃を手に入れたんだ」

さっきも言うたが、と龍馬が首を振った。

「スナイドル銃を使うからには、ある程度訓練をせにゃならんが、その時間があったかどうか。どう考えても十日では無理じゃろう。どうもわからんことが多過ぎる」

「のんびり構えてる場合じゃなかぞ、龍馬」中岡が言った。「もうひとつ、わかったことがある。むしろ、そっちの方が問題かもしれん」

そうじゃった、と龍馬がうなずいた。何だ、と土方が尋ねた。

五

「岩倉様が大政奉還に反対なのは知っちょろう?」

中岡が言った。正確に言えば、岩倉具視《ともみ》自身が反対しているというわけではない。岩倉が暗《あん》に与《くみ》している薩摩藩の大久保一蔵が反対しているため、岩倉もそれにならっているだけのことである。

「聞いている」

土方もそれについては知っていた。薩摩藩が強引な手段を用いてでも対幕府戦に打って出ようとしているのは、わざわざこの場で聞くまでもなかった。

「では、そのために討幕の密勅《みっちょく》を手に入れようとしていることは？」

土方が小さくうなずいた。岩倉は大久保と組み、そのための宮廷工作を続けていた。具体的にいえば、江戸幕府と徳川家を討伐《とうばつ》すべし、という勅令《ちょくれい》を各藩に出すということである。

実際には各藩といっても薩摩、長州など勤皇藩というべきいくつかの藩に対してのものだが、この討幕の密勅が下った瞬間、勤皇方は官軍となり、幕府は賊軍となるであろう。そうなれば各藩は雪崩《なだれ》を打つような勢いで討幕側に廻るはずだった。

「……そん時ぁ、会津と桑名、あとは奥州《おうしゅう》の譜代《ふだい》藩ぐらいしか抵抗する藩はねえだろうな」

土方が言った。単純にいえば、西国の藩のほとんどは討幕軍に加わるであろう。では東国の藩はどうかといえば、何をどう判断すればいいのかさえわからない、というのが実情だった。

当然、その戦意は低く、勤皇方に抗すべくもない。最終的には会津藩対討幕軍という図式が生まれるであろうが、その場合の勝敗は考えてみるまでもなかった。

「だが、そううまくはいかねえだろう。何しろ、今の帝《みかど》は幼帝だ。どちらの側につくかなど、お考えになられるはずもない」

「幼帝だからできるんじゃ」

中岡が懐紙《かいし》で鼻をかんだ。岩倉が用意しようとしている討幕の密勅というのは、単なる紙切れに過ぎない。それだけでは何の意味も持たないと言っていいだろう。ただし、そこに玉璽《ぎょくじ》が押されれば、話は別である。その紙切れは圧倒的な威力を持つ。

現在、その玉璽を握っているのは、幼帝の外祖父である中山忠能《ただやす》という公家である。中山自身は頑迷《がんめい》なまでの攘夷《じょうい》論者であり、開国には反対の立場を取っていた。岩倉の宮廷工作とは、いかにしてこの頑固な老人をなだめすかし、討幕の密勅に玉璽を押させるか、ということだった。

「なかなかうまく事が運ばんようじゃったが、どうも風向きが変わったようじゃ。中山っちゅう老公家が、岩倉様の説得に応じ、玉璽を押すことに同意したらしい」

困ったことじゃ、と龍馬が深刻な表情になった。

「おまんにとっては厳しい情勢っちゅうことになったわけじゃな」

からかうように中岡が言った。中岡はもともと対幕府戦に関して積極的な主戦論者である。薩長両藩が官軍になるのは、望むところだった。

「わからん男じゃのう。そんなことになれば戦になる。それで喜ぶのは異国の者だけぞ。こんな狭い国で内乱を起こしたところで、何の得があるっちゅうんじゃ……まあええ、それで中山っちゅうお人は、いつ玉璽を押すつもりなんじゃ」

「そりゃわからん。岩倉様は勅勘《ちょっかん》こそ解かれたものの、未《いま》だ蟄居《ちっきょ》の身。なかなか岩倉村からは出られぬ。もうとっくに文書は用意しておるじゃろうが、それをどうやって中山老に渡すおつもりなのか、わしにもわからん。岩倉様の屋敷は京都所司代《しょしだい》によって見張られちょる。最近では同じ村内にある公家の中御門経之《なかみかどつねゆき》様の別荘を密会の場所として使っておるが、それもそろそろ怪しまれている風《ふう》がある。いったいどうするのか、わしも知りたいぐらいじゃ」

これは刻との戦じゃな、と龍馬がつぶやいた。

「岩倉公が玉璽を手に入れるのが先か、それともわしらがはっきりした証拠を摑《つか》んで板倉様に報告するのが先か、どっちが早いかじゃ」

「そうだろうな。だが坂本、はっきりした証拠ってのは何だ」

「一番簡単なのは、その横川という十津川郷士を見つけることよ。そうじゃろう？　そしてその男の口から、自分が岩倉公に命じられて慶喜公を撃ったと言わせるのが一番早い」

「お前は、よくもまあそんな馬鹿なことを」土方が吐《は》き捨てた。「いいか、上様が襲われてから、もう三日も経ってるんだぞ。横川だかなんだか知らねえが、そのまま京に居続けるわけがねえだろうが。とっくの昔に十津川村に帰ってるだろうよ」

「龍《りゅう》の字、そん通りじゃ。ええか、将軍その人を直接殺《あや》めようとした者など、徳川幕府始まって以来、一人もおらなんだぞ。いかに岩倉様のご命令とはいえ、それほどの重罪を犯した者がぼんやり捕まるのを待っておるはずがない。十津川に戻ったかどうかさえわからん。もしかしたら薩摩まで逃げておるかもしれんじゃないがか」

あるいは腹を切ってるかもしれん、と土方がつぶやいた。それも決して考えられないことではない。

「それでも何でも」龍馬が犬のように唸《うな》った。「横川っちゅう男を探さにゃいけん。そうでなければ戦が起きる」

「待て、坂本。横川という男を探すのはいいだろう」土方が頭を横に振った。「だが、いったいどうやって探す。どこにおるのかもわからん。どんな人相風体《にんそうふうてい》かさえもわからん男をどうやって探すつもりだ」

「まったくじゃ。おまんの話はいつもそれじゃ」中岡が頭を掻《か》き毟《むし》った。「雲を摑むようなことばかり言いよる」

「そりゃそうかもしれんが……できることからやっていくしかなかろう」

土方さん、ひとつ頼みがある、と龍馬が顔を上げた。

「何だ」

「今、岩倉公の隠棲《いんせい》先は、会津藩兵やら京都所司代の連中が見張っておるはずじゃな」

「そう聞いてる」

「新選組もその列に加わってもらえんかの」

どういうことかの、と中岡が左右を見た。なるほどな、と土方がうなずいた。

「確かに、お前の言う通り、こいつは刻との戦だ。こっちがもたもたしている間に向こうが玉璽を手に入れたら、誰が上様を襲ったとか、そんなことはどうでもよくなる。つまり、監視を厳重にすることによって、人の出入りを防ごうってわけだな」

「さすがは新選組の副長じゃ。わかりが早い」

龍馬が手を叩《たた》いた。お前に誉《ほ》められても、ひとつも嬉《うれ》しくねえな、と苦《にが》り切った表情で土方が言った。

「しかし、狙いはよくわかった。もうすぐ、こっちに永倉という男が来る。そいつに命じて、一隊を率いさせよう。とりあえず二十名ほどは出せるはずだ」

新選組の隊士は一人一人が一騎当千の兵である。それが二十名も揃《そろ》えば、岩倉の隠宅へ出入りすることは誰にとっても困難になるだろう。

「これでとりあえず時間は稼げる」龍馬が立ち上がった。「慎の字、おまんは陸援隊の連中を動かして、横川っちゅう男の行方を探させろ。わしはわしで海援隊の者を動かす。心当たりを探すんじゃ」

「龍の字よ、何か勘違いしてるんじゃないがか?」中岡が首を傾《かし》げた。「わしゃ、おまんとは違う。ご老中だか何だかしらんが、誰に命じられておるわけでもない。おまけに、わしゃ大政奉還には反対なんじゃぞ。何でそんなことをせにゃならん」

「ええか、慎の字」龍馬が中岡の肩に手を置いた。「このまま手をこまねいて見ておってみいや。いくら見張りを厳重にしたところで、いずれは討幕の密勅が下りるぞ。その時討幕軍の中心になるのは薩長じゃ。土佐の出る幕などどこにもなくなる。おまんはそれでええんか」

頼む、と龍馬が両手を合わせて拝んだ。騙されたような気分じゃの、と言いながら中岡が部屋を出ていった。

「土方さん、わしらも行くぞ」

「まあ、待て」

永倉が来てからだ、と土方が言った。それもそうじゃ、と龍馬が尻餅《しりもち》をつくように座り込んだ。

六

永倉新八が七梅屋に着いたのは、それから小半刻《こはんとき》（三十分）後のことである。土方は永倉に岩倉屋敷への監視の手配を命じた。

この時点で、幕府の命令により土方には局長近藤勇の了解なしでも新選組隊士を動かす許可が出ていたため、永倉はすぐ命令に対応することができた。

具体的には、自ら率いる二番隊と原田左之助《さのすけ》が率いる十番隊をもって、岩倉屋敷の監視に当たるということである。監視の任についている会津藩との連携に関しては、二条城にいる永井に調整を依頼することにした。

「坂本、まずはどこへ行く」

宿を出たところで土方が言った。既《すで》に日暮れ時である。そりゃ薩摩藩邸じゃ、と龍馬が答えた。

十津川郷士横川を匿っている可能性が最も高いのは、薩摩藩であろう。西郷がいるかどうかは不明だったが、事情を知っている者は他にもいるだろう、と龍馬は考えていた。

「またあそこか」

どうも苦手だな、とつぶやきながら土方が歩きだした。寒くなってきたのう、と龍馬が言った。風が強く吹き始めていた。

「薩摩の連中が横川を匿っていてくれりゃ楽なんじゃが」

「匿っていたとしても、それをおれたちに言うかな」

「そりゃ当たってみなけりゃわからん。ほいじゃが、そんな気配があれば何となくわかるもんじゃ。そうじゃろ」

まあそうだ、と土方がうなずいた。二人はそのまま歩を進めた。

「なあ、坂本」土方が歩きながら言った。「お前、何でそんなに大政奉還にこだわってるんだ？」

「別にこだわってなどおりゃせん。じゃが、それが一番ええち思うちょる」

「それがわからん。お前の目的は倒幕だろ？　だったら戦になった方がいいんじゃねえのか?」

そんなことはない、と龍馬が首を振った。

「わしゃ、戦が嫌いでの」

「なぜだ」

「人が死ぬからのう」龍馬が微笑《ほほえ》んだ。「あんたは、もう十分に人が死んだとは思わんか」

さあな、と土方が肩をすくめた。また風が大きな音をたてて吹き過ぎていった。

「それにな、土方さん。人にはあまり言うなや。わしにはやりたいことがあるんじゃ」

「倒幕以外にか」

「幕府のことなど、どうでもええ」龍馬が舌打ちをした。「あんたもわかっちょろうが、もう幕府は腐った大木みたいなもんじゃ。倒幕も何も、放っておいても勝手に倒れよる。そんなことはどうでもええ。わしがやりたいのは、もっと別のことよ」

「新政府の高官になるか」

土方が言った。あんたは意外とつまらんことを言うな、と龍馬が足を止めた。

「違う違う。それこそどうでもええ。薩摩の西郷でも、長州の桂でも、やりたい者がやればええんじゃ。わしのやりたいことは全然違う」

わからねえな、と土方も立ち止まった。

「いったい、何がしてえんだ」

「海よ」

うなずいた龍馬が歩きだした。海とは何だ、と追いかけるようにしながら土方が尋ねた。

「海っちゅうたら、海よ。わしゃ一刻も早く、この幕藩体制ちゅうもんを終わらせたい。幕府が決めた国法では、勝手に異国と商売をすることができんからの。何が困るちゅうて、それが一番困る」

「密貿易か」

「その密の字を取りたい」また龍馬が笑った。「そのためには、幕府が邪魔じゃ。だから、わしはこんなふうに駆け回っちょる」

「そんな馬鹿な話があるか」

怒鳴《どな》った土方の声が風にちぎれて飛んだ。馬鹿かもしれんの、と龍馬が言った。

「ほいじゃが、土方さんよ。あんたもいっぺん海に出てみりゃわかる。四方を見渡しても海しか見えんようなところまで出てみいや。そりゃあ気持ちがええもんじゃ。どうじゃ、あんたもこれが終わったら、わしにつきおうて海へ出てみんか」

生憎《あいにく》だな、と土方が足で地面を蹴《け》った。

「おれぁ海とか船なんてものは大嫌いなんだよ」

「ああ、最初はみんなそう言う。じゃが慣れてみればあんなに楽しいことはないぞ」

「坂本、お前は本気で言ってんのか？　海に出たいから幕府を倒すと」

幕末、多くの志士が立ち上がった。そのすべてが憂国《ゆうこく》の志に突き動かされていたといっていいだろう。その中でただ一人、気ままに海へ出て商売をやりたいから幕府を倒す、と言い切ったのは坂本龍馬だけだった。

「本気も本気、大本気じゃ」龍馬がうなずいた。「土方さんよ、日本っちゅうこの国は狭いのう。狭過ぎる。商いをするっちゅうて、何ができる？　所詮、小さな国の中でちまちました商いをしてるだけじゃ。わしが考えておるのは、そんな小さなことではないぞ。世界を相手にした大商いじゃ。わしの考えてる通りになれば、海援隊はその先駆けとなるじゃろう」

「お前の夢ってのは、その貿易屋の親玉になるってことか」

まあ、そうじゃ、と龍馬が言った。

「土方さんよ、世の中には面白いことがいくらもある。剣術も面白いじゃろ。政《まつりごと》も面白いじゃろ。ほいじゃが、一番面白いのは商いじゃな。飽《あ》きが来ないから商いとはよう言うたもんじゃ。しかも異国を相手に銭儲《ぜにもう》けをするんぞ。この日本ちゅう国を儲けさせて、大きくさせるためにゃ、何より必要とは思わんか」

「……桂が言ってた通りかもしれねえな」土方が低い声で言った。「確かに、お前は武士じゃねえ。商人だ」

「もう武士の時代は終わりよ。これからは商人の時代じゃ」

あんたならわかるじゃろう、と龍馬が言った。わからねえな、と土方が首を振った。

「お前が妙な野郎だってことだけは、よくわかったがな」

変わった野郎だぜ、とつぶやいた。二本松の薩摩藩邸はもうすぐ目の前だった。

第八章　尋問

一

　さてどうする、と土方《ひじかた》が言った。

「どうするもこうするも、とにかく入ってみにゃあどうしようもないじゃろう。誰かおるかの」

「また人斬り半次郎がいると厄介《やっかい》だな」

「まったくじゃ……あんた、見てきてくれんか。わしゃ近眼《ちかめ》でよう見えぬ」

　手間ばかりかけさせやがる、とつぶやきながら土方が薩摩《さつま》藩二本松藩邸の門へと向かった。門番なのか、頑固《がんこ》そうな風情《ふぜい》の老人が一人立っていた。

「よくはわからねえが、無骨《ぶこつ》な面構《つらがま》えの爺《じじ》いが一人いるぞ」

　戻ってきた土方が言った。わしの知っちょる人ならええんじゃがの、と言いながら龍馬《りょうま》が門へと歩いていった。

「すまん、わしゃ土佐《とさ》の坂本っちゅうもんじゃ。わしのことは知っておいでかの」

陽気に龍馬がひと声かけた。知らん、と老人が横を向いた。

「何とかしろよ、坂本」

わかっちょる、と龍馬がうなずいた。

「失礼じゃが、あんたはここの門番か」

そうでごわす、と老人が威儀を正して答えた。

「海老沢彦左衛門《えびさわひこざえもん》と申す」

「ほにほに。あのな、海老沢さん、わしゃ西郷さんの古い仲間での。とりあえず取り次ぐだけでも取り次いでくれんか。土佐の坂本が訪ねてきたっちゅうて」

「西郷どんな、今、おりもうはん」

所用で外出しているという。いつ頃帰ってくるのかと尋ねると、それもわからないという答えが返ってきた。取り付く島もないとはこのことである。

「ほんなら大久保一蔵《いちぞう》どんでも小松帯刀《たてわき》どんでもよい。藩のお偉方はおらぬか」

老人が人相を確かめるように龍馬を見ていたが、二人ともおらん、とだけ答えた。

「そりゃ困ったの。大事な話があるんじゃが、どこへ行っているのか、教えてはくれぬか」

「おはん、土佐の坂本と言うたか」

「おお、そうじゃ。土佐藩浪人坂本龍馬じゃ」

「名前は聞いたことがあるが、会《お》うたことはなか」老人がまた龍馬を頭の先から足元まで見やった。「あんたがほんなごつ坂本龍馬かどうか、おいにはわかりもうさん。そうである以上、ここを通すわけにはいかん。ましてや西郷どんたちの行き先など、教えるわけにもいかぬ」

風情通り頑固そうな老人の言葉に、どうしたものか、と龍馬が首を捻《ひね》った。

「あのな、海老沢さん、わしゃほんまに土佐の坂本じゃ。薩摩藩にも大勢知り合いがおる。あんたとは確かに会ったことはないが、それでも名前ぐらい聞いたことはあるじゃろ」

「ある」

老人がうなずいた。ほんなら、と言いかけた龍馬の前で、静かに首を振った。

「じゃっどん、顔は知らん。じゃからここを通すわけにはいかん」

「そがいに堅《かた》いことを言わんと、誰でもええんじゃ、誰かわしのことを知っちょる人を呼んではくれんか。そうすればすぐにわしが土佐の坂本じゃっちゅうこともわかろうというもんじゃ」

「それもできもうはん」老人がまた首を振った。「おいどんな、この門を守ることを命じられてもす。この場を外《はず》すことは命令に反すること。そぎゃんことはできもうさん」

「できんできんでは話が進まぬ」龍馬が両手を合わせて拝んだ。「あんたの役目はようわかっちょる。ほいじゃが、少しだけ曲げてはくれぬか。誰でもよい、取り次いでくれればそれでええんじゃ」

押し問答を繰り返したが、一向に埒《らち》が明《あ》かない。どうしたものか、と龍馬が天を仰《あお》いだ時、玄関から人が出てきた。

「さっきから何ね、大きな声バ出しよって……おや、坂本さんではないか」

助かった、というように龍馬が、わしじゃ、坂本じゃ、と叫んだ。

「弥助《やすけ》どん、入れてはくれぬか。火急の用件があるんじゃ」

立っていたのは大山弥助という若者だった。もちろん、お入りください、とその男が言った。

二

通されたのは書斎である。しばらく待つうちに、先ほどの大山弥助という男と、もう一人やや肥《こ》えた男が入ってきた。

「ご無沙汰《ぶさた》しておりもす」

丁重《ていちょう》な挨拶《あいさつ》だった。西郷吉之助《きちのすけ》の実弟、西郷信吾《しんご》である。

「先ほどは弊藩《へいはん》の門衛が頑固なことを申しまして、まことに失礼致しました。じゃっどん、融通が利《き》き過ぎる門衛っちゅうのも困りもんでごわしてな。お許しくだされ」

そちらの方は、と信吾が尋ねた。脇に座っていた土方を、例によって龍馬が海援隊の小者《こもの》じゃ、とだけ紹介した。土方が露骨に不満そうな表情を浮かべたが、まさか新選組副長と名乗るわけにもいかない。黙って頭だけを下げた。

「申し訳ござらぬが、兄はもちろんのこと、一蔵どんも小松どんも外出しておりもしてな……おいどんらでお役に立てることがあるなら、外《ほか》ならぬ坂本さんのことですから、何でもしたいと思いもすが、はて、どのような用件やら」

「うむ……それなんじゃがの……」

龍馬が左右に目をやった。どう話を切り出すべきか、迷っているのが隣にいた土方にもわかった。

「ここは広いのう」

二本松藩邸が広いという意味である。そうですかの、と二人の男が顔を見合わせた。

「確かに、他藩の藩邸と比べれば広いかもしれもはんが、これでもまだ手狭《てぜま》なくらいで」

弥助が言った。薩摩藩島津《しまづ》家七十七万石の規模を考えれば、そう簡単に他藩と比較するわけにもいかない。実際、ここ以外にも薩摩藩は二つの京都藩邸を持っていた。

「いや、それでも広い。これだけ広ければ、薩摩人でない者が一人や二人紛《まぎ》れ込んでおっても、わからんじゃろ」

「坂本さん、何バ言いたかですか」信吾が肩をすくめた。「思わせ振りなことバ言うのは止めて、何を聞きたいのかはっきり言うてもらいたか」

「それではっきり聞くがの」龍馬が居住《いずま》いを正した。「あんたら、十津川郷士《とつかわごうし》に親しい者はおるかの」

「親しい」はて、と信吾が額《ひたい》に手を当てた。「どういう意味でごわすか」

「十津川の郷士に、横川元左衛門ちゅう男がおる。知っちょるか」

横川、とつぶやいていた弥助が、ああ、と手を叩《たた》いた。

「知っちょりもうす。一度会ったこともありもすな」覚えちょりもはんか、と信吾に顔を向けた。「ひと月ほど前、十津川村の郷士が何人かでこの二本松藩邸を訪ねてきたことがあったが、あん時信吾どんなおりもしたか」

「おった。思い出した。その中の一人が、確かに横川と言うたと思う」

「どんな男じゃったか」

龍馬の問いに、どんなと言われても、と弥助がまた首を傾けた。

「あまりよう覚えておりもはんが、それほど背は高くなかったような」

「どちらかというたら、小柄じゃったと思いもす」信吾がうなずいた。「左の目の上に小さな傷があったような。どぎゃんしてそげな傷がついたのかと聞いてみたら、剣術修行で作ったものとか言うちょったはず」

「ああ、思い出した思い出した」弥助が膝《ひざ》を叩いた。「そうじゃった。ちょっと子猿のような顔をしたあん男な。それで坂本さん、その横川っちゅう男がどげんしたとですか」

「訳あって、その男を捜しちょる。何か知ってはおらんか」

　龍馬が言った。二人の男が同時に首を振った。

「会《お》うたのもその一度きり。言われてみれば、名前は何度か聞いたことがありもすが、それも何でじゃったか、よう覚えちょらんとです」

「その横川ちゅうお人は、何でここへ来たんかの。誰を訪ねてきたのか、それも覚えちょらんか」

　何でじゃったかのう、と信吾が腕を組んだ。一蔵どんではなかったか、と弥助が言った。

「確か、一蔵どんを訪ねてきたように思うが、どげんか」

「だったかのう」

　龍馬が土方に目をやった。やはりな、と土方がうなずいた。

「一蔵どんを訪ねてきたのは、いったい何のためじゃったか、知らぬか」

　そこまでは、と信吾が苦笑した。

「じゃっどん、別に大した用事があったわけではなかったように思いもす。単に挨拶に寄ったというぐらいではなかったかと」

　そう思いもす、と弥助も首を縦に振った。

「坂本さん、その横川っちゅう男が、どうかしもうしたか」

「詳しいことは話せんが」龍馬が苦しげな表情を浮かべた。「どうしてもそのお人に会わにゃならん。率直に言うが、わしゃ、薩摩藩がその男を匿《かくま》ってると思うちょる」

わかりませんな、と信吾が言った。

「いったい、何のために」

「じゃから、それは言えぬと言いちょろうが」

「そぎゃんこつはなかです」苦笑を浮かべた弥助が落ち着いた口調で答えた。「坂本さん、その横川っちゅう男はこの二本松藩邸にはおりもうはん。もちろん、匿ってもなかです。何なら、屋敷中を調べて回ってはどげんですか」

「弥助どんの言う通り、とにかくこの屋敷内におるのは薩摩藩の者だけ。それはおいも保証しもす」

信吾が組んでいた腕をほどいた。どう思うか、と龍馬が目で尋ねた。そうらしいな、と土方がやはり目だけで答えた。

「何か事情がおありのようですから、あえて問いただしたりはしもはんが、坂本さんにしては珍しく歯切れの悪かことですな」

信吾が大笑した。薩摩人はあまり皮肉を言わない。それでもそう言わざるを得ないほど、確かに龍馬の表情は冴《さ》えなかった。

「それでもまだお疑いなら、西郷どんか一蔵どんに直接聞いてみてはいかがか」弥助が言った。「生憎《あいにく》、今日は他行中ゆえこちらには戻ってこないと聞いておりもすが、明日には必ず顔を出すことになっちょります」

明日では遅いんじゃ、とつぶやいた龍馬が、今二人はどこにいるのか、と聞いた。さてそれが、と二人が揃って肩をすくめた。

「おいたちにも行き先を告げずに出ていきもした。小松どんもいっしょのはずじゃが、はていったいどこへ行ったのか」

「何かの会合があるちいうことバ聞いちょりますが、詳しいことは何も」

それ以上のことはわからない、と二人が言った。困ったのう、と龍馬がつぶやいた。

「もう一度だけ聞くが、横川っちゅう男は一蔵どんを訪ねてここへ来たんじゃな?」

そう言ったではごわはんか、と弥助が言った。

「坂本さんにしては、妙にしつこい聞き方でごわすな」

すまぬ、と龍馬が謝った。沈黙が部屋を覆《おお》った。

三

二本松の屋敷を出た時には、既《すで》に陽《ひ》はとっぷりと暮れていた。

「横川は、ここにはいねえようだな」

土方が言った。そのようじゃ、と龍馬がうなずいた。

あれから、西郷信吾と大山弥助はそれほどまでに疑うのなら、家捜《やさが》しでも何でもしたらどうかと提案し、そこまでする必要はないと龍馬が固辞《こじ》したためその場はそれで収まっていたが、決して後味のいい別れ方とは言えなかった。

「とはいえ、確かにおらんのじゃろう。あの様子ではな」

龍馬の言っていることがわからない、というのが二人の反応だった。何か知っていれば、あのような表情にはならないだろう。

「確かに、嘘《うそ》をついちゃいねえ顔だった……しかしな、坂本。横川の件は極秘事項だろう。西郷や大久保のような、ごく一部の者しか知らないということはないか」

「あの二人は西郷の係累《けいるい》じゃ」龍馬が足元の小石を蹴《け》った。「信吾は実弟、弥助は従兄弟《いとこ》にあたる。あんたは薩摩の風《ふう》に詳しくないかもしれんが、あの男たちは血縁を何よりも大事にする。もし横川を匿っていたとすれば、あの二人に話さぬはずがない」

「なるほど……どっちにしても、八方塞《ふさ》がりは変わらねえってことだな」

これからどうする、と土方が尋ねた。どうするかの、と歩きながら龍馬が首を振った。

「とにかく、西郷どんか一蔵どんを捕まえて、話を聞かにゃならん。ほいじゃが、いったいどこにいるのか」

「調べさせるか」

土方が言った。この時期、京の町に通暁《つうぎよう》している者として、新選組の右に出る存在はなかっただろう。そうしてくれるか、と龍馬がうなずいた。

「こうなってみると、新選組っちゅうのもなかなか頼りになるの」

「おだてるな、馬鹿」

土方が左右を見やった。今や二人の行くところには、新選組と見廻組《みまわりぐみ》の隊士が影のようについてきている。その中から監察方《かんさつかた》の男を見つけて、土方が手招きした。二言三言耳打ちして、そのまま行かせた。男が素知《そし》らぬ体《てい》で反対側へ向かって歩きだした。

「捜し出せるかどうかはわからねえが、何もしないよりはましだろう」

「そっちは任せる……とにかく、一度宿に戻らんか。またご老中《ろうじゅう》やらに呼び出しを食《く》らうより、こちらから伝えておいた方がええじゃろう」

「そう言えば、そんなこともあったな。まったく、面倒臭えぜ」

ひとつひとつ調べていくたび、その相手、場所、内容などを報告しなければならないというのは、二人にとって大きな負担だった。そんな時間があれば、もっと他にできることもあるのだ。とはいえ、命令は命令である。従わざるを得ないだろう。

「わかった……とにかく、七梅屋に戻ろうじゃねえか」

先に立った土方が足を速めた。ひとつため息をついた龍馬が、それを追うようにして歩を進めた。

四

宿に戻ると、部屋で待っていたのは新選組井上源三郎だった。さすがに、部屋の中にまで見廻組の隊士などが入ってくるようなことはなかった。

「済まねえな、源さん」

「何、歳《とし》さんがそんなことを言うこたぁないよ」井上が薄く障子《しょうじ》を開けて外を見た。「それにしても、えれえ人数が出張《でば》ってるようだな」

「見廻組の連中だろうさ。まったく、ご老中たちはどんな指図をしているのやら」

鼻で笑った土方が、ところで、と井上を座らせた。現在の状況を説明するためである。

土方は龍馬と共に最も怪しいであろうと思われる薩摩藩二本松藩邸に乗り込み、そこで薩摩人二名と面談、少なくとも二本松藩邸では十津川郷士横川元左衛門を匿っていないという心証《しんしょう》を得た、と伝えた。要点を帳面に筆で書いていた井上が、それでその横川という男はどこにいるのか、と尋ねた。

「それがわからん」龍馬が頭を掻《か》き毟《むし》りながら畳に座った。「十津川に戻ったか、地の果てまで逃げたか、それとも罪を一人でかぶって自害しちょるか、さっぱりわからんのじゃ」

坂本龍馬だ、と土方が顎《あご》で指した。あっけにとられたように、井上が面長《おもなが》の顔を見つめた。

「あんた、井上さんと言うたな」龍馬が井上に尋ねた。「わしのところの海援隊の連中から、何か報告は入っちょりはせんか。海援隊でなくてもいい。中岡慎太郎率いるところの陸援隊でもええが、何か知らせはないか」

「さっきまで海援隊の若い衆がおったがな。何というか、若くて、気の強そうな顔付きで、木で鼻をくくったような」

「陸奥《むっ》じゃな」

「おお、確かにそんな名前じゃった。その陸奥という男がおったが、今のところは何もないと言って出ていったきりよ」

「ずいぶんと頼りになる子分を抱《かか》えてやがるな、お前は」

からかうように土方が言った。ふむ、とうなずいた龍馬が、どこへ行くと言うちょったか、と尋ねた。

「いや、そこまでは。海援隊は海援隊で、相当遠方《えんぽう》まで人をやっているようだな。おそらくは報告をまとめるために、一度酢屋と言ったか、あんたらの使っている商家に戻ったと思うが」

「今、何刻《なんどき》じゃ」

龍馬が振り向いた。五つ（午後八時）といったところか、と土方が答えた。二本松の薩摩藩邸に入ったのが六《む》つ（午後六時）ぐらいだったから、約一刻（二時間）が経っていた。

「いかん、刻《とき》が経ち過ぎちょる」

また龍馬が頭を掻いた。大きな雲脂《ふけ》がぼろぼろと畳の上に落ちた。

「薩摩藩邸で長居し過ぎたかな」渋々、といった口調で土方がそれを認めた。「しかし、あそこにいなけりゃどこにいやがるってんだ」

十津川に人はやってるのか、と龍馬が顔を上げた。二人、と井上が指を折った。

「うちの監察方を送り込んでいる。しかし、十津川は遠い。とてもではないが、その横川という男を見つけて、明日までに京へ連れてくることなどできんだろう」

「とにかく源さん、悪いがここまでの話を二条城まで行って、お偉いさんに伝えてきてくれねえか。このままだと向こうから使いがやってきそうだ。また矢のような催促をされても困る」

「二条城から、小半刻（三十分）前に、永井様の使いの者がこちらに顔を出しておったぞ」井上が言った。「歳さん、あんたと……坂本さんがどこへ行ったのか、何をしているのか、根掘り葉掘り聞かれて参った。あんたらも、どこへ何をしに行くのか、少しは言い残してもらえんか」

「わかったわかった」土方が追い立てるようにして井上を部屋の外に出した。「とにかく、ここまでの話を伝えてきてくれ。ついでに帳場によって、何か食い物がないか聞いておいてくれねえか」

人使いが荒い、とぶつぶつこぼしながら井上が出ていった。あんたが飯《めし》の心配をするとは珍しい、と龍馬が言った。

「おれだって、腹ぐらい減る」

どっかりと座り込んだ土方が、さてどうする、と言った。待つしかなかろうよ、と龍馬が首を振った。

「じたばたしたところで、どうなるものでもあるまい。わしはわしの海援隊を、あんたはあんたの新選組を、信じて待つ以外するべきことはないはずじゃ」

襖《ふすま》をほとほとと叩《たた》く音が聞こえた。わずかに開いたその外に座っていたのは、七梅屋の老人だった。

「飯と汁だけでございますが、支度《したく》が整いました。どないしまひょか」

こっちへ持ってきてくれ、と土方が言った。へえ、と老人がうなずいた。

五

横川元左衛門を見つけた、という知らせが届いたのは、それから約一刻後のことだった。

発見したのは洛北《らくほく》岩倉村の岩倉邸を監視していた新選組で、岩倉邸を訪ねてきた不審な人物に詮議をかけたところ、自分が横川元左衛門であることを認めたため、そのまま岩倉村から七梅屋へ移送中だという。

報告をしてきたのは、やはり新選組の者であり、岩倉村からここまでほとんど駆け通しに駆け続けて、ようやく今着いた、ということだった。言葉通り、全身が雨に降られたように汗のため濡れていた。横川たちは徒歩であるため、少なくとも半刻以上遅れるのではないか、というのが報告の内容だった。

「どの道を通ってる」

土方が尋ねた。そこまでは、と首を傾《かし》げた男に、それがわかってればのう、と龍馬が呻《うめ》いた。

「こっちから出迎えに行ってもええぐらいじゃが、もう夜も遅い。もしすれ違いでもしようものなら、取り返しがつかん」

「とにかく、待った方がいいだろう」

「わしもそう思う」龍馬がうなずいた。「何より、横川を見つけたっちゅうだけでも大したもんじゃ。さすがは新選組じゃの」

「当たり前だ」土方が怒鳴《どな》った。「うちの者たち以外に、横川を見つけることなんざできっこねえよ」

決して空威張りなどではない。むしろ当然のことであろう。新選組は巨大な警察組織として、京の町に君臨《くんりん》していた。

相手が誰であろうと、不審に思えばその場で尋問をしても構わないという法的根拠を持っている。海援隊にしても陸援隊にしても、所詮官製ではなく私製の組織である。横川を捜し出すのが難しいことは最初からわかっていた。

「とにかく、見つかったというのだから、これは重畳《ちょうじょう》」龍馬が手を叩いた。「後は横川自身に白状させればええだけの話じゃが……」

「どうした、坂本」

瞬間、龍馬が首を捻った。

「そこの新選組のお人」手招きするようにして呼んだ。「あんた、その横川っちゅう男を捕らえた時、その側《そば》におったがか」

「……はい、おりました」

「その時、横川の態度はどうじゃったかの。抵抗したり、暴れたりするようなことはなかったか」

「いえ、まったく。不審の筋《すじ》あり、幕命により詮議致したしと申し渡すと、何のことでござろうかと言いながらも、おとなしく従っておりましたが」

「何なんだ、坂本。いったいどこにおかしなところがある」

「妙だとは思わんか、土方さん。どうも素直過ぎる。もし慶喜《よしのぶ》公を狙撃した者であるならば、だいたいこの京に残っていること自体おかしな話じゃ。もちろん、自分の罪の重大さもわかっているはず。となれば、捕縛《ほばく》に当たり抵抗するか、下手をすれば自害してもおかしくはないじゃろう。わしゃ、どうもその落ち着きぶりが気になる」

「おいおい、不吉なことを言うのは止めてくれ」土方が吐き捨てるように言った。

「下手人《げしゆにん》はその横川という男に間違いねえだろう。状況から考えても、他にいねえのは明白だ。おれに言わせりゃ、落ち着き払った態度でいるってのは虚勢を張ってるってことだ。証拠を残してねえという自信があるからこそ、岩倉邸に現れたんだろうし、余計な騒ぎを起こすより、ここは素直に捕まっておいた方がいいと考えたんじゃねえのか」

「わしもそう思う。いや、思いたい。横川が下手人でないとすれば、事は余計にややこしくなるからの。何もかも一からやり直しじゃ。しかも時間はないときちょる。わしらには、もう後がないんじゃ」

おめえは心配性《しょう》だな、と土方が言った。

「面《つら》に似合わないことだ」

「どちらにしても、一度二条城まで伝えておいた方がええと思うがの。あんた、同じ新選組なんじゃ、井上さんを知っちょろう?」龍馬が新選組の男に顔を向けた。

「ついでじゃ、お城まで行って、横川っちゅう男を見つけたと伝えてきてくれんか」

「坂本」土方が唸《うな》り声を上げた。「その命令はおれがする。そいつはお前の部下じゃやねえ」

すまんの、と龍馬が小さく頭を下げた。

六

洛北《らくほく》岩倉村は遠い。

どの道を選ぶにせよ、一刻から二刻はかかるであろう。もう少し早い時間であれば、早馬《はやうま》を手配したり早駕籠《はやかご》を用意することもできたが、この刻限ではそれも難しい。

土方と龍馬が途中まで迎えに出るという手もあったが、途中で行き違ってしまえば目も当てられないことになる。結局、待つしかないというのが彼らの結論であり、事実それしか手はなかった。

龍馬はこういう時の時間潰《つぶ》しが妙にうまい男で、どこからか取り出してきた紙に向かって手紙を書き始めていた。対照的に土方は、部屋の中をうろうろと歩き回るぐらいしか、やることはなかった。

「座ってくれんかの」

落ち着かん、と龍馬が不服そうに言った。うるせえ、と土方が負けず劣らず苦い顔で言い返した。

「何をちまちま手紙なんぞ……誰に書いてるんだ」

「いろいろじゃ。長崎におる仲間にも書いておるし、土佐の姉にも書いちょる」

「ああ、その話は聞いたことがある。坂本龍馬には同じぐらい図体《ずうたい》のでかい姉がいるとか……仲はいいのか」

「まあな」

「何を書いてる」

「新選組のおっかない人と同宿しちょると。嘘ばかり書くといつも言われるが、わしゃ嘘など書いたことは一度もありゃせん」

誰がおっかない人だ、とつぶやきながら土方が腰を下ろした。龍馬の鼻の頭に墨の跡がついていた。

「面に似合わねえ小さな字を書く男だな……他には何を書いてる」

「まあ、つまらん繰《く》り言《ごと》のようなもんじゃな。早くこんなことを終わらせて、海に出たい、そういうことじゃ」

「この前、お前が言ってたようなことか」

そうじゃ、と龍馬が筆を置いた。

「わしゃあの、土方さん、今は心ならずもこんなことに係わりおうちょるが、それはわしの本意と違う。さっさとこんなことは終わらせて、身を引きたい。ほんまにそう思うちょる」

「身を引いて、海へ出るか。おかしな野郎だな、お前も。このまま座ってりゃ、栄達は思うがままじゃねえか」

「確かにそうかもしれん。その意味じゃ、あんたの言う通り、わしゃおかしな男じゃろう。だがな、土方さん、単純に言えば、わしはわがままなんじゃ。やりたいことしかやりたくない。やらんで済むことなら、わしを巻き込んでほしゅうない」

「やらんで済むこととは？」

「役人よ」簡潔に龍馬が答えた。「わしが思うに、あれほど窮屈《きゅうくつ》でつまらん仕事はないな。どれほど偉くなったところで、つまらん思いをするのなら、なっても仕方ないとは思わんか」

「そりゃあ、考え方だろう」

「その通りじゃ。わしだって、世の中には役人ちゅうもんが必要じゃとは思うちょる。なりたい者はなればいい。じゃが、わしはごめんじゃ」

あんただってそうじゃろ、と龍馬が言った。まあな、と土方が苦笑《にがわら》いを浮かべた。

「後は大政奉還だけなんじゃ」筆の先をなめた龍馬がつぶやいた。「あれさえ無事に済めば、きれいな形で政権が代わる。そりゃ、どうしたって戦《いくさ》は起きるじゃろ。ほいじゃが、それほど大規模なものにはなるまい。大政奉還が無事に済み、幕府の代わりに新政府が成立すれば、会津《あいづ》勢は抵抗するかもしれんが、いずれ戦は終わる。そこからは新しい連中の時代よ。わしの出番はない」

そのためにも、早くこの件を片付けねばならんのじゃ、と龍馬が強く言い切った。

「おれだって早く終わらせてえ」土方が畳に後ろ手をついた。「何でお前みたいな野郎と一緒にいなけりゃならんのか、訳がわからん」

「お互い、立場は違えども、目的は同じじゃ。我慢せえや」さて、と龍馬が筆を取り上げた。「土方さん、わしゃまだいくつか手紙を書かにゃいけん。岩倉村から横川という男が来るまで、もう少し間《ま》があるじゃろ。その間だけでも、休んじょったらどうじゃ。わしも手紙を書き終えたらそうするつもりじゃ」

いちいち指図するな、と土方が部屋の隅に身を寄せ、壁によりかかるようにして目をつぶった。龍馬が行灯《あんどん》の火をわずかに細くした。

七

岩倉村から横川元左衛門が七梅屋に着いたのは九つ（午前零時）過ぎのことだった。

まず先に部屋に入ってきたのは、新選組永倉新八である。丁重に礼を取った永倉に、遅えじゃねえか、と目をつぶったまま土方が言った。

「……道が暗かったゆえ、少々刻を食ってしまいました」

永倉が答えた。身を起こした土方が、起きろ、坂本、と言った。机に突っ伏すようにして寝ていた龍馬が、なんじゃあ、と顔を上げた。

「例の横川という男が来たそうだ」

それはそれは、とつぶやいた龍馬が机の上を片付け始めた。連れてこい、という土方の命令に、小さくうなずいた永倉が一旦外へ出た。

「どんな男じゃろか」

「知るかよ」

そんなことを言い交わしていたところに、再び襖が開いて、永倉が現れた。左腕がしっかりと小柄な男の腕を摑《つか》んでいる。その後ろに三人の新選組隊士の姿があった。

「入れろ」

土方が言った。永倉が腕を引いた。

「乱暴はやめい……あんた、横川さんかね」

龍馬が座ったまま尋ねた。左様でございます、と小男が脅《おび》えたように口を開いた。

「わしゃ、土佐の坂本いうもんじゃ。十津川村の郷士の話は、同郷の連中から聞いている。まあ、とにかく座ってもらおうかの」

龍馬が自分と土方の間を指した。横川がその指示に従った。新八、と土方が言った。

「ご苦労だったな。とりあえず、この場はおれたちに任せて、出ていってくれ。誰も近づけるんじゃねえぞ、いいな」

わかりました、とうなずいた永倉が新選組隊士を引き連れて出て行った。さて、と龍馬が座り直した。

「こっちにおるがは、泣く子も黙る新選組の副長、土方歳三ちいうお人じゃ。何で新選組と土佐の浪人が一緒におるかはええとして、わしらはあんたを捜しちょったんじゃ」

何のために、と横川は言わなかった。陰気そうな目で二人を見つめているだけである。飢えた猿のような顔だった。

「横川よ、まずひとつだけ聞かせてもらおう」土方が体を前のめりにした。「お前、十月四日の朝方、どこにいた」

「まあ待ちいや、土方さん。最初からいきなりやいのやいの責め立てられたんでは、横川さんも思うようには喋《しゃべ》れまいよ。とにかく落ち着いて話を聞くことにせんか」

　茶でも飲まんか、と龍馬が土瓶《どびん》から湯呑《ゆの》みに茶を注いだ。横川は手を出さなかった。

「何もそんなに脅えることはありゃせん。飲んだらどうじゃ。それとも、脅えるような何かをしたっちゅうことかの」

「横川、もう一度聞く。十月四日の明け方、どこで何をしていたか」

　龍馬と土方の声が重なった。十月四日でございますか、と横川が不安そうに首を傾げた。

「たかだか数日前の話。覚えてないとは言わせねえぞ」

「はっきりしたことは申せませぬが……」横川が重い口を開いた。「確かその日は、十津川の村におったと思いまする」

「相違ないか」

「……はい」

　土方と龍馬が顔を見合わせた。もちろん、素直に何もかもを話すとは思っていない。なるべく多く話させ、発言の矛盾《むじゅん》を突き、すべてを白状させるつもりだった。

　特に土方はこの種の取り調べに慣れている。尋問の主導権を握るのが土方であることは当然だった。

「では、今日のことを聞かせてもらおう。なぜ岩倉村を訪れたのか」

「毎月のご挨拶であります」横川が顔を上げた。「拙者《せっしゃ》を含め、十津川の衆が尊王《そんのう》の立場を取っておることはご存じのはず。岩倉様にお目通りし、ご挨拶するのは毎月のことであり、今回はたまたま拙者に順番が回ってきたゆえ、京まで出てきた次第」

「この夜更けにか」

「それは無論、明朝を待ってお伺《うかが》いしようと思っておりました。本日は野宿をして夜明けを待つつもりでございましたが、いきなりここまで連れてこられ、何があったのか拙者自身よくわかっておらぬのが実際のところ」

油断のない目つきで横川が辺りを見回した。

「横川さんよ」龍馬が自分の湯呑みで茶を飲んだ。「あんた、しばらく前、大坂に出ておらなんだか」

なぜそれを、というように横川が見つめた。調べはついとるんじゃ、と龍馬が先を続けた。

「あんたは大坂へ行った。さて、そこで何をしちょったのか、話してもらおうかの」

「……坂本さん、今まで会ったことこそございませんでしたが、土州《としゅう》の英雄坂本龍馬の名はよう聞いておりまする」横川が低い声で言った。「勤皇《きんのう》の志を持ち、天下の争乱を一手にまとめようとしていることも存じております。今の問いは、そのお立場から発せられたものでありますか」

「おお、無論そうじゃ。わしゃ、あくまでも勤皇の士。つまり、あんたと志を同じくする者じゃ。その意味でわしらは同志と言ってもよい。何も隠さず、本当のことを話してもらえるとありがたい」

「……銃を受け取りに……」ほとんど聞き取れないほどの声で横川が答えた。「調《ちょう》練《れん》のための銃を受け取るため、大坂へ参りました」

「手に入れたのは、スナイドル銃五丁だな」

土方が鋭い声で尋ねた。その通りでございます、と横川がうなずいた。

「ですが、他意があってのことではございませぬ。あくまでも我ら十津川郷士は尊王の志を持つ者の集まり。万が一にでも帝《みかど》が幕府と争うようなことになった際に、草莽《そうもう》の士として帝の側に立つため、銃を手に入れたまでのこと。既に刀槍《とうそう》の時代でないことは自明の理。性能の良い銃を必要としているのは、勤皇、佐幕、どちらの側も同じでございましょう。ただし、それで何かをしようとしたわけではござらぬ。あくまでも調練のために入手したまでのこと」

わかっちょる、と龍馬が微笑《ほほえ》んだ。

「それで、あんたはその五丁の銃をどうしたんかいの」

「十津川の村に持ち帰り、調練に用いております」

「その後、十津川郷士の誰かが、その銃を村の外に持ち出したようなことは？」

「ございませぬ」きっぱりと横川が言い切った。「何しろ、村にとっても貴重な品であるゆえ、村外に運び出したりはしておりませぬ」

龍馬と土方が視線を交わした。横川の供述が真《まこと》なのか偽《いつわ》りなのか、今のところ何とも言えない。

本当である可能性もあるし、まったくの嘘ということもあり得る。どう判断するべきか、迷うところだった。

「横川」先に口を開いたのは土方だった。「十月四日の早朝、何があったか教えてやろう。徳川の上様《うえさま》が二条城をお出になられた。理由は薩摩藩の要人、西郷吉之助との会談のためだ。だが、その会談は流れた。なぜかといえば、上様を狙撃した者がいたからだ」

「……狙撃？」

横川がわずかに視線を逸《そ》らした。そうなんじゃ、と苦い顔で龍馬が言った。

「どこの誰かは知らんが、余計なことをしてくれたもんじゃ……そんな訳で、わしらは慶喜公を撃った者を捜しちょる。そこで浮かび上がってきたのが、あんたというわけじゃ」

横川が腰を浮かせた。まあ座れ、と土方がその肩に手をかけた。

「あんたには、確かに不審な点がある」龍馬が話を続けた。「大坂でスナイドル銃を受け取ったのは、あんたも認めた通りじゃ。そして岩倉公とも昵懇《じっこん》の様子。おそらくは岩倉公から密命があった場合、それに従わざるを得ない立場におったじゃろう。わしらが疑っちょるんは、あんたが岩倉公の命《めい》を受けて、慶喜公を撃ったのではないかということなんじゃ」

「まさか、そのようなこと」

横川が激しく首を振った。ないとは言えねえだろう、と土方が押さえていた腕に力を込めた。

「お前はスナイドル銃を入手していた。お前は岩倉公からの命令を受ける立場にあり、連絡も密《みつ》だった。お前は尊王の志も強く、徳川の上様を殺《あや》めてもやむを得ないと考えていた。これだけの条件が揃っているお前を、おれたちが疑うのも仕方ねえだろうよ」

「あんたに限ったことではない」龍馬が言った。「十津川村の他の郷士がこの陰謀に加担《かたん》しているとすればどうか。あんたが知らないところで、妙な動きをしておった者はおらんか」

「決して……決して」横川が再び首を振った。「十津川は狭い村でございます。何か不審な動きがあれば、それがわからぬことなどあり得ませぬ」

「いいかい、横川さん。おれたちゃ、お前が上様を撃ったかどうかは、はっきり言えばどうでもいいんだ。おれたちが知りてえのは、それを命じたのが岩倉公かどうかってことなんだ」

どうなんだ、と土方が怒鳴った。決して、と横川が再び言った。

「我ら十津川衆、徳川の将軍様を狙い撃つようなことはしておりませぬし、また岩倉様からどのような形であれ、そのような命令を受けた覚えもありませぬ。これは天地神明《てんちしんめい》に誓って真《まこと》でございます」

ひれ伏すようにして横川が叫んだ。どう思う、と土方が目だけで尋ねた。

「わからん」龍馬が言った。「確かに怪しいのは事実。だが、この人の様子を見ている限り、何も知らなかったようにしか思えぬ。どちらが真実なのか、確かめる術《すべ》はありゃせん」

膝をひとつ叩いて、龍馬が立ち上がった。どうするつもりだ、と土方が聞いた。

「もうこうなれば、岩倉公に直接お尋ねするしかあるまいよ。わしゃ、今から岩倉村へ行き、岩倉公に面会を申し込むつもりじゃ」

「この夜中にか」

「夜中だろうと何だろうと、それをせにゃ国が潰《つぶ》れる」

わかった、と土方も立ち上がった。

「おれも一緒に行こう。この横川という男のことは、新選組に任せておいてくれ」

「手荒な真似《まね》はするなや」

わかっている、とうなずいた土方が、おい、と襖の外に声をかけた。はい、という永倉新八の声が返ってきた。

第九章　真相

一

龍馬《りようま》たちのいる七梅屋から洛北《らくほく》岩倉村までは、二里半（十キロ）ほどである。市中はともかく、その外に出れば明かりは月明かりだけだったが、それでも龍馬は今すぐ岩倉具視《ともみ》の隠宅に向かうべきであると主張した。龍馬も豪胆であるが、土方《ひじかた》も勇猛さでは負けていない。そうしよう、とうなずいた。

薩摩《さつま》、会津《あいづ》、長州《ちようしゆう》の雄藩《ゆうはん》、また陸援隊、御陵衛士《ごりようえじ》など、不審と思われる者たちについて調べを進めてきたが、いずれも行き詰まっている。この局面を打開するためには、討幕の密勅《みつちよく》を手に入れるべく陰謀を画策している岩倉具視その人に事情を尋ねるのが、最も早道であろう。その点で、二人の意見は一致していた。

「朝までに着けるかの」

「難しいところだ」土方が答えた。「岩倉村は遠い。おれも足には自信がある方だが、この真っ暗闇だ。いくら急いだところで二刻《ふたとき》（四時間）はかかるんじゃねえのか」

「一蔵《いちぞう》どんもおるんかの」

薩摩藩重役大久保一蔵のことである。この時期、大久保は薩摩と京都を往復し続けていた。京都では主に岩倉と共に朝廷工作を進めていたが、今日岩倉村にいるかどうかは不明だった。

「なぜだ」

「わしゃ、あの人が苦手での」龍馬が舌を出した。「おまけにあの人は武力革命の急先鋒じゃ。何を企んでおるのか知らんが、一緒におったらどんな知恵をつけてくるかわからん」

「あんまり面倒なことを言うなら」土方が刀に手をやった。「これで片をつけるっていうのはどうだ」

「阿呆《あほう》か、あんたは。今、一蔵どんを斬ってみい。わしでも西郷を抑えることはできんぞ。大政奉還どころか、その場で戦《いくさ》が始まる」

「わかってる。冗談だ」

「あんたでも冗談を言うのか」

「お前と一緒にいると、どうもそんな妙な癖がうつっちまった」

さて行くか、と土方が立ち上がった。七梅屋に常駐している新選組隊士を通じ、二条城の板倉には、岩倉村へ向かうという届けを出しに行かせている。

本来なら老中《ろうじゅう》たちの了解を得てから、岩倉村へ向かうべきであったが、この二人の優れた実務家は、時を逸《いっ》してはならないということをよくわかっていた。いちいち返事など待ってはいられない。

「もう、わしゃ支度《したく》はできちょる」

「お前は簡単でいいな。おれは用足しをして、ついでに顔を洗ってくる。しばらく待ってろ」

「そんな必要はないじゃろ」

「相手は公家《くげ》だぞ。しかもおれはこれでも幕臣なんだ。一応顔ぐらい洗わせろ」

不便なもんじゃの、と龍馬がつぶやいた。

「道はわかるのか」

「だいたいはな。じゃが、何しろ真っ暗じゃからの。迷ったとしても勘弁しておおせ」

龍馬が大袈裟《おおげさ》に両手を合わせた。迷ってる暇はねえんだ、と吐き捨てた土方が、足音も高く廊下を歩いていった。

二

龍馬と土方が七梅屋を出たのは八《や》つ半（深夜三時）であった。二人は十津川《とつかわ》郷士横川元左衛門を同行させることにした。

この場合、横川は証人という意味合いも持つ。横川と岩倉を会わせ、岩倉の口から将軍狙撃の命令を下《くだ》したことを自白させるというのが二人の狙いだった。ただし、岩倉村へ着くまでは、証人というよりも道案内としての役割が主だった。

土方は岩倉の隠宅がどこにあるのか、正確には知らない。龍馬は何度か訪れたことがあったが、月明かりだけが頼りである。近眼であるこの男に、道の見当はつかない。頼りになるのは横川だけであった。

幸いなことに、横川は優れた方向感覚を持っていた。また、京の町が古来から言われているように、道が碁盤《ごばん》の目のように整備されていることも、この場合大いに役に立った。途中、一度も休憩することなく、岩倉村までたどり着いたのは六《む》つ

（朝六時）過ぎのことだった。

「もう、まもなくでございます」

横川が言った。まもなくでなきゃ困る、と土方が不機嫌に言葉を返した。

「もう二刻近くも歩き詰めだ。歩くのも仕事のうちだが、こんなに休みなく歩かされたことはねえ」

「意外じゃの。新選組は日々心身を鍛えちょるというが、これぐらい歩いただけでもう弱音を吐《は》くか」

「おれぁな、行き先がはっきりしねえのに、ただぐるぐる歩かされるのが大嫌いなんだよ」

まもなくでございます、となだめるように横川が繰り返した。指さした先に、寺が見えた。あの近くでございます、と横川が言った。

うっすらと陽が昇りかけている。土方の目にも辺りの様子が次第にはっきりと見えるようになっていた。

ろくな道などない。あるのはただ林と、いくつかの陋屋《ろうおく》だけである。

「こんなところに住んでやがんのか」

「仕方がないのでございます。岩倉様は勅勘《ちょっかん》を受けた身。やむを得ず、このようなところに隠栖《いんせい》せざるを得なかったと」

「もう勅勘は解《と》けたと聞いたがな」

「左様《さよう》にございます。ですが、だからといってすぐに京へ戻るというわけにもいきませぬ。それが公家というものでございます」

横川が先に立って歩きだした。ゆるやかな坂道を上っていくと、左手に実相院《じっそういん》という寺がある。その手前を左に折れると、視界が開けた。

あれでございます、と横川がまっすぐ手を伸ばした。

「あれと言われても」どれか、と龍馬が尋ねた。「家などないようにしか見えんが」

「いや、ある」土方がつぶやいた。「もっとも、家と呼べるかどうかはわからねえがな」

岩倉具視の隠宅は、雑木林の中にあった。狭くはない。ただし、お世辞にもきれいとは言えなかった。

陋屋というよりも、廃屋《はいおく》に近いだろう。ぼろぼろに破れた障子《しょうじ》が、その様子を強調していた。

「坂本、もう夜明けだ。中間《ちゅうげん》の一人ぐらい起きてやがるだろう。誰か探して、捕まえてこい。海援隊の坂本龍馬が岩倉公にお目通りに来たとな」

「人使いが荒いの。新選組の土方歳三《としぞう》が来たっちゅうんじゃいけんのか」

「新選組の新の字が出ただけで、岩倉公は逃げちまうだろうがよ。わかったらさっさと行ってこい」

「わしゃ、そんなに岩倉公と親しいわけじゃない。あんた、誰ぞ知っちょる人はおらんか」

龍馬が尋ねた。おりまする、と横川がうなずいた。

「岩倉様の中間で、弥平次という老人がおります。おそらくは、あそこにおるのがそうではないかと」

門前で落ち葉を掃いている老人がいた。かなりの年配で、腰が海老《えび》のように曲がっている。

声をかけてきてくれんか、と龍馬が言った。横川が近づいていくと、驚いたように老人が顔を上げた。

しばらく二人は話していたが、老人が箒《ほうき》を置いて家の中に入っていった。戻ってきた横川が、岩倉様はご在宅とのこと、と二人に報告した。

「今朝は早朝から起きて、手紙を書いておられるとか。坂本様の名前を出しましたところ、わかりませせぬがとにかく伝えるだけのことはしてみると請け負うてくれました」

「駄目《だめ》だと言われても、勝手に押し入るだけだがな」

土方が言った。そんな乱暴な、と龍馬が苦笑した。

小半刻（三十分）ほども待つうちに、老人が出てきた。ゆっくりとした歩き方で三人の方へ近づいてくる。横川殿、と老人が口を開いた。

「岩倉様よりのお言葉でございます。土佐の坂本龍馬がこの早朝に来るとは、よほど火急《かきゅう》の用件であろうと。そうであれば会わぬわけにもいかぬじゃろうということでございました。書斎でお待ちでございますので、どうぞお入り下さいませ」

「ほにほに。ありがたいこっちゃ」龍馬が歩きだした。「すまんのう、朝から面倒をかけて」

「ところで、こちらのお方は」

老人が土方の方を向いた。龍馬が答えようとした時、海援隊の小者《こもの》で土方と申す者、と土方が自分から言った。左様でござりますか、と老人がうなずいた。

「あんたも、だんだん話がわかるようになってきたの」

龍馬が囁《ささや》いた。土方は何も答えなかった。

三

岩倉具視は公家として変わり種と言っていいだろう。公家というより、野武士の親玉ともいうべき外貌《がいぼう》をしていた。

「おお、坂本」文机《ふづくえ》の前に座っていた岩倉が口を開いた。「久しぶりであるの。横川も、今朝来るとは聞いておったが、これほど早いとは思っておらなんだ……まあよい。そちらのご仁《じん》は」

「海援隊隊士、土方と申します」

土方が小さな声で答えた。坂本の子分か、という岩倉の問いに、左様で、と平伏した。

「それにしても坂本、ずいぶんと早い時刻から来たものじゃな。京の町から来たのであろう？　夜道は遠くなかったか」

岩倉が大笑した。とんでもございませぬ、と正座したまま龍馬が答えた。

「それで、いったいこの早朝から何用じゃ」

岩倉が尋ねた。実は、今、自分は幕府の命《めい》によって動いております、と龍馬が言った。

「……岩倉様、率直にお伺いいたします。討幕についてのお考えに、その後お変わりはございませぬか」

「……討幕と言われても困る。だが、いずれ幕府は朽《く》ち木《き》の如《ごと》く倒れていくであろう。その後の政体を確立せねばならぬのは自明《じめい》の理。そのためには京の朝廷が中心にならねばどうにもなるまいよ。その意味で、考えに変わりはない」

何を言っておるのか、という目で岩倉が龍馬を見た。岩倉に限らず、薩長土《さっちょうと》の志士たちは幕府を倒し、朝廷を中心に有為《ゆうい》な人材による新政府を誕生させようと考えている。

これは無論、龍馬も同じ意見である。何を今さら、というのが岩倉の思いだったであろう。

「では申し上げまする」龍馬が言った。「そのためなら、どのような策謀を用いても構わぬとお考えでありましょうか」

「坂本……この早朝から何を言っている」訝《いぶか》しげな表情で岩倉が大きな口を動かした。「わしがいったい何をしたというのか」

「……十月四日早暁《そうぎょう》、二条城からお出になられた徳川慶喜《よしのぶ》公が、何者かによって狙撃されたという話は、お聞き及びでございましょうか」

岩倉が黙り込んだ。この場合、沈黙は肯定を意味する。

「もうひとつ、岩倉様はこの横川というご仁をご存じであらせられますな」

「十津川郷士の横川であろう。この隠宅にも何度か来たことがある。もちろん、知っておる」

では、と龍馬が横川を前に押しやった。

「このご仁が十日ほど前に、大坂で英国《えげれす》商人ブラウンから最新式のスナイドル銃五丁を入手したこともご存じでしょうな」

初めて岩倉の顔に不安そうな表情が浮かんだ。

「銃？」

「坂本様」横川が抗弁した。「確かにスナイドル銃を購入したことは事実。ですが、先にも申し上げましたように、それは岩倉様と何の関係もございませぬ。ましてや、我ら十津川郷士がその銃で徳川将軍を狙い撃ったなど、あり得ることではございませぬ」

「坂本、つまりお前はこう言いたいのか。わしの命令で十津川郷士たちが銃を買い上げ、その銃で慶喜公を狙撃したと。その理由は、現在慶喜公が進めようとしている大政奉還策を遅らせようとするためだと」

さすがに知謀湧くが如し、と言われた岩倉である。龍馬の話を聞いただけで、その流れを読み切ったようだった。

龍馬が無言で周囲に目をやった。しばらくの沈黙の後、岩倉が小さく笑った。

「なるほどの。確かに筋《すじ》は合《お》うておる。しかしな、坂本。正直に申すが、そこまではわしも考えが及ばなんだ。言われてみれば妙案かもしれぬが、今のわしはそれどころではない。いかにして討幕の密勅を下させるか、動いているのはその一点のみよ。それに、慶喜公を殺《あや》めれば、会桑《かいそう》はもちろん、いかに惰弱《だじゃく》と言われる旗本、御家人も立ち上がらざるを得ぬであろう。その際の混乱を思えば、将軍狙撃などするはずがないこと、坂本にもわかっておるであろう」

土方がわずかに膝《ひざ》をにじらせて、龍馬の耳元で数語囁いた。わかっちょる、と龍馬がうなずいた。

「そのようにおっしゃられるかとは思うちょりました。ほいじゃが、理詰めで考えていくと、岩倉様以外に将軍狙撃の命令を下せる者がおらぬことも事実でございます。岩倉様は慶喜公と薩摩の西郷の会談の時間と場所を、前から知っておられた唯一のお方。十津川郷士にも顔が利《き》き、命令を下せる立場にあらせられまする。また岩倉様は薩摩藩と親しく、それゆえに英国商人ブラウンともつながりがございましたでしょう。当然、銃の入手も可能であったはず。そして何より動機がございます。大政奉還に向けての慶喜公の意思決定を一日でも遅らせ、その間に討幕の密勅を各藩に下さねばならなかった。違いますかな」

「すべて、その通りである」堂々と岩倉が認めた。「だが坂本、お前は考え違いをしている。そのような理屈を云々《うんぬん》される前に、公家というものはそのような乱暴な手段を用いない。これは我らの伝統である。まさか知らぬとは言わせまいぞ」

そうなのか、と土方が小声で聞いた。確かに、と龍馬が小さく首を振った。「なるほど、

「もうひとつ、お前の論には大きな誤りがある」岩倉が話を続けた。「なるほど、スナイドル銃という最新式の銃がこの国に入っていること、わしのような公家でさえも聞いておる。今までの銃と比べても遥かに性能がいいということだが、その分仕組みが複雑になっているそうな。とすると、十日やそこらで十津川郷士がその銃の扱いに習熟することができるかどうか。おそらく無理なのではないか」

「ようやく調練《ちょうれん》を始めたところにございます」ひれ伏したまま横川が叫んだ。「そのような我らに、慶喜公を狙い撃つなど、できるはずもございませぬ」

「別に正確に狙い撃つ必要はなかったはずじゃ」龍馬が言った。「要は慶喜公を脅

すための狙撃に過ぎなんだはず。その程度の調練なら、十日もあれば十分だったのでは……」

「もうよい、坂本」岩倉が話を引き取った。「確かにわしには機会もあった。動機もあった。だが、動かせる兵を持っておらなんだ。これでどうやって慶喜公を撃つことができるというのか」

「ですが……あの事件があったゆえ、慶喜公が決断を鈍らせているのは事実。つまり岩倉様の思い描いた絵図通りになっておりますな。これは偶然でありましょうか」

「偶然だ」

傲然《ごうぜん》とした様子で岩倉が言い放った。

「それでは、もうひとつお伺いいたします。岩倉様、慶喜公を狙撃した下手人《げしゅにん》はいったい誰とお考えになられますか」

「知らぬ」弥平次、と岩倉が声を上げた。「朝餉《あさげ》の支度を。客人はもう帰られる。それとも、一緒に食《く》うていくか」

豪快な笑い声をたてた。とんでもございませぬ、と龍馬以下三人の男たちが後ろへ下がった。

四

戻ろう、と力のない声で龍馬が言った。すべてを指図したと思われた岩倉具視に、あれほど完全に否定された以上、もう将軍狙撃の下手人を捜す手立ては残っていない。声に力がなくなるのも当然だった。

「戻るのは結構だ。この男も誰ぞに引き渡さなければならねえしな」土方がうなずいた。「だがな、坂本、おれぁ今岩倉公と話していて、少し考えるところがあった」

「何じゃ」

「銃のことだ」土方が答えた。「前にお前も言っていたような気がするんだがな、確かに新しい銃を使いこなすってえのは、口で言うほど生易《なまやさ》しいことじゃねえ。慣れるまでにある程度時間がかかるのは、岩倉公のような公家にだってわかることだ」

「その通りでございます」横川が口を開いた。「スナイドル銃を入手したことは最初から拙者《せっしゃ》も認めている通り。ですが、実際のところ過去に我々が使っていたゲベール銃、ミニエー銃とは違い、後装式と呼ばれる元込め銃。どこから弾《たま》を込めるのか、火薬はどうするのか、狙いはどうやってつけるのか、それさえもよくわかっておりませぬ。土方様、坂本様、お疑いになるお気持ちはわからぬでもありませぬが、我ら十津川の衆にその疑いをかけるのは、濡《ぬ》れ衣《ぎぬ》というもの」

「お前は黙ってろ」土方が横川の頭をはたいた。「なあ坂本、おれたち新選組はそれほど銃に詳しいわけじゃねえ。はっきりいって、幕府や会津の奴らもだ。異国との交易に熱心なのは、やはり西国雄藩、要するに薩長、そうだろ」

「わしらのことも忘れてもらっては困る」龍馬がむくれたように言った。「海援隊は世界を相手に――」

「お前の法螺話《ほらばなし》はもう聞き飽きた」土方が遮《さえぎ》った。「そういうことを言ってるんじゃねえ。実際にスナイドル銃を手に入れ、その扱いに習熟しているのは誰かってことだ。薩長以外にいねえだろ」

大筋はそうじゃ、と渋々ながら龍馬が認めた。

「肥前《ひぜん》もずいぶんと熱心に銃の研究はしちょるようじゃが、あの藩の内実はわしにもようわからん。肥前を除けば、スナイドル銃を正式に採用しちょるんは薩長だけじゃろな」

「薩摩か、長州か」土方の目が光った。「……こいつはじっくり考えてみる必要がありそうだぜ」

五

岩倉村を出て京の市中に戻ったのは、ちょうど昼過ぎのことだった。二人は横川を新選組隊士に引き渡し、厳重に監視しておくように命じた。

その後七梅屋に戻った二人を待っていたのは、すぐに二条城へ出頭せよという老中板倉勝静《かつきよ》からの命令だった。二人は取る物も取り敢《あ》えず二条城へと向かった。

再び黒書院《くろしょいん》に通され、小半刻ほど待つうちに、若年寄《わかどしより》の永井尚志《なおのぶ》が現れたところまでは、これまでと何もかもが同じだった。唯一違っていたのは、永井が着座するなり顔を真っ赤にして怒鳴《どな》ったことである。

「いったいどこで何をしていたのか」

「面目ありませぬ」龍馬がぼりぼりと頭のてっぺんを掻いた。「とはいえ、何しろ朝があまりに早過ぎたもので、何ちゅうかその、ご報告の時間がなかったっちゅうか」

「言い訳など聞いておらぬ」永井が再び怒鳴った。「岩倉村の岩倉公を訪ねていたのだな」

二条城には新選組から使いの者を出していた。永井が二人の行き先を知っていたのは当然のことである。

「ちょっと目を離せばこの有り様《さま》」永井が苦《にが》い表情を浮かべた。「相手を誰だと思っている。公家だぞ。無位無官のお前たちが容易に会えるようなお方ではない。いったいどんなつもりで岩倉公に会いに行ったのか」

「そうは申されますが、すぐに会《お》うてくれましたがの」龍馬が伸びていた鼻毛を一本抜いた。「公家とはいえ、岩倉様ほどの方ともなると腹の据《す》わり方が違いますな。いちいち容儀を気にすることなく、我らのような素性《すじょう》怪しき者であっても、すぐに出てきてくれました。さすがに人物が大きいですな」

痛烈な皮肉だった。永井にしても、土方、龍馬の両人に対して自ら会いに来ることはなく、いちいち二条城まで呼びつけるのが常である。そのためにどれほどの時を無駄にしてきたことか。

そして老中の板倉に至っては、未《いま》だこの場にさえも現れていない。幕府官僚ならではの権威主義を、龍馬は暗《あん》に批判したのである。

「そのようなことを申しておるのではない」今度は永井の顔が青くなった。「お前たちが勝手な行動に出れば、我らがどれだけ迷惑するか、わかっているのかと聞いているのだ」

「勝手なことと申されますがね」土方が首の後ろを掻きながら言った。「今回の一件について調べていく以上、自分にしてもこの土佐っぽにしても、任せてもらわねば何もすることはできませぬよ。それは最初から申し上げている通り。我らに調べを任せた以上、我らは我らの考えた通りに動かざるを得ぬのは当然ではありませぬか」

　土方が口を閉じた。老中の板倉が入ってきたためである。居住《いずま》いを正した二人に対し、よい、とだけつぶやいて上座に座った。

「……たった今、岩倉公より抗議があった」座るなり板倉が口を開いた。「早朝より海援隊坂本龍馬以下三名が幕命と称して訪ねてきた。更《さら》に、上様《うえさま》狙撃についてあらぬ疑いをかけられ、非常に不愉快な思いをしたとのこと。困った話だ」

「駆け引きでありましょう」龍馬が言った。「岩倉公は権謀《けんぼう》術数《じゅっすう》に長《た》けたお方。何かあれば幕府に対し難癖《なんくせ》をつけてくるのは、今に限ったことではございますまい」

「確かにそうだ。だが、我らの身にもなってもらいたい。岩倉公ほどのお立場にある方からの抗議とあらば、右から左へと受け流すわけにもいかぬ。それなりの対応をしていかねばならぬのだ」

しばらく二人を見つめていた板倉が、小さなため息をついた。

「それはいい……こちらで何とかしよう。だが、その上で二人に問うが、岩倉公に事情を聞いて、何かわかったことはあるのか」

二人が顔を見合わせて、どちらからともなく肩をすくめた。

「残念ながら、何もございませぬ」

土方が言った。いや、むしろ、と龍馬が首を振った。

「我らが共に疑いをかけていた十津川郷士に狙撃の機会がなかったことが、明らかになっただけでございます。つまり、何もかも振り出しに戻ったということでございますな」

ゆっくりとうなずいた永井が、もうよい、と言った。もうよい、と同じように板倉も繰り返した。

「……もうよい、とは？」

「これ以上のことはもうよいという意味だ」板倉が低い声で言った。「今夕まで、ということだったが、お前たち二人に任せておいてもどうにもならぬであろう。我らは今から上様とお会いし、とにかく今後の大方針を決定すべく説得をする所存《しょぞん》」

「つまり、わしらはお役《やく》御免ということですかの」

そういうことだ、と永井が言った。そりゃ構いませんがね、と土方が眉間《みけん》に皺《しわ》を寄せた。

「誰が上様を狙い撃ったのかもわからない今の状況で、いったいどうやって上様に大方針とやらをお決めいただくおつもりなのか、それだけは伺っておきましょうか」

それはわからぬ、と苦い顔で板倉が言った。

「だが、もう刻《とき》がない。どうにもならぬ。誠心誠意、上様を説《と》きに説いて、何とか得心《とくしん》していただくしかあるまい。大政奉還策を採用するのか、それとも対薩長戦に踏み切るか、最後に決断されるのはあくまでも上様」

「まだ刻は残っちょりますよ」龍馬が言った。「あと二刻。二刻あれば、誰が慶喜公を襲ったのか、はっきりさせることができるやもしれませぬ。大方針は結構ですが、まさか大政奉還策を捨てたりするなどとおっしゃられることはないでしょうな」

「わからぬ。それも上様のお心次第」

「それならば、あと二刻、何とか待ってもらえんでしょうかの」龍馬が半《なか》ば腰を浮かしかけた。「万にひとつでも大政奉還を中止するなどということになれば、これまでの苦労が水の泡でございます」

「もう時間がないのだ」眉《まゆ》をひそめながら板倉が答えた。「お前たち二人にすべてを任せたばかりに、何もわからないまま今という時を迎えてしまった。所詮、お前たちには過ぎた任務だったのだ」

「何を言ってやがるんだか」土方が横を向いたまま小声で吐き捨てた。「てめえらがいちいち右顧左眄《うこさべん》してやがるから、こんなことになっちまったんじゃねえのかよ」

「土方」

永井が鋭い声を上げた。実際そうでしょうが、と土方が耳の辺りを掻いた。

「板倉様、永井様には申し訳なく思い、また失礼だとわかってはいますがね。それにしても、お二方《ふたかた》がいちいち見当違いの指図を出してきたばっかりに、無駄に刻を空費してしまったのも確かな話。違いますかね」

「無礼である」永井が叫んだ。「立場をわきまえよ」

「立場はひとつっきりですよ。おれぁ新選組副長土方歳三。それ以外の何者でもありゃしません。もう一度申し上げますが、お二方がいらぬ口出しさえしなければ、もう少し調べは進んだはずですがね」

何を言うか、と永井が畳を叩いた。

「土方、そして坂本。お前たちには何もわかっておらぬ。今、どのような事態になっておるのか、我らの立場がどれほど難しいものであるか。何もわかっておらぬくせに、偉そうなことを申すな」

「そりゃ、わしらにはお偉い方々のお立場など、わかるはずもありませぬ。当然ですな。わかるようなら、この丸二日、地べたを這《は》いずりまわるようにして京の町中をぐるぐる駆け回ったりせずに済んだはずですから」

龍馬が欠伸《あくび》を嚙み殺した。何が言いたい、と永井が声を高くした。

「上から指示を出してるだけの人にゃあ、こっちの苦労はわからねえってことですよ」土方が言った。「おれたちがこの二日、どれだけ危ねえ目にあってきたか。あんたらも一度やってみたらいい。白刃《はくじん》の下をくぐり抜けるってのがどんなに怖《こえ》えもんか」

あんたでも怖《こわ》いのか、と龍馬が不思議そうな顔になった。当たり前じゃねえか、と土方が口元を歪《ゆが》めた。

「いつだって怖えさ。刀を抜くのも怖えし、人と斬り合うのも怖え。だから命懸《いのちが》けでやってるんじゃねえか、この馬鹿野郎」

「臆病なんはわしだけかと思うちょったが、そうでもなかったようじゃの」

「もうよい」板倉が小さく首を振った。「もう十分である。とにかくお前たちにやってもらうことはなくなった。後は我らがやる。余計な手出しは無用」

「今さらそんなことをおっしゃられても困りますな」土方が立ち上がった。「ここまで首を突っ込んじまった以上、後には引けませぬ。最後の最後まで下手人を捜すのが我らの務め。ご老中が何とおっしゃられようと、こればっかりは譲れませぬ」

「土方さんの言う通りですな」龍馬も立った。「わしゃ、とにかくも大政奉還成立を見届けるまで、諦めるわけにはいきませぬ。まだ夕刻まで二刻はございます。その間に下手人を捜し出せば、それでよろしゅうございましょう」

「勝手にするがよい」板倉が吐き捨てた。「だが、これだけは申しておく。もうお前たちの後ろに幕府はないと思え。何かあったとしても、助けてはやれぬぞ」

「最初から当てにゃあしてませんでしたよ」

薄笑いを浮かべた土方に、お前は、と板倉が呼びかけた。

「土方……お前は坂本とまだ組むつもりなのか。お前にとっては仇敵《きゅうてき》ともいうべき男だぞ。それでもなお共に動くのか」

しばらく黙っていた土方が、ゆっくりと口を開いた。

「ご老中……この二日、この男と一緒にいてひとつだけわかったことがございます。この坂本という男は、実に嫌な野郎ですな。しかし、役には立つ。あんたらよりはよっぽどね。この男がいなければ、この男の機転がなければ、もしかしたらこの土方歳三、ここへ戻ってくることさえできなかったかもしれませぬ」

「あんたに誉《ほ》められるとは思わんかった」

そう言った龍馬に、うるせえ、と土方がそっぽを向いた。

「二刻あるといったところで、あっと言う間《ま》よ。時間はねえ。こんなところでぐずぐずしている暇はねえぞ。急げ」

それもそうじゃ、とつぶやいた龍馬が土方と共に黒書院から出ていった。後に残された板倉と永井が、顔を見合わせて大きなため息をついた。

六

大見得《おおみえ》切って出てきたはいいが、と二条城の外に出たところで土方が言った。

「残り時間は少ねえ。坂本、何か当てはあるのか」

「あんたがわしのことをそんなに信じてくれちょったというのは意外じゃったな」

龍馬が歩きながら言った。「新選組の土方といえば、がちがちの石頭じゃと思うちょったが、なかなかそうでもないようじゃ」

「うるせえ。ありゃ勢いで言っただけの話よ。この一件が終われば、おれとお前は元通りの関係に戻るだけだ。坂本、お前は天下のお尋ね者だし、おれはいつでもお前を斬るぜ」

「その前に、わしゃ逃げる」

「逃がしゃしねえよ……だが、あと二刻の間だけ、おれとお前は同じ目的を持つ仲間ってわけだ」

土方が龍馬を見つめた。その頰に苦い笑みが浮かんでいた。

「さて下手人についてだが……さっきも言った通り、銃について詳しいのはやはり薩長のどちらかだとおれは思う。おれの知っている限り、会桑の兵が使っているのはゲベール銃かミニエー銃ぐらいのもんだ。訓練を積んでねえ会津の侍どもに、スナイドル銃は扱えねえよ。おれもそれほど詳しいわけじゃねえが、スナイドル銃の有効射程距離は約五百五十間（一キロ）ほどと聞いてる。そうじゃなけりゃ、おれたち新選組や見廻組《みまわりぐみ》の監視をかいくぐって、あんなに正確に上様の乗った駕籠《かご》を狙い撃つことはできねえはずだ」

「たいしたもんじゃ。知らんち言うわりには、ようわかっちょるじゃなかか」

「なあ坂本、簡単に考えようじゃねえか。お前が言った通り、長州の連中が京にいねえとしたら、残るのは薩摩だけだ。そうだろうが」

うむ、とうなずいた龍馬が足を止めた。

「どうした」

「いや、あんたの言う通りじゃと思うてな。確かにわしの知っちょる限り、長州の兵は京に入ってきちょらん。ほいじゃき、長州の連中にはできんことじゃ。そうなると残るのは確かに薩摩だけじゃが、わしには西郷という男が嘘をついたとはどうしても思えん」

そこで話が止まっちまうな、と土方が腕を組んだ。

「西郷の与《あずか》り知らねえところで、誰かが事を仕組んだってことはあり得ねえのか」

「何度も繰り返すようじゃが、あの藩は長州と違う。全体を指揮しちょる西郷と大久保が知らぬことは何もないと言っていい。そういう藩風なんじゃ」

「それなら、大久保一蔵はどうなんだ。大久保が西郷に黙って上様狙撃を企てていたとしたら」

それもない、と龍馬が首を振った。

「あの二人は刎頸《ふんけい》の友じゃ。互いに黙って何かするようなことはあり得ぬ。無論、何か突発的な事態が生じて、それに対処せねばならんようなことはあるじゃろ。ほいじゃが、これだけの大事を、事後であっても報告せんとは思えんな」

「わからねえな。じゃあ、いったい誰なんだ。薩摩でも長州でも会津でもなく、ましてや岩倉公でもないとすれば、いったい誰が上様を襲ったのか」

まさか土佐じゃねえだろうな、と土方が睨《にら》みつけた。賭けてもいいが、と龍馬が首筋に手を当てた。

「土佐の藩論は大政奉還と決まっちょる。これは容堂《ようどう》公も認めちょる話じゃ。それなのに、何で土佐が慶喜公を狙撃する必要があるっちゅうんじゃ。ややこしいことになるだけじゃろうが。それに、一応わしも坂本龍馬ちゅうて名前の通っちょる男じゃ。土佐藩の連中が何をしちょるかぐらいは、耳にも入ってくる。怪しい動きはない」

「ますますわからなくなってきやがった」土方が頭を抱《かか》えた。「どうなってんだ、おい」

しばらく黙っていた龍馬が、スナイドル銃、とつぶやいた。

「わかってるよ、下手人がスナイドル銃を使ったたってことはよ」

「そうじゃないんじゃ」龍馬が顔を上げた。「土方さん、わしらはとんでもない思い違いをしちょったのかもしれん」

「思い違いってのは何だ」

「わしらは、将軍を狙った下手人は、脅しのために撃ったと思うちょった。ほいじゃが、本気で殺すつもりで狙い撃っておったのかもしれぬ」

「どういう意味だ」

「スナイドル銃は、まだそれほどこの国に入ってきちょらん。わしゃ密貿易屋じゃからの、その辺の事情はよう知っちょる。薩長の国元には、確かにかなりの量の銃が準備されちょろうが、この京の町には入っちょらん」

「だから困ってるんじゃねえか」

「ほいじゃが、持っていてもおかしくない連中がおる」

「誰だ」

「高台寺党《こうだいじ》よ」

土方が首を傾《かし》げた。高台寺党、すなわち御陵衛士《ごりようえじ》は新選組から分かれた組織である。現在は薩摩藩の庇護《ひご》のもと、勤皇活動に加わっているが、既《すで》に調べ済みだった。少なくとも不審なところは何もなかったはずである。

「いや、あるんじゃ」いきなり龍馬が膝を叩いた。「どうも引っ掛かっておったことがあった。あんた、覚えちょるか。あの連中に銃の調練をしておるかと聞いたじゃろ」

「聞いたな。伊東は素直に認めていたし、銃も見せてくれた」

「それがおかしい。薩摩藩は御陵衛士を対幕戦の先鋒《せんぽう》部隊に使おうと考えているはずじゃ。そのために金を使い、連中を養っておるんじゃからの。その先鋒部隊に、旧式のゲベール銃を持たせておくなんちゅうことがあるじゃろか」

今度は土方が黙り込む番だった。しばらく経ってから、なるほどな、とつぶやいた。

「確かに、あの時奴らがおれたちに見せたのはゲベール銃だった。だが実際には相当前からスナイドル銃を持ち、それで調練をしてたってことか」

ほにほに、と龍馬がうなずいた。

「御陵衛士は薩摩藩に借りがある。高台寺の屯所《とんしょ》を準備してくれたのも、資金を調達してくれたのも薩摩藩じゃ。そして薩摩藩の藩論は対幕戦。その戦のきっかけを作るため、伊東というあの男が薩摩の意向を察知し、勝手に判断して、慶喜公を狙撃したとしたらどうじゃ」

「……御陵衛士は薩摩藩の別動隊だ」土方が指を折った。「当然、上様と西郷の面談についても噂《うわさ》ぐらいは聞き付けていただろう。しかも、何しろ元はといえば新選組だ。京の町にも詳しい。逃げる場所や隠れ家《が》の用意もできたはずだ。伊東という男のことはおれもよく知っているが、策の細けえ男だ。もともとスナイドル銃は薩摩藩から供与されていただろう。策謀家の伊東が、薩摩藩の意向を先回りして察し、上様を殺め奉《たてまつ》ろうとしたのかもしれん……おい坂本、条件は全部揃ってるぞ」

「そうやって考えていくと、西郷さんが、将軍狙撃について何も知らぬと言うちょったのも合点がいく」龍馬が言った。「何しろ、本当に知らんかったんじゃからの」

「伊東としては、薩摩藩に貸しを作る気だったのかもしれねえな。それもあって、西郷らには何も話さず、自身の判断で断行したんだろう。奴らしい話だ。要するに、自分の立場を大きくするために打った博打《ばくち》ってことだ。スナイドル銃で撃った弾が上様に当たって死ぬもよし、外れてもよし、いずれにしても大政奉還は一時的にその動きが止まる。その間に討幕の密勅が下ればいい、と考えていたんだろうよ」

「土方さん、とにかく高台寺へ行ってみんか。そして単刀直入に問い詰めてみてはどうじゃ。藪《やぶ》をつついてみれば、蛇《へび》が出てくるかもしれん」

少なくとも、つついてみる価値はあるじゃろう、と龍馬が言った。二人が同時に駆け出した。

七

二人が七梅屋に戻ると、沖田総司《そうじ》がそこにいた。沖田は土方たちが幕府老中板倉たちの命令に反し、今は私的な立場で徳川慶喜狙撃事件を追っていることを知らない。連絡要員として宿で二人を待っていたのだ。

「他に誰かいねえのか」

「そんな、いきなり怒鳴られても」沖田が苦笑した。「新選組隊士はわたし以外いませんよ。見廻組の連中はどうしてるんですか」

二条城を出たところから、二人の周りに見廻組の隊士はいなくなっていた。幕府の助けがなくなると思え、と板倉が言ったのには、そういう意味も含まれていたのだろう。今や二人は孤立無援の状態だった。

「仕方がねえ。三人で行くか」

「ほうじゃの。それしかあるまい」

「待って下さい、何の話ですか。どうにも嫌な予感がしますね。池田屋の時のようだ」

池田屋の時より状況は悪い、と土方が不機嫌な表情で言った。唖然《あぜん》としたままの沖田を連れ出し、土方と龍馬は宿を出て高台寺へ向かった。

半刻の時をかけて、土方、龍馬、そして沖田が高台寺に到着したのは、八つ半（午後三時）前のことだった。三人は御陵衛士屯所の門をくぐった。

道中、細かい事情は沖田に伝えていた。土方が目配《めくば》せをすると、無言のまま沖田が建物の裏手へ消えていった。

出迎えたのは再び藤堂平助《へいすけ》である。ただし、今回は何か予感するものがあったのか、一人ではなかった。服部《はっとり》武雄、毛内有之助《もうないありのすけ》、斎藤一《はじめ》の三人も一緒である。いずれも、御陵衛士きっての剣の使い手として知られている者たちだった。

「土方さん、いったいどうしたんですか。昨日も来たかと思えば、今日もまたいきなりやって来るなど」

「伊東先生はいるか」前置き抜きで土方が言った。「会って話がしたい」

斎藤が一瞬視線を土方に向けたが、無言のまま顔を伏せた。無論、土方も何も言わなかった。斎藤はあくまで間諜《かんちょう》として御陵衛士に加わっている。土方の指示によるものである。

土方は新選組内外の者たちから恐れられていたが、斎藤は新選組結成時から、土方に全幅《ぜんぷく》の信頼を寄せていた。間諜という危険な役目を命じられても、それに従ったのは、あくまでも土方を信じていたためである。近藤、沖田とはまた違った意味で、斎藤は土方の盟友と呼ぶべき存在だった。

「おられますが……」藤堂が答えた。「とにかくお入り下さい」

屯所内にある書斎に通された。奥に入っていた藤堂が戻ってきて、すぐに伊東先生が参られます、と言った。

「少々お待ちいただけますか」

待つしかねえだろう、と土方がうなずいた。

「すまねえな、平助。いつも突然で」

「いえ、副長のことですから。それは覚悟しております」

「土方副長」

服部がわずかに体を前にずらした。表情に闘気が漲《みなぎ》っていた。

「昨日に引き続き連日のご訪問……いったい何がございましたか」

「伊東先生が来てから話す」土方が横を向いた。「何度も同じ話をするのは性《しょう》に合わねえ」

「しかし……何があったのかとお尋ねしたくなるのも当然とは思われますまいか」

「服部よ。おれぁ伊東先生に話があってきたんだ。何のためだとか、そんなことをお前に話すつもりなんざねえよ」

服部も元新選組隊士であり、土方の部下だった。言葉遣いが乱暴なのはそのためである。

「まあまあ土方さん、喧嘩腰《けんかごし》は止めんか。わしらはただ話を聞きにきただけじゃ。そうじゃろ」

龍馬が間に割って入った。まあな、とつぶやいた土方が足を崩そうとした時、襖《ふすま》が開いて伊東甲子太郎《かしたろう》が入ってきた。

「これは土方副長、連日のお越し、嬉《うれ》しく思いまするぞ」

「忙しいところ、申し訳ないと思ってる。だが、こっちも火急の用件でな。どうしてもあんたに話を聞かなきゃならねえ訳があるんだ」

「左様でございますか。土方副長に対し、我ら御陵衛士、何ら隠すこともありませぬ。我ら道は違えども尊王の志はひとつ。そのためにできることがあるのなら、何でもいたしまする」

失礼、と大声で言ってから伊東が下座《しもざ》に着いた。へりくだった様子を見せたのはわざとである。やりにくい野郎だ、とつぶやいた土方が龍馬の脇腹を肘《ひじ》でついた。

「お前が話せ。おれぁどうもこういう話が苦手だ」

わしも得意ではないがの、と言いながら龍馬が口を開いた。

「とにかく伊東さん、何度も同じ用件で済まぬとは思うちょる。これっきりじゃから、勘弁しておおせ」

微笑を浮かべながら伊東がうなずいた。それでは聞きたいが、と龍馬が出された茶をひと口飲んだ。

「御陵衛士っちゅうのは、いったいどういう立場にあるんかの。尊王なのか佐幕なのか、それともそれ以外の何か別物なのか」

「名称にも現れていると思っておりますが」明晰《めいせき》な口調で伊東が説明した。「孝明《こうめい》天皇の御陵守護の任を拝命したことから、我ら同じ志を持つ者が集まり、その任を務めております。あくまでも立場は尊王」

ほうかの、と龍馬がうなずいた。

「そりゃあええが、わしゃ質屋の息子で銭《ぜに》のことが気になるたちでの。それで聞くんじゃが、この高台寺月真院《げっしんいん》はなかなか立派な寺じゃ。広くもあり、建物自体も堅牢にできちょる。おまけに広大な庭までついちょる。あんたらは、ここをいったいどうやって借りておるんかの。金はどこから出てるのか、教えてほしいもんじゃ」

「坂本先生、志ある者に力を貸してくれる者たちは決して少なくありませぬ。そこにあるのは銭金ではなく、あくまでも志。先生ならおわかりでございましょう」

「そうじゃなかろうよ」龍馬が大声で笑った。「伊東さん、あんたらの後ろに薩摩藩がついちょるのは、その辺の子供でも知っちょる。いちいち隠さんでもええ」

「薩摩藩もまた、我らの志に共鳴してくれているのは事実。確かにいくばくかの金《きん》子《す》を用立ててもらってはおりますが、薩摩藩だけに限ったことではござらぬ。名前を挙げれば差し障《さわ》りがございますのでここでは申しませぬが、富裕な豪商などからも力を借りております る」

「わしの聞いちょるところでは、あんたらは薩摩の先鋒部隊になるそうじゃの」

「はて、そのような噂が流れていることはわたしも耳にしたことがございますが、あくまでも噂に過ぎませぬ。そのようなことはありませぬ」

「そのために武器の供与も受けていると聞いちょるがのう」

「知りませぬな」あっさりと伊東が受け流した。「確かに、以前使わなくなった銃器類を譲り受けたことがございますが、その話でございましょうか」

「うんにゃ。この前見せてもろうたようなゲベール銃の話ではない」龍馬の口調は自然なままだった。「はっきり言えば、最新式のスナイドル銃のことよ。正直に聞くがの、ずいぶん前から薩摩藩から預かっておるんじゃないがか？　そしてその銃で調練を行っておるんじゃろ？」

「知りませぬ」

「あんたらは、この寺の境内《けいだい》で調練をしちょるという。昨日、あんたも自分で言《ゆ》うたことじゃ」龍馬が広い庭に目をやった。「それはゲベール銃や刀槍《とうそう》の類《たぐい》ではなく、スナイドル銃の訓練ではないんかの」

「知りませぬ」

「知らぬ知らぬばかりでは話が進まぬ」龍馬が大きな口を開けて笑った。「もうええじゃろ、伊東さん。こっちも勘だけで訪ねてきたわけではない。ある程度調べはついちょる。あんたらが薩摩藩の庇護下にあること、いざ対幕府戦が始まれば、その先鋒部隊としてそれに加わると密約しちょること、そのために最新式の西洋銃、つまりスナイドル銃を供与され、調練をしちょることもじゃ」

「仮にそうだとしても」伊東が重い口を動かした。「何の問題がございましょう」

「いや、何もない。それがあんたらの尊王の志じゃというのなら、少なくともわしにとっては何の問題もない。ただ、余計なことをされるのはちと困る」

「……余計なことと申されるのは」

初めて伊東の表情に不安の影がよぎった。龍馬が体を前のめりにした。

「あんたらが、庇護してもらっちょる薩摩藩に恩義を感じるのはわかる。ほいじゃが、だからちゅうてそのために徳川の将軍を狙撃するようなことをされては困るっちゅうことじゃ」

何の話かわかりませぬ、と伊東が首を振った。それを無視して龍馬が話を続けた。

「そりゃ、薩摩藩は対幕戦を始めたくてじりじりしちょる。じゃが、慶喜公は大政奉還ちゅう奇策を使って、どうにかして戦を回避しようとしちょる。その決心を翻《ひるがえ》させるために慶喜公を狙撃するっちゅうのは、なかなかええ考えじゃったかもしれん。さすがは伊東さんじゃ」

ほいじゃが、ちいとやり過ぎたの、と龍馬が耳の後ろを掻いた。

「普通に考えて薩摩の西郷さん、あるいは大久保さんが将軍狙撃なんちゅう乱暴な命令を下すとは思えん。あんたの考えはようわかっちょる。命令されずとも、ほのめかされたことぐらいはあったかもしれんの。慶喜公さえいなければ、すぐにでも戦に持ち込める、というような」

伊東は無言のままだった。龍馬が話の先を続けた。

「そこであんたは考えた。薩摩に命じられたわけではないが、御陵衛士独自の判断によって将軍暗殺を試みてはどうかと。暗に内意を察したということかもしれんが、本音を言うたら、早い話があんたらは薩摩に対して点数稼ぎをしたかったんじゃろ？　それによって、御陵衛士の立場を重くしたいと思うちょったんじゃろ？さすがといえばさすがじゃ。深慮遠謀ちゅうのはまさにこのことじゃ。ただのう、それはわしにとってはえらい迷惑じゃ。このままでは岩倉公が工作しておる討幕の密勅の方が、早く下りてしまうかもしれん。わしらが今日ここに来たのは、あんたに全部本当のことを話してもらいたいがためじゃ。誰がやったのかさえわかれば、慶喜公もすぐに大政奉還策に心を決められるっちゅうもんじゃからの」

何をおっしゃっておられるのかわかりませんな、と伊東が薄笑いを浮かべた。土方が畳を叩いた。

「しらばっくれるのもいいが、とにかく時間がねえ。さっさと片をつけてえんだ」

「では申しますが、土方副長、今坂本先生がおっしゃられたことはすべて当て推量。憶測《おくそく》ではございませぬか。確かにおっしゃる通り、疑われる余地はあるやもしれませぬ。しかし、我ら御陵衛士は――」

　いきなり襖が開いた。立っていたのは体格のいい中年の男である。篠原泰之進《たいのしん》といって、御陵衛士の一人だった。その後ろで、沖田総司がいつものように柔らかい笑みを浮かべていた。

「篠原、どうした」

　伊東が叫んだ。沖田がねじ上げていた篠原の右腕を離した。頭から突っ込むようにして、篠原が畳の上に転がった。

「やれやれ。土方さん。どうしていつも面倒な役回りばかりわたしに押し付けるんですかね」

　左手に抱《かか》えていた二丁の銃を放り投げた。旧式のゲベール銃と最新式のスナイドル銃である。裏の小屋に隠してありましたよ、と沖田が言った。

「……旧式銃で調練をしている、とさっきあんたは言ったよな」

　話が違うんじゃねえか、と土方が言った。無言のまま、伊東は左右を見た。土方たちは三人、自分たちは篠原も含めて四人である。

　とはいえ、一人多いというだけで敵《かな》うものではない、と伊東は瞬時にして悟《さと》っていた。自らも北辰一刀流《ほくしんいっとうりゅう》の達人であるだけに、状況を把握する力は決して余人に劣るものではなかった。

ただし、土方たちが三人だけで来ていることは、藤堂からも聞いて知っていた。御陵衛士の隊士は約十五名、十五対三なら負けるはずもない。御陵衛士の隊士たちも、それぞれ一騎当千の強者《つわもの》である。

「何ぞ申し開きすることはあるかの」

龍馬が尋ねた。伊東が首を振った。

「お二人とも……表に出てはいただけませぬか。部屋の中で揉《も》めると後片付けが面倒ですからな」

倒れていた篠原が身を起こし、表へ飛び出していった。仲間を呼びにいったのであろう。上等じゃねえか、とつぶやいた土方が、ゆっくりと立ち上がった。

第十章　対決

一

長い廊下を渡り、玄関から表へ出た。屯所《とんしょ》の裏へ廻ると、そこに広大な敷地があった。高台寺党《こうだいじ》、御陵衛士《ごりょうえじ》たちの調練場を兼ねた庭である。

「ここならよろしゅうございましょう」伊東甲子太郎《かしたろう》が小さく微笑《ほほえ》んだ。「誰も邪魔立てする者はおりませぬ」

「待っちょくれ、伊東さん」龍馬《りょうま》が片手を挙げた。「わしらは、何もあんたらとやりあうつもりでここまで来たのではない。わしらが知りたかったのは、慶喜公《よしのぶ》を狙撃したのが誰なのか、そして指図をしたのが誰なのか、それだけじゃ。それさえわかれば、もうええんじゃ」

無言のまま、伊東が一定の距離を置いた。その左右を藤堂平助《とうどうへいすけ》、服部《はっとり》武雄が固めている。

三人ともそれぞれに剣の名人と言っていい。特に服部は新選組在籍時から、道場において敵なし、と恐れられた強者《つわもの》である。

とはいえ、相手は新選組副長土方歳三《ひじかたとしぞう》、天才の名をほしいままにしている一番隊隊長沖田総司《そうじ》、そして北辰一刀流《ほくしんいっとうりゅう》免許皆伝であり、江戸での修行時代には並ぶ者がいないと謳《うた》われた坂本龍馬である。三対三では、互角以上の勝負にならないだろう。

だが、伊東としてはそれほど不安を感じていなかった。今、篠原泰之進《たいのしん》が味方を呼びに行っている。

この時期、御陵衛士は十五人ほどの隊士がおり、その全員が集まればいくら土方、沖田、坂本という豪の者が相手でも、渡り合うことは十分に可能なはずだった。

「坂本、下らねえことを言ってる場合か」土方が刀の柄《つか》に手をかけた。「すぐにでもこいつらの仲間がくるぞ。何人いるのか知らねえが、あんまり多いと面倒だ。さっさと片をつけようじゃねえか」

「待たんか、土方さん。今ここで斬り合《お》うても、互いに何の得にもならん。わしらの役目は、そんなことではないはず。伊東さん、もうええじゃろ。あんたはわしらを斬ろうとしている。それこそが自分たちが下手人《げしゅにん》と認めた何よりの証拠。そうじゃないかの」

「坂本先生、何をおっしゃっておられるのかわかりませんが」

伊東がことさらゆっくりと口を開いた。時間稼ぎのためだった。

「我々には関係のないことと申し上げたはず。にもかかわらず、我々を下手人と見なすというのであれば、これは武士として最大の屈辱。濡《ぬ》れ衣《ぎぬ》を着せられて黙っているほど、我ら御陵衛士、おとなしくはありませぬぞ」

「そんならそれでええ」龍馬が深くうなずいた。「あんたが将軍狙撃に係わっちょらんと言うのなら、二条城までわしらと一緒に来てもらいたい。ほいで、幕府の偉い人を相手に申し開きをし、身の証《あかし》を立てりゃそれでええじゃろ。こんなところで争っても、何の解決にもならん。違うか？」

「坂本、無駄だ」土方が叫んだ。「お前だって、わかってるだろうが。こいつらが素直におれたちに従って二条城まで来るわけがねえ。当たり前だ。将軍狙撃など、この何百年もなかった大罪だぞ。認める奴なんざいねえよ」

「伊東さん、あんたの言いたいことはわかっちょる。あくまでも自分らは関係ないと主張するつもりじゃろ。そんならそれでええ。ほいじゃき、わしらと一緒にお城へ来てくれんか。頼む、そうしてくれ」

土方の言葉を無視して龍馬が頼み込むようにして言った。伊東は無言のままである。

屯所の表から、足音が聞こえてきた。裏庭へと飛び込んできたのは、篠原泰之進である。その後ろから、毛内有之助《もうないありのすけ》、富山《とみやま》弥兵衛など四人の男たちが続いていた。

「伊東先生」篠原が叫んだ。「我ら五人、そして他の者たちもすぐ参ります。相手は三人、いかに新選組とはいえ、これだけ人数に差があれば」

その通りです、と伊東の横にいた藤堂平助がうなずいた。

「先生、今なら勝機が」

「言うじゃねえか、平助」土方が冷たい微笑を浮かべた。「何人集まろうと、おれに勝てると思ってんのか、てめえは」

「副長、どんな相手でも、三人でかかれば必ず倒せると教えてくれたのはあなたですよ」

藤堂が言い返した。土方の笑《え》みが濃くなった。

「馬鹿だなぁ、お前は……おれと沖田と坂本だぞ。相手が違うぜ。雑魚《ざこ》がいくらかかってきても、関係ねえよ」

「本当にやるんかの」龍馬がつぶやいた。「土方さん、わしゃ自信がない」

「何を言ってやがる」

叱《しか》りつけた土方に、いや、ほんまにじゃ、とうなだれた。

「わしゃ、あんたらと違って斬り合うたことなどない。それに、剣の修行をしちょったんは、ずいぶんと昔のことじゃ。もう刀の抜き方もおぼつかん」

沖田、と土方が言った。

「お前は大丈夫だろうな」

「まあ、何とか」沖田が小さくうなずいた。「とはいえ、ちょっと人数が違い過ぎはしませんか。三人でどうこうできる数ではないと思いますが」

屯所の中から中西昇、橋本皆助《かいすけ》など、新たに五人の男たちが現われた。全員が殺気立った表情をしていた。

「どうするんじゃ」

「落ち着け。背中を合わせろ」

土方の下知《げち》に、沖田と龍馬が肩をつけるようにして並んだ。言ってみれば、三角形の陣を取ったようなものである。

笑みを絶やさずにいた伊東が後ろに下がり、大きく手を振った。三隊に分かれた御陵衛士の隊士たちが、それぞれに構えを取った。

「よく訓練してるようじゃねえか、伊東さんよ」土方が言った。「あれか、上様《うえさま》狙撃に際しても、こんな風に命令をしたのか。実際に撃ったのは誰なんだ。あんたか。いや、あんたじゃねえな。あんたは自ら手を汚すような男じゃねえ。おれの見るところ、篠原、お前が撃ったんじゃねえのか」

名指しされた篠原泰之進が一歩前に出た。顔面が朱《しゅ》に染まっている。待て、と伊東が制した。

「土方副長、これはあくまでも私闘。武士としていわれなき侮蔑《ぶべつ》を受けた我々御陵衛士が、その屈辱を晴らすために立ち上がった、そう考えていただきたい」

「口上《こうじょう》が長《なげ》えよ」芝居じゃねえんだ、と土方が怒鳴った。「やるんならさっさとやろうぜ。大丈夫だ、あんたのことは斬らねえよ。あんたには、まだやってもらわなけりゃならねえことがある。二条城まで行って、下手人が自分であることを白状してもらわねえとな」

「そんなことには、なりますまいよ」

そうつぶやいた伊東が、抜け、と命じた。御陵衛士の全員が刀に手をかけた。待て、と龍馬が叫んだ。

「もう一度言う。伊東さん、あんたがあんたの判断で薩摩《さつま》の意向を察して、将軍狙撃を試みたのはもうわかっちょる。なるほど、なかなか巧《うま》い策じゃ。将軍が死ねば、戦が始まったかもしれん。薩摩は戦を始めたくてうずうずしちょるからの。じゃがのう、伊東さん、あんたは西郷や大久保を甘《あも》う見過ぎちょる。あれらはそんなに甘い男たちではない。戦を始めるきっかけを作ったあんたらを、一時は厚遇するかもしれんが、いずれは捨てるぞ。仮にあの場であんたらが捕まったとしても、薩摩は知らぬ存ぜぬで通したじゃろう。御陵衛士たちが勝手な暴挙に出たまでのことで、薩摩藩は一切関係ないとな」

「そのようなこと」

あるはずがない、という言葉はさすがに伊東も飲み込んだ。龍馬の誘導尋問に引っかかるほど愚かな男ではない。

だが、その顔を見れば、龍馬の推測が当たっていることは明らかだった。

「坂本先生、もうよろしいでしょう。いくら話し合っても無駄なこと。諸君、刀を抜きたまえ」

待て待て、と龍馬がもう一度叫んだ。

「あんたらも知っちょろう。この二人は強いぞ。泣く子も黙る新選組の鬼副長、土方歳三と天下無双《むそう》の強さを誇る沖田くんじゃ。無傷で済むと思うちょったら、大間違いぞ」

脅《おど》しの利《き》いた声だった。御陵衛士たちが不安そうに左右を見た。それに、と龍馬が言葉を継いだ。

「自慢じゃないが、わしも強い。こう見えても北辰一刀流の免許皆伝じゃ。それに、かつて江戸で行われた各藩の代表者が集まっての大仕合で、わしゃ長州の桂さんを破っちょる。そんなわしらを相手に、この人数で勝てると思うちょるんか。この倍、いや三倍いなければ話にならんじゃろ」

朗々とした声が響き渡った。御陵衛士たちの間に、明らかな動揺が走っていた。

「逃げよう」

龍馬が囁《ささや》いた。何だと、と土方が声の方に首を向けた。

「何を言ってやがる」

「わしのはったりが利いて、連中は浮き足だっちょる。この機を逃せば、本当に斬り合うことになるぞ。そうなったらどうにもならん」

「今の名台詞《めいぜりふ》は、全部はったりか」

「当たり前じゃ。あんた、この人数を相手に、本当に勝てると思うちょるんか」

まあ任せておけ、と言った龍馬が、抜くな、抜くなや、と目の力だけで御陵衛士たちを押さえ付けた。

「あんたらが抜いたら、わしらも刀を抜かにゃならん。そうなったら、後は殺し合いじゃ。確かに、あんたらも歴戦の志士じゃろう。わしらも無傷で済むとは思うちょらん。じゃが、それはあんたらも同じじゃ。わしらは強いぞ。こんなところで死にたいか？　意味がないとは思わんか？　斬られれば痛いぞ。どうせ命を捨てるなら、もっと意義のある死に方をした方がよいとは思わんか」

龍馬が背中で土方の肩を押した。ゆっくりと歩調を合わせるようにして、三人が御陵衛士たちの間にあるわずかな隙間に向かって進んだ。逃げるが勝ちじゃ、と龍馬が囁いた時、伊東が怒鳴った。

「諸君、抜きたまえ」自ら率先して大刀を抜いた。「坂本の言葉は脅しに過ぎぬ。なるほど、彼ら三人はそれぞれに剣の道の強者である。だが、我らもまた自らを鍛えており、何ら劣るものではない。更《さら》に、我らは死を恐れてなどおらぬ。ここにいる全員が死んでも、この三人を倒せればそれでよいではないか」

いかん、と龍馬がつぶやいた。

「はったりがばれた」

「当たり前だ、馬鹿」

言葉を返した土方の眼前で、御陵衛士たちが一斉に刀を抜いた。どうする、と尋ねた龍馬に、やるしかねえだろう、と土方が腰の和泉守兼定《いずみのかみかねさだ》に手をかけた。

二

三方向から、御陵衛士たちがじりじりと間合いを詰めてくる。その距離、およそ二間《けん》（約三・六メートル）。どちらかが踏み込めば、刀が届く距離である。

「離れるんじゃねえぞ」

刀を構えたまま土方が怒鳴った。陣形が崩れれば、乱戦になってしまう。そうなれば、人数に勝る御陵衛士たちが圧倒的に有利になるはずだった。

「土方さんこそ」有名な菊一文字《きくいちもんじ》を抜いた沖田が微笑んだ。「油断しないでくださいよ」

「坂本、さっさとお前も抜け」

うむ、とうなずいたきり龍馬は動かなかった。馬鹿野郎、と土方が叫んだ。

「さっさとしねえか」

「わかっちょる」ええと、と龍馬が不器用な手つきで大刀を抜いた。「繰り返すよ

うじゃが、わしゃこんなことをしたことがない。どうすりゃええんじゃ」

「……こんな奴に幕府がいいようにやられていたかと思うと、嫌になってきた」

土方が天を仰いだ。諸君、陣形を整えよ、と後方に下がっていた伊東が命じた。

「恐れることはない。人数は我が方が多い。一人を相手に四人でかかるだけのこと。必ず勝てる」

「汚ねえぞ」

土方が怒鳴り返した。おやおや、と伊東が肩をすくめた。

「これは新選組の常套《じようとう》手段ではありませんでしたかな」

「うるせえな、その通りだよ」

わかっちゃいるが、逆にやられると腹が立つ、と土方がつぶやいた。何を今さら、と沖田が苦笑した。

「何をしてるんですか、坂本さん」

刀を左手に持ち替えながら懐《ふところ》をしきりに探っていた龍馬が、伊東さん、と大声を上げた。

「最後にもう一度だけ聞いてはくれんか。こんなところで斬り合うても何にもならん。落ち着いて話し合おう」

「話すことなどありませぬ」伊東が大笑した。「仮に我らが徳川将軍狙撃に関係していたとしても、それを知っているのは御三方のみ。ここで始末をつける方が、よほど話が早いというもの」

とうとう認めやがったか、と土方がうなずいた。そのようなことは申しておりませぬ、とはぐらかすように伊東が言った。

伊東としては、事実を認めても認めなくても、どちらでもよかった。今、ここで土方以下三人を殺してしまえば、話はそれで済むのである。

確かに、坂本龍馬が述べたように、薩摩藩の大立者である西郷、大久保などから、将軍暗殺を直接依頼されたことなど一度もない。ただ、伊東には御陵衛士の存在価値を高めていく必要があった。

今後、最終的には薩長《さっちょう》勢を中心とした西国雄藩《ゆうはん》と、幕府の間で戦が起きるであろう。伊東の見るところ、薩長側が倒幕に成功するのはまず確実なところだった。そうなれば、朝廷を中心に据《す》えた新政府ができる。

その際、自らが栄達するためには、薩摩藩に対して貸しを作っておかなければならない。伊東が独自の判断で将軍暗殺に踏み切ったのには、そういう背景があった。

今のところ、それに気づいているのは土方たち三名だけと思われた。そして、状況は圧倒的に御陵衛士にとって有利と言える。いかに剣の達人揃いとはいえ、十三対三ならば絶対に勝てるという自信があった。

「無駄だ、坂本。話し合いに応じるような奴じゃねえ。あいつはそういう男なんだ」

土方が言ったが、龍馬は首を振った。

「これは話し合いではない。損得の問題じゃ。伊東さん、あんたにもここで斬り合うことの愚《ぐ》はわかっちょろうが。わしらも倒されるかもしれん。ほいじゃが、その前にあんたらの半分は死ぬぞ。決して人数が多いとはいえぬ御陵衛士の数が減れば、あんたの発言力は更に小さくなる。ここで斬り合うことは、あんたにとって損になるのは明らかじゃ。今でこそ薩摩藩の庇護下にあるが、それさえどうなるかわからんようになるぞ」

「そのようなことはない」伊東が冷たい声で答えた。「どのようなことになろうと、薩摩藩は我ら御陵衛士を守るという盟約がある」

「そりゃ、誰とじゃ」

一瞬口をつぐんだ伊東が、それは言えぬ、とだけ言葉を絞り出した。大久保さんじゃな、と龍馬が言った。

「薩摩藩の大久保一蔵《いちぞう》さんじゃろ……いや、言わんでもええ。大久保さんがあんたらの面倒を見ちょるという話は、西郷さんからも聞いちょる。なるほど、それで全部つながった。今回の慶喜公狙撃の一件は、やはりあんたらの仕業《しわざ》っちゅうことじゃな。大久保さんが命じたとはわしも思わん。あの人はそのような思慮のないことは言わぬ男じゃ。要するに、あんたは大久保さんの意を体《てい》したつもりじゃったんじゃろ。そのために慶喜公を狙撃した。そういうことじゃな」

「坂本さん、残念ですな……あなたのような方が、なぜ大政奉還のような優柔不断ともいうべき策を唱えたのか。それさえなければ、武力革命が成立したでありましょうに」

「優柔不断なのは、わしの性格じゃ」

もういい、と伊東が首を振った。御陵衛士の全員が刀を構えた。

待て、と龍馬が懐から右手を出して空に向けた。その手に短銃が握られていた。引き金を弾《ひ》くと、乾いた音が鳴った。

「ええか、まだ弾は五発残っちょる。最初に近づいてきた者は、わしが撃つ」

左手で刀を持ったまま、右手の短銃を御陵衛士に向けた。そんなものを持ってやがったのか、と土方が感心したように言った。

「これぐらいの備えがなけりゃ、京の町は歩けん」龍馬が不敵な笑みを浮かべた。

「万が一の用心のつもりじゃったが、こんなところで使うことになるとは思うちょらんかった」

　その姿を見つめていた伊東が小さく顎《あご》を引いた。篠原が率いていた四人のうち二人が、屯所の中へ向かって走っていった。

「さすがは坂本龍馬ですな。土方副長、いかに武勇を誇った新選組といえども、もはや時代遅れの旧弊《きゆうへい》な組織に過ぎませぬ。剣の道を極めたところで、所詮銃にかなうものではないでしょう」

「……かもしれねえな」土方が握っていた大刀に目をやりながらうなずいた。「とはいえ、最後に物を言うのは、ここだと思ってるがね」

　自分の胸を叩いた。何よりも大事なのは覚悟だという意味である。伊東が馬鹿にしたように笑った。

「田舎の剣術屋風情にはわからんことでしょうな……総員、引け」

　伊東の命令に、刀を収めた御陵衛士たちが数歩飛び下がった。代わりに前に出てきたのは、先ほど屯所内に駆け込んでいった二人の男だった。その手に、スナイドル銃が握られていた。

「何じゃ」龍馬があんぐりと口を開けた。「卑怯《ひきよう》じゃないがか」

「何を言っておられるのか。先に銃を出してきたのは、そちらの方ですぞ」

「馬鹿野郎、藪蛇《やぶへび》じゃねえか」

土方が毒づいた。その姿を正面から二丁の銃が狙っている。まずいことになった、と龍馬が頭を抱《かか》えた。

「どうします、副長」

沖田が囁いた。どうするもこうするもねえだろう、と土方が刀を構え直した。

「奴らを倒すしかねえ。いいか、銃を持ってる二人を斬るぞ。そっから先のことは、後で考えりゃいい」

「そんな無茶な」

「他にどうしろっていうんだよ」

「いや、そりゃわからんが」

「ぐずぐず言ってる暇はねえ。沖田、構えろ。坂本、行くぞ」

土方が手に唾《つば》して刀を握り直した。構え、と伊東が叫んだ。銃身がわずかに上がった。撃ってみろ、この野郎、と土方が吐き捨てた。

三

遠くから声が切れ切れに聞こえてきた。同時に、馬の蹄《ひづめ》の音がした。

「何じゃ？」

龍馬がその音の方に目をやった。知るか、と刀を構えたままの土方が怒鳴った。

待て、という男の叫び声が響いた。

「聞いたことがある声じゃの」

龍馬が言った。膠着《こうちゃく》状態が続く中へ、男が駆け込んできた。若年寄《わかどしより》の永井尚志《なおのぶ》だった。

「待て」滝のように流れ落ちる汗を拭《ぬぐ》いながら、永井が叫んだ。「しばし待て。新選組土方歳三、沖田総司、海援隊坂本龍馬、幕命である。至急、市中へ戻るように。同じく御陵衛士、伊東甲子太郎、此度《こたび》のことは幕府が預かる。繰り返す。これは幕命である。よいな」

「どういうことですかの」

尋ねた龍馬に、これ以上の争いは無用、と永井が答えた。

「上様は既に態度を決せられた。幕府の方針は大政奉還である。従って、先日の上様狙撃の下手人の詮索は無用。下手人が誰であろうとも、幕府は大政奉還という大方針を変えぬ。そういうことだ」

荒い息を吐きながら一気に言い切った。どういうことですかの、と龍馬がもう一度聞いた。

「……すべてはなかったことなのだ。上様の狙撃も、その下手人も、それを誰が命じたのかも、何もかもだ」

「わかりませんな」土方が刀を握ったまま言った。「いったい何が」

「土方、坂本、苦労であった。だが、今も申したように、上様は大政を奉還する旨《むね》お決めになられた。そうである以上、もう下手人を捜す必要はない。むしろ、下手人がわからぬことこそ重要なのだ。誰が、あるいはどの藩がということになれば、上様も再び考えを変えてしまうことになるやもしれぬ。老中板倉様と自分の説得により、ようやく大政奉還にご同意なされたが、下手人がわかってしまえばまた話が振り出しに戻ることは必定《ひつじよう》。ここは何もなかったということですべてを終わらせるのが最上の策なのだ。これは政治的な判断であり、最終判断である」

「永井様……しかし、それでは我ら御陵衛士の立場はどうなるのでありましょうや」

そう言った伊東に、永井が顔を向けた。

「何も変わらぬ。なぜならば、何もなかったからだ。よいな」

伊東が沈黙した。永井が言葉を重ねた。

「ここで何があったのか、何が起きたのか、この永井は知らなかったことにする。何もなかったのだ。土方、沖田、坂本はすぐ市中へ戻るように。以上だ」

引け、と伊東の口からつぶやきが漏れた。御陵衛士の隊士たちが、静かな足取りで屯所の中へ戻っていった。

「伊東さんよ」刀を収めながら土方が口を開いた。「よくわからねえが、そういうことらしい。おれたちは帰るしかないようだ」

「そのようですな」

「おれたちも命を拾ったのかもしれねえが、それはあんたも同じだ。月夜ばかりだと思うなよ。次に顔を合わせた時は、何が起きるかわからんぜ」

「負け惜《お》しみを」

伊東が鼻で笑った。どうかな、とつぶやいた土方が口を閉じた。

急げ、と永井が言った。うなずいた三人の男たちが、その場を後にした。

四

高台寺の門外へ出ると、そこに一頭の馬と二人の中間《ちゅうげん》が立っていた。中間は二人とも顔が真っ青である。二条城からここまで、駆け通しに駆けてきたためだろう。よい、とつぶやいた永井が馬上の人となった。

「わしらがここにおると、よくわかりましたの」

龍馬が見上げるようにしながら言った。永倉という男から知らせがあった、と永井が短く答えた。新選組永倉新八のことである。

「……まあ、しかし、礼を言わねばならんでしょうな」龍馬が首を傾《かし》げた。「ですが、あの時板倉様、永井様は、もうわしらのことを幕府は守らぬと申されたはずですが」

永井は無言だった。いったいどういうことでしょうかの、と龍馬がもう一度首を傾げた。

「坂本……土方も聞け。ただし、聞いた後はすぐ忘れることだ。これは独り言である」

よくわかりませぬが、と龍馬が苦笑を浮かべた。

「独り言とおっしゃるのであれば、そのように心掛けましょう。土方さんも、沖田くんも、それでええな」

結構です、と沖田が言った。仏頂面《ぶっちょうづら》のまま土方が小さくうなずいた。

「簡単に申せば、状況が変わったのだ……この二日、お前たちに動いてもらっていたが、その間我らとて手をこまねいていたわけではない」永井が話し始めた。「お前たちの調べた結果をもとに、下手人を突き止めるべく動いていたが、同時に上様の説得を続けていた。下手人が誰であろうとも、大政奉還以外幕府の取るべき道はない、というのが我らの総意である。それは上様もよくおわかりになられていた。だからこそ我らの説得を受け入れ、大政奉還案に同意なされたのである」

それで、と土方が視線を上げた。しばらく、馬の蹄の音だけが続いた。

「その上で我らは相談を重ねた」再び永井が口を開いた。「お前たちが調べた事実を考え合わせていけば、直接上様の狙撃に手を下したのは伊東甲子太郎率いる御陵衛士の隊士である可能性が最も高い。理由はさまざまに考えられるが、薩藩への忠義立てということもあったのであろう。我らはその結論に基づき、再度上様に意見を上申した。何があろうとも、幕府はその方針を大政奉還に定めるべきであると申し上げたのだ」

「それはそれは……永井様らしくもない。ずいぶんと思い切った手に出ましたな」

「自分の案ではない。あくまでも合議による結論である」永井が肩をすくめた。

「その結論に対し、改めて上様も大政奉還を進めていくと申された。同時に、下手人についてその探索を中止するよう、命じられたのである」

なかなか賢いお人じゃな、と龍馬がつぶやいた。馬上から永井の声が続いた。

「これは政治的決着ということである……大政奉還を進める代わり、上様狙撃につ いてはこれ以上下手人の探索をしない、ということが決定したのが、今から二刻（四時間）ほど前のこと。だが、そうなると、今度はお前たちのことが問題となった。我らの手綱《たづな》を引きちぎるようにして、お前たちは下手人探索を続けている。最終的に御陵衛士のところへたどりつくのは目に見えていた。そして、そこで騒ぎが起これば、幕府としても、それを看過《かんか》しているわけにもいかぬ。大事が起きる前に止める必要があった。永倉という新選組隊士から、お前たちが高台寺へ向かったという知らせがあったのは、つい先刻のこと。これは重大な機密であるがゆえ、他の者を行かせることもできぬ。結局、この永井が自ら来るしかなかった。そういうことだ」

「間に合《お》うてよかった」龍馬がため息をついた。「もう少し永井様が来るのが遅れていたら、わしらは三人とも撃ち殺されていたかもしれませぬ」

そうとも限らねえ、と土方が首を振った。

「あんな銃の一丁や二丁、どうとでもなった。おれの目から見りゃあ、奴らは隙だらけだったぜ」

「いや副長、負け惜しみは止《や》めておきましょう」沖田が言った。「御陵衛士には御陵衛士の覚悟があったとわたしは思いますね。三人であの人数を倒せたかどうか、怪しいものです。ここは永井様に感謝しておいた方が」

「そんな気はねえな」土方が横を向いた。「永井様はおれたちを救うために来たわけじゃねえ。幕府には幕府の都合があったのさ。あそこでおれたちが暴れて死人が出れば、後の始末に困っただろうからこそ、永井様がわざわざ自ら止めに来たまでのこと」

「否定はせぬ」馬上の永井が言った。「幕府としては、大政奉還を目前にして余計な騒ぎを起こしてもらいたくなかった。同時に、御陵衛士の隊士が上様の狙撃に係わっていたことを認めるわけにもいかぬ。上様を含め、我ら幕府の政局に与《あずか》る者たちの意見が一致したればこその結論である。土方、もう刀槍《とうそう》の時代ではない。刀で物事のけりをつけることができた時代は終わったのだ。すべてを決めていくのは政治である」

「伊東も、さっき同じことを言ってましたがね。もっとも、奴が言ってたのは、刀槍の時代ではなく、銃の時代であるということでしたが……考えてみりゃあ、奴もおれたちも変わりゃしねえ。結局、政治とやらを仕切っている方々の人形のようなものだ。政治という化け物にはかなわないということですか」

つまらねえ話だ、と土方が肩をすくめた。どうでもよい、と憮然《ぶぜん》とした表情のまま永井が言った。

「今のはすべて独り言である……すぐにでも忘れることだ」

わかっております、と龍馬がうなずいた。なだらかな下り坂が続いていた。

五

京の市中に入ったところで、老中板倉様に報告をせねばならぬ、と言い置いて二人の中間と共に永井が去っていった。後に残された土方、沖田、そして龍馬が顔を見合わせて、小さく息をついた。

「……何じゃったんかの、この二日間の騒ぎは」

龍馬が言った。知らねえよ、と土方がつぶやいた。

「おれたちも所詮駒《こま》だったたってことだ。幕府だ、薩摩だっていう大きな力の前には、どうすることもできねえ。ただ騒ぎに巻き込まれただけの大馬鹿野郎ってことさ」

そういうことかの、と龍馬がうなずいた。

「あんた、これからどうするんじゃ」

「おれには隊務がある……江戸へ戻らなきゃならねえ。新選組の新隊士を徴募《ちょうぼ》していたところを、無理やり京まで呼び返されたんだ。まだ仕事が残ってる」

「どこまでいっても、新選組のことしか頭にないんかの」

「当たり前だ、おれぁ新選組副長としての立場を貫くだけよ」

お前はどうする、と逆に問い返した。わしゃ、これからいろいろと忙しい、と龍馬が答えた。

「幕府はその大方針を大政奉還に定めた、と永井様は言われたが、正式な決定が出るまで、まだ数日はかかるじゃろ。その間に慶喜公の気がどう変わるかもわからん。薩長の出方も放ってはおけぬ。もうしばらくは、わしがおらぬとどうにもならんじゃろう」

大きく出たな、と土方が苦笑した。当たり前じゃ、と龍馬が大まじめに首を振った。

「やらねばならんことは山のようにある……あんたと同じじゃ。ただ、方向が少し違っているだけの話よ。それだけのことじゃ」

「何をするつもりだ」

「まずは、土佐の後藤象二郎《しょうじろう》と共に、二人で永井様、板倉様の説得に当たる。何よりもそれが先じゃ。薩長や岩倉公がどのような手を用いても、幕府の性根《しょうね》が揺るがぬようにせにゃならん。西郷や大久保を牽制して、討幕の密勅が下るのを防ぐ必要もある。体があと二つほど欲しいところじゃな」

小さく笑った龍馬が、ここで別れよう、と言った。

「沖田くん、この二日、世話になったの。体だけは大事にせえや」

はあ、と戸惑《とまど》ったような表情で沖田が答えた。土方さんもじゃ、と龍馬が顔を向けた。

「わしゃ、あんたのことが嫌いではない。少なくとも、伊東甲子太郎のように節義のない男よりはよほどましじゃと思うちょる。いずれ、この大騒ぎも収まる日がくる。そうしたら、また会いたいもんじゃの」

「うるせえ」土方が嫌そうに顔を背《そむ》けた。「いいか、坂本。これだけは言っておくぜ。おれぁお前が気に入らねえ。最初っから最後まで、頭のてっぺんから爪先までだ。今回はどうしようもなく共に動かざるを得なかったが、こんなこたぁ二度とないと思え。今日のところは見逃してやる。だがな、明日以降お前のことを見つけたら、その時は容赦なく叩き斬る。命乞いしても無駄だぞ」

怖いのう、と龍馬が小さく笑った。

「せいぜい、見つからんよう気をつけるつもりじゃ」

「その方がいい。おれはめったなことで冗談を言わない男だ」

わかっちょる、とうなずいた龍馬が背を向け、特徴のある怒り肩を揺らしながら歩き去っていった。

「……土方さんはお嫌いなようですが」沖田がその後ろ姿を見送りながら言った。「わたしは、あの人が嫌いではありませんね。なかなか面白い人だと思いますが」

「お前とは江戸の頃から気が合わねえ」土方が不機嫌な顔のままつぶやいた。「あんな嫌な野郎はいねえな。何から何まで腹が立つ」

沖田の頰に微笑が浮かんだ。何を笑ってやがる、と土方がその肩を突いた。

「おれたちも戻るぞ……つまらねえことに係わりあって、二日も無駄にした。今から江戸に帰っても、間に合うかどうか……急げ」

「押さないでください」

まったく、何から何まで腹の立つことばかりだ、と歩きだした土方が唸《うな》り声を上げた。

「わたしのせいじゃありませんよ」

「お前のことじゃねえ……坂本だ。沖田、屯所に戻ったら隊の連中によく言っておけ。土佐の坂本龍馬に手を出すな、と。あいつを斬るのは、おれの役目だ」

うなずいた沖田が、伝えておきます、と静かに言った。さっさと歩け、と土方が促した。

六

時勢が怒濤《どとう》のような勢いで流れている。

幕府には幕府の、薩長には薩長の、そして他藩には他藩の、それぞれの思惑があった。その中で再び土方は江戸に戻り、新隊士の徴募を始めていた。

新選組は幕臣であり、幕命に従わなければならない。あくまでもその立場は佐幕《さばく》である。新選組の力を強固にすることが、すなわち幕府を佐《たす》けることであると土方は考えていた。

(……大政奉還は、どうなったかな)

新隊士徴募を続けながら、時々土方は京でのことを思い出していた。幕府の若年寄である永井尚志、あるいは老中板倉勝静《かつきよ》の話によれば、近々大政奉還が決定するということだったが、坂本龍馬に言わせれば、まだどうなるかわからないという。岩倉公による朝廷工作、あるいは薩摩藩西郷吉之助《きちのすけ》、大久保一蔵などを中心とする対幕戦の主戦派による妨害も更に激しくなるだろうということだった。

（まあ、どうでもいい）

幕府が大政を朝廷に奉還したところで、このまま時勢が収まるはずもない。幕臣はもちろん、会津《あいづ》、桑名《くわな》をはじめとする佐幕側の各藩が立ち上がり、薩長を中心とする勤皇勢と雌雄《しゆう》を決しようとするだろう。

いずれ必ず戦になる、というのが土方の見通しだった。その時のために、新選組という組織を強化しなければならない。土方にとって、それは絶対の義務だった。

十月二十日の段階で、新隊士約三十名の採用を決定した土方は、翌日未明江戸を発って京へ向かった。約半月の道程である。

（船は、楽だったな）

京から江戸までは、永井の手配により軍艦を使っていた。三日ほどで江戸に着いたが、東海道を下っていくことになれば日数がかかる。

歩くのが嫌いなわけではなかったが、単純に船の方が楽であった。とはいえ、帰りの船まで用意してほしいと言える立場ではなかった。

十月二十三日、箱根山の宿《しゅく》に入った。そこで宿の者から大政が奉還されたという知らせを伝えられた。詳しく聞くと、土方が京を離れたその後すぐ、十月十二日に二条城で将軍徳川慶喜が主だった幕臣を集め、その大方針を宣言したという。

その夜のうちに、京に藩邸を持つ主要な四十ほどの藩に二条城からの使者が飛んだ。翌十三日、諸藩の重臣を二条城に集めて重要な会議を開くため、必ず参集するように、と使者たちのもたらした書状には記されていたということだった。

(板倉様もやるものだ)

話を聞きながら土方は思った。幕府はその体制上、すべてが合議制で決められる。逆に言えば、物事を即決することができにくい組織である。

にもかかわらず、幕臣を集めて大政奉還の方針を決定したその夜のうちに諸藩に使いを出し、翌日の会議を伝えるというのは、よほどの決断だっただろう。

(それとも、あいつが脅《おど》したのか)

坂本龍馬の顔を思い浮かべた。あの男なら、それぐらいのことはやりかねない。薩長が討幕の密勅を入手したと伝え、老中板倉を震え上がらせることぐらい、龍馬ならやってのけただろう。むしろ、そう考えなければ板倉の即断の理由がわからなかった。

それにしても、異様な事態である。江戸幕府が始まって約二百六十年の間、将軍が直々《じきじき》に他藩の、しかも陪臣《またもの》を呼び集めるなど、かつてないことだった。

ましてや、宿の者の話によれば、使者たちの持ってきた書状には、はっきりと〝大政奉還について〟と議題まで書かれていたということである。その夜の京の町の騒ぎは、どれほどのものだっただろうか。

十月十三日、八《や》つ（午後二時）、二条城大広間の二ノ間に集まった各藩の代表者たちに対し、その場で老中板倉勝静から書状が回覧された。

そこに記されていたのは、幕府が政権を朝廷に返上する、という内容だった。大政奉還が決定した瞬間であった。

ただし、これはあくまでも幕府側だけの決定である。それだけではどうにもならない。これを朝廷側も受け入れる必要があるため、その周旋役《しゅうせんやく》として土佐、薩摩などいくつかの藩が選ばれた。

彼らの調整の結果、翌十四日に朝廷に状況を伝え、更にその翌日十五日に将軍慶喜自らが参内《さんだい》し、大政奉還の上表をするというところまでが十三日の夜のうちに決められたという。

大政奉還の上表までが、このように異例の早さで進められたのは、日を置いてしまえば、どこから反対意見が出てくるかわからないためだった。この場合、勤皇方というより、むしろ佐幕方に反対する声が強かった。

彼らにとって、政権の返上など有り得ないことである。急がなければ、何が起きるかわからなかった。

この知らせは、土方だけではなく、他の新選組隊士も同時に聞いていた。当然、彼らの間に動揺が走った。

今後どうなるのか。新選組はどのような立場に置かれるのか。それに対し、関係ねえ、と土方は簡潔に言い切った。

「騒ぐな。京に戻るまで、落ち着いてろ」

「ですが、副長」

同行していた古参隊士が言った。うるせえ、と土方が笑い飛ばした。

「こんな時のための新選組じゃねえか」

翌日早朝、土方は隊士を率いて再び京を目指した。

七

十一月四日、江戸で徴募した新隊士たちを引き連れて、土方は京へ戻った。

帰参の報告をした土方に、江戸での労苦を労《ねぎら》うべく、酒宴を設けようと局長の近藤勇《いさみ》が言ったが、土方はそれを断った。

「そんなこたあいいから、京の情勢を話してくれ……大政奉還のことは聞いたが、実際のところはどうなんだ」

うむ、とうなずいた近藤が渋茶をすすった。

「歳《とし》よ……お前にだからはっきり言うが、状況はよくない。大政奉還前とその後では、天と地が引っ繰り返ったようなものだ。薩摩をはじめとした勤皇雄藩の連中が、我が物顔にその辺をのし歩いている。しかし、おれたちにはどうすることもできぬ。どうやら、長州人も大挙して入京している様子だが、その取り調べもままならない有り様だ」

一年ほど前から、近藤は永井や板倉の要請を受け、幕府側要人としてさまざまな会合に出席し、他藩の士との折衝を続けていた。新選組局長を前面に押し出すことで、他藩に対し圧力をかけるという狙いが板倉や永井にはあったし、また近藤自身も政治に参画したいという気持ちが強かったことによる。そのため、近藤は現在の政局についての情報に詳しかった。

「上様が大政奉還をなされた以上、政権は朝廷に移ったということになる。とはいえ、それはあくまで建前であり、まだまだ幕府の実権は衰えておらぬ。そのため、朝廷側、要するに薩長だが、どうやら向こうは上様に官位を辞すること、また幕府領地の返上を命じてきたようだ……どうも上様は、官位を辞することには同意されたご様子」

「薩長の連中は容赦がねえな」

まったくだ、と沈痛な面持《おももち》でうなずいた近藤がまた茶をひと口すすった。

「だが、領地の返上を呑《の》むわけにはいかぬ。もしそれをすれば、幕府直参《じきさん》の旗本、御家人が今日からでも路頭に迷うことになるだろう。今もそのための会議が二条城で開かれているはずだが……こればかりは結論が出まい」

「すると、どうなる」

「どうなると思う？」

戦だな、と土方が言った。そうだろう、と近藤がうなずいた。憔悴《しょうすい》しきった表情だった。

「歳よ……もう駄目かもしれんな」

「近藤さんよ、不景気な面《つら》はやめてくれ。士気にかかわる。大将のあんたがそんな面をしていたら、下の者がどう思うか、考えてみてくれ」

「しかし」

「よく考えてみろ。いくら政権を返上したといっても、朝廷なんざ所詮張り子の虎だぜ。何の力もありゃしねえ。その背後にいる薩長は確かに侮《あなど》れないが、その他の藩はまだ日和見《ひよりみ》よ。戦況によっては、こっちへつくことも十分に有り得る。誰がどう見たって、幕府の兵力の方が大きい。近藤さんよ、こいつは勝てる喧嘩《けんか》なんだぜ」

「お前にはわからんのだ、歳……薩長の連中がいかに勢いづいているか」

「その勢いを止めるのが、おれたち新選組の役目だろうが」

お前は変わらんな、と近藤が苦笑した。当たり前だ、と土方が言った。

「人間、そんなに簡単に変われるもんじゃねえ。おれぁいつまで経っても喧嘩屋のバラガキだよ」

話はわかった、と立ち上がった。

「どこへ行く」

「市中見廻りだ。それがおれの仕事だからな」

土方が局長室を出ていった。残された近藤が、大きなため息をついた。

八

京の情勢は一触即発の状態が続いている。

まだ正式にではないが、辞官納地を迫っている新政権と、言《げん》を左右にして何とかその虎口《ここう》から脱しようとする旧幕府間の交渉は膠着していた。

徳川最後の将軍となった慶喜は、絶対恭順を老中板倉勝静に命じ、対新政権との交渉に当たらせていたが、事態を解決する策は見つかっていなかった。

ただし、薩長を主力とする新政権側にとっても、これはある意味で両刃《もろは》の刃《やいば》のような状況だった。あまり強い態度で臨《のぞ》めば、交渉そのものが決裂してしまうことも有り得る。

そうなれば戦が始まるが、その場合自軍の不利は否《いな》めないという判断が新政権側にはあった。戦意こそ高かったが、圧倒的に兵力が不足していたためである。

京、大坂にいる旧幕府軍は会津、桑名藩兵なども含め総勢数万、それに対し、ほとんどが薩摩藩士である新政権の軍勢は数千人程度であった。

友軍を増やさなければならなかったが、その政治工作は遅々《ちち》として進んでいない。交渉が長引いているのは、そのためもあった。

この間、土方は新選組隊士の再訓練に取り組んでいた。いずれ必ず戦が始まるという確固たる予想を持つこの男は、その先鋒部隊を務めるのが新選組以外にないことを知っていた。

幕府軍は人数こそ多いが、士気は決して高くない。会津、桑名両藩を除けば、幕府直参《じきさん》の旗本たちも戦意があってこの地へ来ているわけではなかった。

味方だからこそ、土方にはそれがよくわかった。むしろ、戦いに加わりたくないというのが本音だろう。

結局のところ、今度の戦は薩長対会桑《かいそう》という図式になるはずだった。となれば、最も戦闘能力が高く、実績もある新選組が先鋒として起用されるのは当然だろう。

そのための準備を怠るつもりはなかった。いざ戦ということになれば、新選組隊士たちを自らの手足のように使いこなさなければならない。今までのような小人数での戦いではなく、集団戦が要求されるはずである。

日々、その訓練に明け暮れていた土方のもとに沖田総司が駆け込んできたのは、十一月十五日の夜のことだった。

「土方さん！」

声と共に副長室の襖《ふすま》が開かれた。土方はこの日の訓練を終わらせ、ようやく夕餉《ゆうげ》を取り始めたところだった。

「何だ、騒々しい……戦でも始まったのか」

「坂本さんが……」

「坂本さん？」

飯をほお張りながら土方が尋ねた。坂本龍馬が、と沖田が言い直した。

「坂本龍馬が……殺されました」

深い息を吐きながら言った。無言のまま、土方が立ち上がった。その拍子《ひようし》に膳が倒れたが、顧《かえり》みることなく沖田を自室に引っ張り込んだ。

「どういうことだ」

「詳しいことはまだ……ですが、どうやら事実のようです」

有り得ねえ、と土方がつぶやいた。

「あの野郎が殺されるなど……あるはずがねえ」

しかし、と沖田が首を振った。とにかく行くぞ、と刀を摑《つか》んだ土方が自室を飛び出した。沖田がその後に続いた。

第十一章　龍馬の仇

一

土佐藩坂本龍馬《りようま》、中岡慎太郎が殺害されたのは、慶応三年（一八六七）十一月十五日夜、五つ半（午後九時）のことである。

約ひと月前の十月十三日、徳川十五代将軍慶喜《よしのぶ》は京都二条城において政権を朝廷に返上すると宣言した。いわゆる大政奉還《たいせいほうかん》である。この宣言により、政権は幕府から朝廷へと移行した。

ただし、何もかもが即座に変わるというものではない。言ってみればこの慶喜による大政奉還の宣言は、形式上だけのことだった。

実際にはさまざまな難問が山積みになっている。それをひとつひとつ解決していき、現実的なものにしていくのが勤皇方の諸士の役目だった。

もちろん、龍馬も中岡もその重責を担う立場にある。この一カ月間、彼らは新政府の体制作りに奔走《ほんそう》していた。その状況の中、十一月十五日に僅《わず》かな隙が生じた。暗殺者たちは、その針の穴のような隙をつく形で二人を襲い、殺害したのである。

大政奉還があったとはいえ、この時期、京そのものの治安を握っているのは、京都守護職である会津《あいづ》中将松平容保《かたもり》であり、実質的にはその下にいる新選組と見廻組《みまわりぐみ》が治安維持のために働いていた。

新選組には強い権限があり、また何が起きたかを可能な限り早く把握するということも、彼らの任務だった。土方《ひじかた》と沖田が現場である近江屋《おうみや》へ着いた時点で、そこで何が起きたのかについての確認はほぼ終わっていた。

新選組隊士の報告によれば、龍馬・中岡暗殺の状況は以下の通りであったという。

この日、龍馬は近江屋で休息を取っていた。数日前から風邪をひいていたためである。

一時は高熱を発し、近江屋の土蔵に引きこもらざるを得ないほどだったが、この日は僅かに熱が引いていた。

そこへ中岡慎太郎がやってきた。そのまま土蔵にいてもよかったが、暗くもあり、また狭苦しいということもあって、母屋《おもや》の二階で話すことにした。

中岡が龍馬のもとを訪れたのは偶然である。土佐藩士に宮川助五郎という者がいたが、この男が新選組隊士と乱闘騒ぎを起こし、負傷した上で捕らえられた。宮川が上士《じようし》身分だったこともあり、土佐藩との余計な軋轢《あつれき》を恐れた会津藩は宮川を土佐藩に引き渡そうとしたが、それでは新選組の立場がなくなってしまう。

そのような事情があったため、土佐藩でこの事件の担当をしていた福岡藤次《とうじ》は、藩では引き取れないが、陸援隊で身柄を預かってもらえれば万事丸く収まると相談の手紙を中岡に送った。そのため、白川村の陸援隊本営から中岡は京の市中へ出てきたのである。

中岡はすぐ河原町の土佐藩邸へ向かったが、あいにく福岡は別の用事があり他行中だった。その帰りを待つため、藩邸のすぐ近くにあった近江屋の龍馬のもとを訪れた。

体調が悪いと言いながらも、龍馬は中岡を快く迎え、新政権の官制についての相談などを始めた。話に熱が入り、すぐ夜になった。

そこへ土佐藩士岡本健三郎、また菊屋の峰吉という少年がやってきた。峰吉はこの時期、海援隊士の間で可愛《かわい》がられており、中間《ちゆうげん》のような役目を務めていた。

その間、中岡は福岡が土佐藩邸に戻ったかどうか使いを出していたが、予定より戻りが遅れているという報告があった。そのため龍馬たちは夕食を近江屋で取ることにした。

軍鶏《しやも》を買ってくるようにと龍馬が頼み、すぐ峰吉は四条小橋の鳥新という店へ向かった。峰吉が近江屋を出て行くのとほぼ同時に、岡本健三郎も帰ることとなった。

偶然がいくつも続いている。もしここで彼ら二人が近江屋を出ていかなければ、その後の展開はまた違ったものになっていただろう。だが、実際にはそれぞれ用件があったため近江屋を出てしまっている。

また近江屋の家人たちも、龍馬と中岡の話し合いの邪魔にならないようにと母屋の奥に引っ込んでいた。残ったのは、龍馬、中岡、そして龍馬がこの頃供にしていた角力《すもう》取り上がりの藤吉と嬉作《きさく》の四人だけとなった。

数人の男たちが近江屋の前に集まったのは、峰吉たちが出ていった半刻（一時間）後、五つ半近くなった頃である。彼らはしばらく様子を窺っていたが、そのうちの一人が近江屋の土間《どま》に入り、十津川《とつかわ》郷士であると名乗りを上げた。

二階の表の間《ま》から藤吉が階段を降り、男の応対をした。男は十津川郷士の名刺を渡し、坂本先生がご在宅ならお目にかかりたい、と丁重《ていちょう》に挨拶をした。

十津川郷士というのは非常に特殊な立場であり、勤皇陣営の一翼を担っていることはよく知られていた。これまでにも近江屋を十津川郷士が訪問してきたことはたびたびあったし、藤吉の側に疑う理由はない。お待ちくだされ、と告げて階段を上がっていった。

お待ちを、という以上、当然龍馬が二階にいると土間の男は判断した。合図をすると戸が開き、三人の男が飛び込んできた。彼らはそのまま階段の藤吉を追い、いきなり後ろから斬りつけた。

角力取り上がりの藤吉は、頑強な体つきをした男だったが、背後から三人の男に襲われたのではどうすることもできない。そのまま倒れ臥《ふ》した。

男たちは藤吉が叫び声を上げて龍馬に気づかれることを恐れ、更《さら》に数太刀斬りつけて完全に絶命させた。

この時、龍馬と中岡はひと間隔てた奥の間で話し合いを続けていた。階段の方から大きな音がしたのは聞こえたが、軍鶏を買いにやらせていた峰吉が帰ってきたと考えたのだろう。

ほたえな、と二人のどちらかが叫んだ。土佐弁で、騒ぐな、というほどの意味である。だが、この声のために、刺客たちは龍馬がいることを確信し、同時にその居場所を察知した。

彼らは事前に打ち合わせていた通り、そのまま奥の間へ飛び込んだ。夜は更けており、灯《あか》りは部屋の行灯《あんどん》ひとつだけである。いきなり襲われた二人としても、どうすることもできなかっただろう。

男たちの一人が龍馬に、もう一人が中岡に斬りつけた。後の調べで判明したが、中岡は後頭部を割られていた。

龍馬は更にひどく、前頭部から顔面にかけて正面から斬撃されていた。その後駆けつけた土佐藩士たちが、龍馬の死に顔を正視できず、確認することもできなかったと口を揃えて証言したのは、この初太刀によるものと考えられた。

刺客が部屋に押し入ったのとほぼ同時に行灯が倒れ、室内は闇となった。襲撃側の刺客は四人、彼らは太刀で龍馬と中岡を膾《なます》のように斬り刻んだ。

二人もそれに対抗しようとそれぞれ刀を手にしたが、ほとんど抗する術《すべ》もないま ま、襲撃は終わった。時間にして十分も経っていなかっただろう。

刺客たちが出ていった後、龍馬は自分の頭に触れ、脳漿《のうしょう》がこぼれていることを中岡に告げてから、崩れるようにして倒れた。ほぼ即死だった。現場に駆けつけた土方と沖田に対して上げられた報告は、そこまでだった。

二

現場である近江屋は混乱の極《きわ》みにあった。

土佐藩士たちはもとより、海援隊、陸援隊の隊士たちの出入りが続き、京都所司《しょし》代《だい》、新選組、見廻組なども現場の検証に入っている。薩摩《さつま》、水戸など各藩からも状況を確認するために藩士が来ていた。

「いったい誰が」

土方がつぶやいた。副長、と制止するように沖田が頭を振った。

二人を見つめている無数の目があった。土佐藩の関係者たちである。視線に凄《すさ》まじい殺気が籠《こ》もっていた。

「土方さん、ここは所司代に任せた方がよいと思います」沖田が囁《ささや》いた。「わたしたちが前に出れば、余計な揉《も》め事が起きるのは必至《ひっし》でしょう」

沖田の言う通りであろう。龍馬にしても中岡にしても、共に幕末の動乱期をくぐり抜けてきた男たちである。特に龍馬は北辰一刀流《ほくしんいっとうりゅう》の免許皆伝《かいでん》で、その強さは並び称される者がないとまで言われるほどだった。

いかに急襲されたとはいえ、何もできぬままに倒されたというのは、襲撃者側がよほど手慣れた者であることを意味していた。そして新選組以上にこの手の荒事《あらごと》に長《た》けた組織はないだろう。新選組が疑われるのは当然といっていい状況だった。

ほどなく、会津藩から命令が届いた。新選組は近江屋から離れ、隊務に戻るように、というのがその内容だった。

ひとつ間違えば、今すぐにでも近江屋内で新選組と土佐藩士による乱闘騒ぎが起きてもおかしくはない。一触即発の状態である。

それを避けるために、新選組隊士を現場から離脱させるという会津藩の命令は正しいと言えただろう。

「やむを得まい」

命令書を受け取った土方が、出動していた新選組隊士全員に屯所《とんしょ》へ戻るよう命じた。見廻組与頭《くみがしら》である佐々木只三郎《ただざぶろう》も同じ判断をしたようであり、彼らが外へ出て行くのがわかった。

土方が表へ出ようとした時、一人の男が飛び込んできた。海援隊隊士、陸奥陽之《むつようの》助《すけ》である。

刺すような目で土方を睨《にら》みつけていた。沖田が間に入らなければ、刀を抜きかねないような形相《ぎようそう》だった。沖田が土方の肩を抱くようにして外へ出た。

「あの男の気持ちはわかりますよ」小さく咳《せ》き込みながら沖田が言った。「自分のところの大将を殺されたら、わたしだって何をするかわかりません。近藤局長でも土方さんでも、何かあったらわたしが仇《かたき》を取ります……それだけは覚えておいてください」

「頼りにしてるぜ」気のない声で土方が答えた。「それにしても……いったい誰が坂本を殺しやがったんだ」

新選組ではないことを、土方は事実として知っていた。理由は簡単である。近藤にしても土方自身にしても、龍馬暗殺の指示は出していなかったからだ。

新選組は上意下達《じょういかたつ》が徹底した組織である。命令なしに、隊士が独自の判断で坂本龍馬ほどの大物を殺害するはずがなかった。

「見廻組でしょうか」

沖田が言った。わからねえ、と土方が首を捻《ひね》った。

「……とにかく、ここは引き下がるしかないが、調べてみようじゃねえか」

そうですね、と沖田がうなずいた時、おい、と声がした。二人が振り向くと、陸奥が立っていた。

「土方さん……ひとつだけ聞かせてもらいたい……あんたが坂本さんを殺《や》ったのか」

全身が怒りに震えていた。しばらくその様子を見つめていた土方が、違う、と答えた。

「陸奥とかいったな……男として、これだけははっきり言っておく。おれぁな、坂本がおれの邪魔をするようなら、いつでも斬っただろう。だが、そうじゃなけりゃあどうでもいい。斬るつもりなんざなかった。この件もそうだ。おれには関係ねえ」

「あんたじゃなくても、新選組の誰かということは有り得るんじゃないのか。それもないと言い切れるのか」

「……ひと月前、おれぁ配下の連中に指示を出している。土佐の坂本龍馬に手を出すな、と。奴を斬っていいのはおれだけだ。おれがそう決めた以上、誰も坂本に手を出す奴はいねえよ。新選組ってのは、そういうふうにできてるんだ」

無言のまま土方を見つめていた陸奥が、静かに口を開いた。

「我々は必ず坂本さんの仇を討つ。余計な手出しは無用。土方さん、それだけはわかってもらいたい」

「好きにしろ……沖田、帰るぞ」

土方が背を向けた。怒りの形相を露《あらわ》にしていた陸奥が、地面に唾《つば》を吐《は》いてから、近江屋の中へ戻っていった。

三

龍馬、中岡暗殺の下手人《げしゆにん》は杳《よう》として不明だった。ひとつには、目撃者がまったくいなかったことによる。

近江屋の家人は母屋の奥に引っ込んでいたため、刺客が入ってきたことさえも気づいていなかった。五つ半という比較的遅い時間に事件が起きていたことも、目撃者がいなかった理由のひとつであろう。

角力取り上がりの藤吉及び龍馬は既に死亡している。中岡は重傷の身でありながら、意識だけはあったが、当夜の記憶は定かでなかった。

いきなりの襲撃に対して、細かい記憶があったとすれば、その方が不思議だろう。土佐藩士を中心に、証言を取るべく懸命な努力が続けられていたが、中岡の命の炎は今にも燃え尽きんとしていた。

ただし、中岡はひとつだけ重要な事実を覚えていた。下手人の一人が〝こなくそ〟と言って斬りかかってきたことである。

こなくそ、というのは四国の方言であり、この野郎、というような意味がある。特に伊予《いよ》（愛媛県）でよく使われる言葉だった。下手人の中に伊予人がいるのではないか、という疑いが出てくるのは当然と言えた。

新選組十番隊隊長原田左之助《さのすけ》が伊予人であることから、やはり新選組が襲撃したのではないかという見方が強くなっていたが、それを後押しする証言者が現れた。元新選組参謀で、分派後は御陵衛士《ごりようえじ》頭取となった伊東甲子太郎《かしたろう》である。伊東は現場に遺棄されていた蠟《ろ》色の鞘《さや》について、見覚えがあると証言した。

「この鞘は新選組原田左之助が使っていたものだ。新選組で行動を共にしていた自分だからこそわかることである」

伊東の証言に、土佐藩士その他勤皇方の面々が色めき立った。やはり新選組か、と叫んだのは陸奥である。

先入観があったとはいえ、物的証拠が見つかった以上、陸奥がそう考えたのは無理のないところだっただろう。

伊東は生前坂本龍馬と交友関係があったこと、北辰一刀流で同門だったことを理由に、現場である近江屋を事件後たびたび訪れていたが、問題の蠟色の鞘はその際伊東が発見したものだった。

伊東が見つけた証拠品がもうひとつあった。現場に残されていた下駄《げた》である。その下駄は先斗町《ぽんとちょう》の瓢亭《ひさごてい》のものだったが、瓢亭は新選組の隊士が会合の場としてよく使っていた店である。元新選組参謀である伊東の証言には信憑性《しんぴょうせい》があった。

土佐藩はこれらの証拠をもとに、幕府若年寄《わかどしより》である永井尚志《なおのぶ》に新選組に対する詮議を要求した。訴えとしてはもっともなことであろう。

ただし永井としては、この訴えに対しどう対処するべきなのか判断がつかなかった。訴えの根拠そのものについても、やや薄弱なのは事実である。

例えば、下手人が発したとされる〝こなくそ〟という怒鳴《どな》り声について、中岡の思い違いということもあるだろう。

また、伊予人が使う方言だというのは確かだが、京には原田左之助以外にも多くの伊予人がいるはずである。それをもって証拠というには当たらないのではないか。

そして、幕臣である永井にとって、やはり新選組は身内である。身内に対して疑いの目を向けるというのは難しいものがあった。

とはいえ、土佐藩の要請は公式なものである。例の蠟色の鞘の件もあり、調べてみる必要はあると考えられた。

やむなく永井は新選組局長近藤勇《いさみ》を呼んで、事件との関連性について問いただしたが、新選組は一切関知していない、というのが近藤の回答だった。

その理由のひとつとして、近藤は以前に永井自身から、非公式にではあるが、大政奉還に賛同する者に手を出してはならない、という命令を受けていたことを挙げた。

具体的には、この命令は土佐藩参政後藤象二郎《しょうじろう》に対するものだったが、名前こそ出していなかったものの、永井や近藤の意識の中には、坂本龍馬のこともあった。

龍馬は大政奉還策の発案者であり、それは近藤もよくわかっている。そうである以上、新選組が龍馬を暗殺することはできない。永井の命令に反することになるためである。

永井はこの理由を根拠として、新選組は龍馬、中岡の暗殺に無関係であると土佐藩に対し返答した。だが、土佐藩士の中にこれを信じる者はいなかった。

むしろ、永井は新選組をかばっているのではないか、という議論が盛んになり、収拾がつかなくなるほどだった。

四

伊東甲子太郎はやり過ぎた、と土方が言った。腕組みをしたまま、近藤勇がうなずいた。二人は屯所の局長室にいた。

「何が蠟色の鞘だ。姉小路《あねのこうじ》公の時と同じじゃねえか」

土方が言ったのは、公家《くげ》である姉小路公知《きんとも》暗殺事件のことである。姉小路は文《ぶん》久《きゅう》三年（一八六三）に朝議《ちょうぎ》からの帰途、御所の朔平門《さくへいもん》外の猿ヶ辻《さるがつじ》で刺客に襲われ、暗殺されていた。

現場に人斬り新兵衛として名高い薩摩藩士田中新兵衛の刀が放置されていたことから、下手人は田中であろうとされたが、尋問の際に田中が自決したため、真相は不明なままとなっていた。

実際には、朝廷内で尊王攘夷《そんのうじょうい》派の先頭に立っていた姉小路が公武合体派への転向を図ったため、殺されたと言われている。殺害命令を出したのは土佐藩の武市半《たけちはん》平太《ぺいた》だったが、嫌疑から逃れるため田中の刀を事前に盗み、現場に証拠品として置き捨てておいたのである。

武市にとって、姉小路暗殺にはもうひとつの意味があった。この頃、朝廷内に深く入り込んでいた薩摩藩の勢いを削《そ》ぐためにも、田中の犯行と見せかける必要があったのである。

今回の事件における伊東の証言は、姉小路暗殺事件と同じであるという土方の言葉は、そういう意味だった。

「よほど新選組と土佐藩を争わせたいのだろうな」

近藤が言った。土方がうなずいた。

「そういうこった。ひと月前の上様《うえさま》の大政奉還宣言以来、一応世情は落ち着いている。だが、このままじゃどうにもならねえというのが薩長の腹だ。どこかで戦乱の火種を作らなけりゃならねえ。そのためには、誰か重要人物を殺し、その下手人を新選組と断ずることによって、戦《いくさ》のきっかけにしようってところだろう。薩長にとっては、坂本でなくてもよかったのかもしれねえな。伊東はその駒として利用されたんだろう」

伊東としては、利用されているというつもりはなかったかもしれない。薩長の指導者たちにとって、伊東甲子太郎の存在など、取るに足りないものである。

それは伊東本人も、十分にわかっていたはずだ。だからこそ、伊東としては自分たち御陵衛士の力を見せつける必要があった。

ひと月半前に起きた徳川慶喜暗殺未遂事件と同じく、伊東が薩摩藩上層部の意志を勝手に解釈し、自らの判断で坂本龍馬殺害に及んだことも十分に考えられた。

「……それはいい。だが歳《とし》よ、どうするつもりだ」

「伊東を斬る……それしかねえだろう」

新選組離脱に際して多くの隊士を引き抜き、新選組を危機に追い込んだこと、そして例の徳川慶喜狙撃事件、更に今回の龍馬、中岡暗殺事件などについても、伊東は新選組を窮地に追い込むために動いている。これ以上放置しておくわけにはいかなかった。

「近藤さんよ、おれにひとつ策がある。あんたの名前で奴を呼び出してくれねえか。場所はどこか考えるが、国事《こくじ》についてご意見を拝聴《はいちょう》したいと言えば、奴は喜んでやってくるさ」

「……伊東もそこまで馬鹿ではあるまい」

「馬鹿じゃねえから来るんだよ。あいつはおれと似ているところがある……てめえに自信があるから、おれたちのことなど恐れてねえと周囲に誇示《こじ》する必要があるのさ。それをうまく利用すりゃ、必ずやってくる」

「それで、どうする」

「機嫌よく語らせてやってくれ。あんたにゃ悪いが、それが役回りってもんだ。そしてあいつを斬るのがおれの役目だよ」

ふむ、とうなずいた近藤が、一人でやるつもりか、と尋ねた。そうだ、と土方が答えた。

「しかし、伊東は強いぞ……あの男も北辰一刀流の達人だ」

「かもしれねえ。だが、今回だけはおれのわがままを通してもらえねえか。それに、おれが斬られたとしても大丈夫だ。沖田が仇を取ってくれると約束してくれてるんでね。ともあれ、この件はおれに任せてほしい」

頼む、と土方が軽く頭を下げた。いいだろう、と近藤がうなずいた。

「だが歳よ、お前にしては珍しいことだな。いつもなら、もっと確かな手を打つはずだが」

「今回ばかりは仕方がねえ……ちょいと訳有りでな。自分の手でやらねえと、気が済まねえんだよ」

「よくわからんが……お前の気が済むというのならそれもいいだろう。ただし、こっちも万が一の場合を考え、備えだけはさせてもらうが、いいだろうな」

構わねえよ、と言って土方が立ち上がった。後は手配をするだけだったが、それについては問題なかった。

伊東甲子太郎を呼び出すことさえできれば、それですべてが終わるという確信が土方の中にあった。

五

新選組近藤勇が御陵衛士伊東甲子太郎を私邸に招いたのは、その数日後、慶応三年十一月十八日の夜のことだった。

最後の将軍となった徳川慶喜が政権を朝廷に返上して以来、時局は更に乱れ、新選組内でもその進むべき方向に意見の相違がある。時勢通である伊東に、今後の方針について教えを乞いたい、というのが招待の名目だった。

加えて、伊東が新選組を離脱して御陵衛士を結成して以来、両者の間にできた溝を埋めることも会合の目的であるとした。

「こんな紙切れ一枚で伊東が来るかね」

使いの者を高台寺《こうだいじ》へ走らせた後、近藤が尋ねた。くどいな、と土方が苦笑した。
「頭のいい奴ほどおだてに弱いってのは、昔っから決まってる話だ。特に伊東には
そういうところがある。確かに、時勢は伊東が考えていた通り、勤皇方に有利な方
向へ向かっていることは間違いねえ。知恵誇りの伊東は、だから言ったではないか
と、おれたちに説教のひとつもしたくてうずうずしてるだろうさ。奴は必ず来る」
書状の文面を作ったのも土方である。土方には伊東の性格を読み切っているとい
う自信があった。
はたして、伊東はやってきた。土方は近藤私邸の向かいにある町家《まちや》から、やって
くるその様子を覗《のぞ》き見ていたが、驚くべきことに伊東は供さえ連れず、一人きりだ
った。
そこまでの度胸はないだろうと思っていたが、土方の想像以上に、伊東には時勢
を読み切った上で、その勢いに乗っているという自信があるようだった。
無論、自分の弁舌、加えて剣技にも自負があるのだろう。新選組隊士の五人や十
人なら、一人でも斬り伏せてみせるという気迫が、単身近藤私邸を訪れるという行
為に表れていた。
伊東が近藤私邸に入ったのは、六《む》つ（午後六時）のことである。すぐに酒宴とな

った。

新選組側からは近藤局長以下幹部五名が顔を揃えていた。土方はわざとその酒席に参加しなかった。

生来、不快さを隠せない性格である。何を考えているのかすぐ顔に出るたちだ。副長という立場としては、当然伊東を歓待しなければならないが、用心深い伊東に不審に思われることを避けるため、会合には出席しないことにした。

伊東は客であり、当然上座《かみざ》である。近藤自らが酒を注《つ》ぎ、接待に努めた。

ただし、伊東は最初の一杯こそ口に含んだものの、それ以上酒を飲もうとはしなかった。豪胆ではあるが細心《さいしん》なところもあるこの男は、会合自体が罠《わな》かもしれないという疑いを持っていた。酔ってしまえば北辰一刀流も何もない。

代わりにというわけではないが、伊東は時勢を激しく論じた。既に政権を朝廷に返上している以上、徳川幕府は滅びた。

これからは天朝の時代であり、各藩の志士、あるいは新選組などのような有為《ゆうい》な人材の多い組織は全力を尽くして朝廷に協力するべきである、というのが伊東の論だった。

実際には、幕臣である新選組を新政権に参加させることなど伊東は考えていなかったが、それは方便というものだ。弁舌の巧《たく》みさは伊東の最も優れた才能のひとつであった。

時勢が朝廷側に傾いているのは事実である。その事実が伊東の論を説得力あるものにしていた。

会合に出席していた近藤以下、新選組幹部たち全員がその意見に服した。近藤などは酒を飲みながら涙を溢《あふ》れさせるほどだった。

感情の量が豊かなこの男は、もともと泣き上戸《じょうご》であったが、それにしても尋常ではないほど伊東の論を全面的に受け入れた。明日以降、新選組は名称を変えて天皇の直轄部隊になるのではないかと思えるほどに、近藤たちは伊東とその論を称賛した。

多くの史料では、この酒席において伊東が泥酔《でいすい》したことになっているが、決してそのようなことはない。確かに、自分の論を近藤局長をはじめとする幹部たちがこぞって支持したことに深い満足感を覚えたが、だからといって油断をするほど愚昧《ぐまい》な男ではなかった。むしろ頭は先へ先へと回転を続けている。

もともと、伊東がこの招きに応ずると決断したのは、現在いる御陵衛士の人数が少ないという致命的な欠陥を抱《かか》えていたためだった。僅か十数人の部隊では、庇護《ひご》している薩摩藩に対しての発言権はないに等しい。

そのため、隊の幹部である新井忠雄、清原清などを関東に下《くだ》らせ、新隊士の徴募にあてていたが、それよりもっと単純な手があることを伊東は知っていた。

すなわち、現在ある新選組を、御陵衛士が吸収する形を取ればいいのである。人数は十倍近くに膨れ上がり、その戦闘力、発言権は大いに増すであろう。

もちろん、そのためには近藤を説得しなければならない。伊東は伊東なりに、この会合に命を懸けるつもりで乗り込んできていた。近藤を説得できれば良し、できなければ自らの命を失う覚悟さえあった。

だが、危惧《きぐ》するほどのことはなかった。新選組の者たちも、無知蒙昧《もうまい》の輩《やから》ばかりというわけではない。時勢が朝廷側に傾いていることは、最前線にいる彼らだからこそ理解できるところもあるのだろう。

今すぐにとは言わないが、今後の政局の流れをわからせれば、彼らはそのまま御陵衛士の傘下《さんか》に入ることを受け入れるだろうと思われた。

（無論、全員ではないが）

茶を口に含みつつ、土方歳三の顔を思い浮かべた。あの男は説得が利《き》く相手ではないだろう。

一応、話し合いはするつもりだったが、説得に応じなければ処分するのみである。異分子《いぶんし》は斬る、というのが伊東の考え方だった。個人的な感情もある。伊東は土方という男を、性格的に嫌いだった。

（うまくいっている）

背中に伝う冷や汗を感じながら、伊東は目の前の男たちに視線を向けた。酩酊《めいてい》している彼らには、今すぐにでも伊東一派に従おうという雰囲気さえあった。

伊東が近藤の私邸を出たのは、四《よ》つ（午後十時）過ぎのことである。満天の星が油小路《あぶらのこうじ》通りからよく見えた。高台寺の屯所へ戻るため、伊東は北へ向かって歩き始めた。

六

伊東は歩を速めた。風こそないが、寒くなり始めている時期である。早く屯所に戻り、今日の会合について御陵衛士の同志たちに報告したいという思いがあった。

辺りには寺が多い。道も狭く、歩きやすいとはいえなかった。

いくつかある橋を渡ると、その先の道が東へと続いている。東本願寺の大伽藍《だいがらん》が見えた。そこで伊東の足が止まった。

「よう」

声がした。町家の軒下に、男が一人刀を抱いたまま座っていた。

「ご機嫌のようだな、伊東先生」

「これは土方副長」

伊東が懐《ふところ》から手を抜いた。さすがに伊東も人物である。うろたえた様子は微塵《みじん》も見せなかった。

「奇遇ですな」

「奇遇なわけがねえだろう。待ってたんだよ、あんたを」

土方が立ち上がった。伊東が一歩退《ひ》いた。

「心配すんな。ここにいるのはおれとあんただけだ。邪魔の入らねえところで、二人だけで話したかったんだよ」

「話？」

しばらく無言のままでいた土方が、不意に口を開いた。

「何で坂本を殺した？」

何も答えないまま、伊東が草履《ぞうり》を脱ぎ捨てた。土方が問いを重ねた。

「左之助の鞘はいつ盗んだ？　瓢亭の下駄はいつでも持ち出せただろうが、左之助の鞘は盗み出すのが難しかっただろう」

「何をおっしゃっておられるのか、わかりませんな」

「こなくそ、と刺客に叫ばせたのは、あんたの差し金か？　それともあんた自身が叫んだのか？　悪くねえ思いつきだが、いささかくどかったな」

黙ったまま伊東が刀の鯉口《こいぐち》を切り、左右を素早く窺《うかが》った。人の気配がないことを確かめてから、何のことかわかりませぬな、ともう一度言った。

「土方副長、しばらく前にもこんなことがありましたな……あの時は徳川慶喜公を我ら御陵衛士が狙撃したと、あらぬ疑いをかけられましたが、今度は坂本先生暗殺に我らが係わっているとおっしゃられる。副長、何でもかんでも都合の悪いことを御陵衛士のせいにするというのは、いかがなものでございましょうかな」

「もう一度聞く。何で、坂本を殺したんだ」

土方が和泉守兼定《いずみのかみかねさだ》を一気に抜いた。待て、と伊東が左手を前に突き出した。

「誤解である。坂本先生は我らと志をひとつにしておられた。その坂本先生を殺す理由など、我々にあるはずもない」

「そうでもねえだろう」土方が半歩前に出た。「あの馬鹿が企てた大政奉還策に上様が乗っかったために、勤皇方は戦のきっかけを失っちまった。そして、あいつがいる限り、戦を避けるための話し合いはどこまでも続けられただろう。噂じゃ、あいつは上様を新政府の中でも重要な役職に就《つ》けようとしていたそうじゃねえか」

事実である。龍馬は大政奉還を決断した徳川慶喜を深く認め、新政府の重職に就けることを薩長の要人に対し、盛んに運動していた。

「この狭い国の中で相争っても得られるものは何もねえ。有能な人材、誰もが納得できる人物を頭にすえて、新政府を運営していくためには、上様も立派にその資格があると唱えていたという。おれには言ってる意味がちっともわからねえが、あいつの頭の中ではそういうことになっていたんだろうよ。だが、それじゃあ薩長も立場がなくなるってもんだ。何のために政権を幕府から奪ったのかって話になっちまう。要するに、もう薩長にとって坂本龍馬という存在は邪魔者でしかなかったのさ。あんただって、そう聞かされてたんだろ」

太刀を抜いた伊東が、正眼《せいがん》に構えた。刀の切っ先が細かく震えているのは、北辰一刀流の流儀である。

「おれが聞きてえのはな、誰かに命じられてあんたが坂本を殺したのか、それとも前と同じように薩摩のご機嫌取りのために奴を殺ったのか、それだけだよ」

「土方副長、それは言い掛かりというもの。もしどうしてもと言われるのなら、証拠をお見せいただきたい」

「おいおい、あんた、もう忘れちまったのか。おれは新選組の土方だぜ。疑わしいと思えば、詮議の必要なく、自らの判断で事を決する権限がある。それが新選組の決まりだ。証拠を見せろというのなら、こう答えよう。おれが証拠だ。おめえが坂本を殺したんだよ」

いきなり踏み込んだ伊東が太刀を右斜めから振り下ろした。空《くう》を切る凄まじい音が鳴った。土方の刀がそれを弾《はじ》き返す。激しい音が響き、闇に火花が散った。

「さすがだな、伊東先生。相変わらず読みにくい太刀筋《たちすじ》だぜ……とはいえ、あんた最近あんまり稽古してねえんじゃねえのか。息が上がってるぜ」

「下《くだ》らぬことを」

伊東が剣を構え直した。土方が左へ二歩動いた。

「土方、お前とは何度か屯所の道場で竹刀《しない》を交えたことがあったな……わたしは一度も負けた覚えはないがね」

「そうだったかな」

「所詮、あんたの天然理心流《てんねんりしんりゅう》は古法。多摩の片隅にある田舎道場でいくら鍛練《たんれん》を積んだところで、我らが北辰一刀流の敵ではない」

伊東がずっしりと重心を落とすようにして刀を構えた。一分《いちぶ》の隙もない騎馬立ちの構えである。

対照的に土方はその姿勢を定めず、伊東の周りを円を描くようにして廻り続けていた。

「来なさい……一手教えて進ぜよう」

誘うように伊東が剣先を振った。隙ではない。あくまでも誘いである。

だが土方はあえてその手に乗った。強引に飛び込み、突きを入れたのだ。再び火花が散った。

「新選組の鬼副長と呼ばれたわりには、甘い突きだな」

「そうかね」

参る、とつぶやいた伊東が右からの突きを入れた。土方がそれを避ける。だが、その突きは見せかけだった。

かわされたと見るや、すぐに刀を引いて再び今度は左からの突きを入れた。いわゆる二段突きである。その素早さは、燕が飛ぶ如《ごと》しであった。

僅かに、土方の右頬から血が流れた。伊東の突きがかすったのである。

もう一寸ずれていれば、今頃土方の顔に穴が開いていたであろう。

「さすがは喧嘩屋、勘はいいようだ」刀を引いた伊東がつぶやいた。「では、これはどうかな」

言い終わる前に大刀を横に振った。目にも止まらない速さである。かわしきれない、と瞬間的に悟《さと》った土方が自分の太刀を横に払った。

乾いた音が鳴り、そのまま二本の刀が重なった。上になっていたのは伊東である。鍔《つば》ぜり合いの状態となった。

「お前の負けだ、土方」悪鬼《あっき》の形相で伊東が叫んだ。「このまま、押し斬ってくれる」

状況は圧倒的に伊東が有利だった。刀の位置が上にあるため、下にいる土方としては動きが取れない。うるせえ、と土方が吐き捨てた。

「伊東さんよ」そのままの姿勢で下から言った。「何で坂本を殺した」

「坂本龍馬は国賊」伊東が怒鳴った。「朝廷につくわけでもなく、幕府につくわけでもなく、恐れていたのは戦が始まることだけ。あのような者がおったのでは、この先時勢は一向に定まらぬ。所詮、大政奉還など絵に描いた餅。結局は戦によって雌雄《しゆう》を決しなければならぬのだ。それがわからぬ者は死ぬしかない」

「……と、薩摩のお偉方はおっしゃってたかい」

坂本龍馬暗殺の後ろには、薩摩の影がある、と土方はその独特の直感力で見抜いていた。一日でも早く戦争を始めたい薩摩藩としては、この期《ご》に及んでもなお話し合いによる解決を訴える龍馬が邪魔だったことは想像に難《かた》くない。

西郷か、それとも大久保か、いずれにしても藩上層部の意向はそういうことだったろう。

ただし、薩摩藩の誰にしても、龍馬を殺せと命じることのできる者はいなかった。薩長同盟なども含め、薩摩藩はこれまで龍馬に多くの借りがあった。

そしてそれ以上に、薩摩人の多くが龍馬に対して深い愛情を抱いていた。例えば西郷吉之助もその代表的な人物である。それを知っていながら、龍馬暗殺を実行する者は藩内にいなかっただろう。

伊東は薩摩藩のその立場を自分なりに解釈して、龍馬暗殺の挙《きよ》に出た。決してその存在が大きくない御陵衛士の力を見せつけ、立場をより強固なものにするために、龍馬暗殺を強行したのだ。

いきなり土方が左の足で伊東の腹を蹴りあげた。きれいに踵《かかと》が鳩尾《みぞおち》に入った。胃液を吐き散らしながら、伊東が後退した。

「……汚いぞ、土方」

「済まねえな、足癖が悪くて。こいつは天然理心流でも何でもねえ。土方歳三流の喧嘩術だよ」

鷹《たか》のように土方が跳び上がり、そのままの勢いで和泉守兼定を左から振った。防ごうとした伊東の剣が弾《はじ》け飛んだ。

「止めろ、斬るな」頭を抱《かか》えた伊東が地面を転がった。「新選組は刀を持たない者を斬るほど、卑怯《ひきょう》な者たちの集まりか」

「……拾え」

土方が路上に落ちていた剣を指した。這《は》いつくばるようにして、伊東が剣を掴《つか》み、そのまま向き直った。別にあんたの命乞いにつきあったわけじゃねえ、と土方が言った。

「確かめたかったんだよ。もう一度聞く。あんたは薩摩藩のお偉方のご機嫌を取るために、坂本を斬った。そうだな」

「あの男は死ぬしかなかった」荒い息をつきながら伊東が言った。「坂本が死ねば、対幕戦に反対する者はいなくなる。薩摩にしても長州にしても、このままでは動きが取れぬ。坂本の描いた絵図のままに次の時代を作ることなど、できるはずがないのだ」

馬鹿野郎、と土方が吐き捨てた。

「いいか、伊東。ひとつだけ教えてやろう。てめえが殺したのは坂本じゃねえ。この国の明日だ。てめえが斬ったのは、そういう男だったんだよ」

体勢を立て直した伊東が、裂帛《れっぱく》の気合と共に斬りこんだ。一歩だけ退いた土方の喉元《のどもと》を、伊東の剣が襲った。だが、僅かな差で剣先は届かなかった。

「死ね、土方！」

伊東もまた達人である。外《はず》したと悟った次の瞬間刀を止め、返す勢いで逆胴を払おうとした。生半可《なまはんか》な腕でできることではない。

だが、土方の方が早かった。左の上段に構えていた太刀で、空いていた伊東の右肩を袈裟《けさ》斬りにした。凄まじい勢いで血しぶきが飛んだ。

「なめんなよ」

そのまま引いた刀を、今度は顔面に落とした。伊東の顔が二つに割れた。

「道場じゃ、あんたの方が強《つえ》えかもしれねえがな、喧嘩だったらおれぁ負けたことがねえんだ」

伊東の膝が折れ、そのまま上半身が前のめりに崩れ落ちた。一瞬、刀を握っていた右手が動いたが、それが最期だった。

土方が袖で返り血に染まった自分の顔を拭《ぬぐ》った。

「おい、誰かいるだろう……出てこい」

少し離れたところにあった用水桶の陰から一人の男が姿を現した。永倉新八だった。

「おめえか……他にも何人かきてるんだろうな。ここからが本番だ。御陵衛士の連中を、全員叩き斬ってやる。新八、伊東の死体を油小路の辻に捨ててこい」

「……どういう意味ですか、副長」

「ついでに、どこかその辺の町役人を、高台寺まで走らせろ。伊東甲子太郎が新選組土方歳三に殺されたと伝えさせるんだ。死骸は油小路にさらされているというのも忘れるな」

「副長、それは……いくら何でもそれはやり過ぎじゃありませんかね。伊東も一隊の将、それなりの扱いを受けるべきだ。憎むべき男ではありますが、その死体を御陵衛士の連中をおびき寄せるための道具に使うというのは……」

「新八よ、おれもおれなりに命を懸けてこいつと闘った」荒い息を吐きながら土方が言った。「てめえらの手も借りず、一人で斬ったんだぜ。ぐだぐだきれいごとを言ってるんじゃねえよ。さっさと言われた通りにしろ」

　血に染まった太刀を持ったままの土方を見つめていた永倉が、怯《おび》えたように小さくうなずいた。命令に背《そむ》けば、次に斬られるのは自分だろう、という恐怖がそこにあった。

「隊士を……集めてきます」

　永倉が走り去っていった。その後ろ姿を見送りながら、土方がそのまま地面に座り込んだ。

　握っていた刀が右手から離れない。それほど強く握りしめていたことにようやく気づいた。ゆっくりと柄《つか》から指を一本ずつもぎ離していった。

（……さすがに強かったな）

　事前に近藤に言われた通りだった。伊東甲子太郎は決して口舌《こうぜつ》の徒というだけではない。剣の道においても達人だった。ひとつ間違えば、死骸となって倒れていたのは自分だっただろう。

　刀を捨てて、両手を振った。空を見上げると、月が輝いていた。坂本、と心の中で呼びかけた。

（仇は取ったぜ）

永倉たちの足音が近づいてきた。

七

伊東が殺されたという一報を聞き、罠《わな》と知りつつも御陵衛士の隊士たちは油小路の辻に捨てられているという伊東の遺体の回収に向かった。

彼らを待ち受けていたのは、四十人以上の新選組隊士たちだった。壮絶な戦いが起きたが、あまりにも人数が違い過ぎた。

結局御陵衛士は伊東の遺体の回収を諦め、現場から逃走した。ただし、剣客として知られていた藤堂平助、服部武雄などは魅入《みい》られたようにその場に残り、奮戦の末殺されている。

だが、ある意味でこれが新選組にとって最後の華々しい働きだったと言えるかもしれない。その後、政治状況の変転に伴い、新選組の運命もまた急変していった。

沖田総司《そうじ》が持病の労咳《ろうがい》を悪化させ、病の床に臥《ふ》すようになったのもこの時期である。旧幕府の弱体化は誰の目にも明らかであり、隊内にも動揺が起きた。

隊から脱走をする者が日に日に増え、組織としての新選組の人数も少なくなっていった。慶応三年十二月九日の王政復古の大号令により、その動きはより激しくなった。

　更にそれから九日後の同年十二月十八日、御陵衛士の残党により局長である近藤勇が狙撃され、肩を負傷した。肩の骨が砕けるほどの重傷で、これもまた隊士たちに動揺を与える結果を呼んだ。

　この怪我《けが》のために近藤は隊務を続けていくことが困難になり、その後しばらくの間、土方が局長代理として隊を統率していくこととなった。

　これまでにも近藤は他藩の志士、浪人などから狙われることがあったが、常にその虎口《ここう》を脱していた。有名な池田屋事件でも、近藤はかすり傷ひとつ負わなかったといわれている。その近藤が重傷を負うというのは、新選組の衰運の象徴といえただろう。

　年が明けた慶応四年（一八六八）一月三日、鳥羽伏見《とばふしみ》の戦いが始まった。新選組は先鋒部隊として参戦したが、装備の差はともかくとして、旧幕府軍の指揮系統が混乱を極めていたため、その実力を発揮できぬまま大坂へ退却、一月十日には幕府の軍艦富士山丸で江戸へ向かうこととなった。敗走である。ひとつの時代が終わろうとしていた。

最終章　沖田総司の手紙

一

沖田総司《そうじ》を江戸・千駄ヶ谷《せんだがや》の植木屋平五郎宅の離れに匿《かくま》い、療養させたのは西洋医学所頭取であり、徳川将軍家茂《いえもち》、慶喜《よしのぶ》の侍医《じい》を務めていた松本良順《りょうじゅん》であった。

松本はもともと近藤勇《いさみ》と親交が深く、また慶応元年（一八六五）将軍家茂の侍医として京都に赴《おもむ》いていたことがあったため、新選組隊士とも親しかった。特に京都滞在中は沖田を気に入り、個人的に食事に招くなどしており、好感の持てる青年だったとのちに述懐している。松本が沖田を匿ったのには、そういう理由もあった。

慶応四年（一八六八）一月、鳥羽伏見《とばふしみ》の戦いにおいて敗れた旧幕府軍は、軍艦富士山丸に乗り、江戸へと戻った。新選組負傷者たちは優先して富士山丸に乗船できたが、近藤、沖田などもその中に入っていた。

この時沖田の病状はかなり悪化しており、船内ではほとんど寝たきりの状態が続いていたが、他の負傷者、あるいは病人などと軽口をたたき合い、師である近藤勇からも、あれほど死に対して悟り切った奴もいないのではないか、と言われるほどだった。

だが、この船による江戸までの移動が、沖田の体調を更に悪化させたことは間違いない。江戸に戻った時点で沖田の手足はまるで枯れ木のように細くなり、顔色は真っ青で、かつて鬼神と呼ばれた剣術者としての面影はまるでなくなっていたという。快活さも影を潜《ひそ》め、笑顔もほとんど見せなくなっていた。

鳥羽伏見の戦いにおいて勝利を収めた薩長《さっちょう》を中心とする勤皇藩は、勢いに乗る形で進軍を続けた。それまで日和見《ひよりみ》的だった各藩も、雪崩《なだれ》を打つような勢いで藩論を勤皇へと転換し、官軍に加わった。

薩長の目的は、武力革命による政権奪取であり、敗走する旧幕府軍を追って江戸を目指した。中核を担う薩長土《さっちょうと》の各藩はそれぞれ新選組に対して深い恨みを抱《いだ》いていた。これは新選組隊士によって同志を殺害された各藩とも事情は同じである。

特に、沖田総司は新選組一番隊隊長として、最も多く勤皇の士を斬ったと言われている。彼らが江戸に入ってから沖田の捜索に多くの人数を費やしたのは当然だっただろう。

沖田がそれまでまったく接触したことさえなかった千駄ヶ谷の植木屋の離れに匿われたのは、新政府関係者に発見されることがないように、という関係者の配慮によるものだった。

従って、沖田の潜伏先を知っていたのは近親者など限られた者だけだった。沖田の看護は姉であるミツ、そしてキンによって行われた。

ただ、沖田の病《やまい》は労咳《ろうがい》であり、この時代においては不治の病である。医師松本良順は栄養のある食事を与え、ひたすら休養を取るように命じる以外、何もできることはなかった。

慶応四年二月、新選組は甲陽鎮撫隊《こうようちんぶたい》と名称を改め、甲州への進軍を企図していた。甲府城奪取がその目的である。

出立は三月一日と決められ、その前日、二月二十八日に近藤は土方《ひじかた》ら隊士数名と共に千駄ヶ谷へ沖田の見舞いに訪れた。

近藤はその際の印象を、骨と皮だけに痩《や》せこけた沖田の姿を見ていると、それだけで泣けてきた、と周囲の者に語ったが、沖田自身は甲陽鎮撫隊に参加するつもりだったし、その準備もしていた。

労咳という病はその時々の状況により、病状が刻々と変化していく。この時期、沖田は小康状態にあり、近藤に対して甲陽鎮撫隊への参加を病床から懇願した。

姉のミツ、あるいはキンは止めたが、沖田の決心は変わらなかった。外見こそおとなしく見える沖田だったが、その心中によほどの覚悟があることを知っていた近藤は止めても無駄だと判断し、甲陽鎮撫隊への参加を許した。旧幕府にもその旨《むね》を報じ、甲州出陣手当として十両が沖田に対して支払われている。

三月一日、近藤を長とする甲陽鎮撫隊は甲州へと出立した。近藤が隊長であり、副長として土方がついているという図式は新選組と何ら変わるところはない。あくまでも隊名を変えただけのことで、実態は新選組そのままだった。

ただし、甲州への出立後、すぐに沖田は体調を崩した。それまで病床にいた者が、いきなり行軍に参加するというのは、やはり無理があったのだろう。

三月三日早朝、沖田は喀血《かっけつ》し、即座に江戸へ戻るよう命じられた。これは近藤の決定による。

沖田はそれでも甲陽鎮撫隊の一員として甲州へ行くことを願ったが、土方などの説得により、さすがに自らの体調の悪さを悟ったのか、その日の昼、隊士一名に付き添われる形で江戸へと帰った。これが沖田と近藤、土方の永訣《えいけつ》になるだろうと、三人共にわかっていた。

三月六日、甲州勝沼の柏尾で官軍との戦いが始まったが、戦意が盛んだった官軍に対し、甲陽鎮撫隊はその目的が曖昧《あいまい》だったこと、加えて装備に圧倒的な差があったことから、一方的に敗れ、敗走に至った。

その後、新選組結成当時からの同志であった永倉新八、原田左之助《さのすけ》らが靖兵隊《せいへいたい》という新組織を立ち上げ、近藤、土方と決別した。近藤は残った新選組隊士二百二十余名をまとめ、四月一日、下総《しもうさ》の流山《ながれやま》へと転ずる。

翌二日、流山に着陣したが、官軍によって包囲されていることがわかったため、近藤は投降、土方は江戸へと戻った。二人にとって、これが最後の別れとなった。

四月二十三日、土方は宇都宮城の攻防戦で負傷、今市《いまいち》に退き、その翌日会津《あいづ》へと向かった。傷は決して軽くはなかったが、土方の戦意が衰えることはなかった。

投降した近藤は、この時期大久保大和《やまと》という変名を使っていたが、官軍の中に近藤の顔を見知っている者がいたため、新選組局長近藤勇であることが判明し、その身分のまま処遇された。近藤への官軍、特に薩長土藩士の恨みは強く、四月二十五日、近藤は板橋で斬首された。

ただし、この事実は病床にある沖田には伝えられなかった。師であり、兄のように慕っていた近藤の死が病に障《さわ》るだろう、という配慮からだった。

閏《うるう》四月に入り、沖田の病状はますます悪化していった。もうこれ以上手の施しようがない、というのが松本良順の看立てであり、医師ではない周囲の者でも、それは一目見ればわかることだった。

余命は長くてもふた月、と良順は姉のミツ、そしてキンに伝えた。だが沖田自身は新選組を含めた旧幕府軍と官軍の戦況を周囲に聞くなど、再起を諦めてはいなかった。

千駄ヶ谷の植木屋平五郎宅の離れの前に、薄汚れた身なりをした長身の男が現れたのは、それからひと月ほど経った慶応四年五月二十三日のことだった。

二

すまんが、誰かおらぬか、と男が離れの玄関から声をかけた。この日、沖田の看病に来ていたのは姉のミツだった。

植木屋平五郎宅の離れには、松本良順や新選組の元隊士など、限られた者しか訪れない。平五郎一家は良順の指示に従い、離れへ来ることはほとんどなかった。

聞き覚えのない声に、ミツは緊張を覚えながら表の様子を窺った。いつ官軍の兵がこの隠れ家を見つけだすかわからない、という恐怖がミツの中には常にあった。

「すまん、誰かおらんか」

再び男の声がした。その姿を見て、ミツは驚きを禁じ得なかった。武士であることは間違いないだろう。腰に二本の刀を差していることからもそれは明らかである。

ただ、その着ている服が尋常ではないほどに汚れ切っていた。羽織は至るところに穴が開き、泥だらけである。袴《はかま》も同様で、特に右足の側は大きく破れた跡があった。

顔もまた、わざとそうしたように薄汚れている。少なくとも、数日は洗っていないのであろう。

総髪の髪は縮れており、雲脂《ふけ》だらけだった。いずれにしても、見たことのない男である。

「困った」男ががりがりと頭を掻《か》いた。「誰かおらんかのう」

心底困ったような表情になった。悪い男ではない、とミツは直感した。

もし、沖田総司を捕らえにきた官軍の兵士なら、一人で来ることなどあり得ないはずである。更にいえば、これほど油断しきった様子で現れるとも思えなかった。

細く玄関の戸を開けて、ミツが顔だけを覗《のぞ》かせた。おお、と男が嬉《うれ》しそうに笑った。

「失礼とは存じますが……」ミツが礼を取りながら言った。「こちらは植木屋の平五郎様の離れでございます。わたくしはそのお留守を預かっているだけの者。平五郎様に御用であれば、母屋《おもや》におられるはずでございますが」

「うんにゃ。平五郎さんに用事はないんじゃ」

「失礼ではございますが……どちらさまでございましょうか」

男が何も答えないまま、かすかに微笑《ほほえ》んだ。どちらさまでございましょう、とミツが繰り返した。

「どのような御用がおありなのでございましょうか。わたくしから平五郎様に伝えてもよろしゅうございますが……」

いやいや、と男が首を振った。雲脂がぱらぱらと首元から落ちた。

「その平五郎さんちゅう人のことを、わしゃ知らんので、別に用はありませぬ。わしがここへ来たのは、沖田くんを見舞うため」

「……沖田、と申されても……そのような者はこちらにはおりませせぬが……」

「あんた、沖田くんの身内の方じゃな」微笑みを絶やさぬまま男が言った。「顔がよう似ちょる。年格好から察すると、姉上と見たがいかがですかの」

改めてミツは男を見つめた。素性《すじょう》について、見当もつかない。ただ、その笑顔を見ている限り、悪意がある者とは思えなかった。心に染《し》み入るような笑顔である。

「……新選組の方でございましょうか」

思い切って正面から尋ねてみた。うんにゃ、と男が首を振った。

「……お名前を伺ってもよろしゅうございましょうか」

「才谷と申しまする」

立ち話も何ですきに、入ってもよろしいでしょうかの、と男が肩を鳴らした。ミツも新選組隊士の名前をすべて知っているわけではない。才谷という隊士なのだろうと判断して、玄関を大きく開いた。

すまんのう、と男が玄関に足を踏み入れた。その足に、見たことのない履物を履いていた。

「あの、それは……」

「こりゃ失礼。西洋靴と申しましてな。なかなか便利なものです」

男が上半身を手ではたいた。驚くほど大量の埃《ほこり》が辺りに舞った。靴を脱いだ男が廊下に足を踏み入れた。大きな足の裏が、真っ黒に汚れていた。

沖田くんはどちらに、と男が尋ねた。こちらでございます、と先に立ったミツが案内した。

沖田の病室は離れの一番奥にある三畳間である。部屋が庭に面しているため、日当たりはいい。

「総司さん」障子《しょうじ》の前でミツが声をかけた。「お客様ですが……」

小さく咳《せ》き込む音がした。

「どなたでしょう」

「才谷様とおっしゃる方ですが……」

才谷、とつぶやく声がした。ええですかの、と男が障子を大きく開いた。布団《ふとん》の中にいた沖田がかすかに顔を上げた。その表情がいきなり変わった。

「あなたは……」

「わしじゃよ、沖田くん」坂本龍馬《りようま》が笑いながら枕元に腰を下ろした。「病と聞いちょったが、案外元気そうじゃないがか」

「坂本さん……あなたはどうして……」

身を起こそうとした沖田の体を、龍馬がそっと布団の上から押さえた。その太い腕を振り払うようにして、沖田が起き上がろうとした。信じられないものを見るような目になっていた。

「あなたは……殺されたはずでは……」

「それがわしの不思議なところでの」龍馬が腕を組んだ。「どういうもんか、こうして生きちょる。どうじゃ、沖田くん、こういう再会もなかなか面白いとは思わんか？」

無言のまま沖田が龍馬を見つめた。幽霊を見るような視線だった。

三

わしがあれほど言うたのに、と龍馬が腕をほどいた。

「ちゃんと飯を食わんから、こういうことになるんじゃ。養生《ようじょう》はしちょるんか？知っちょるかどうか知らんが、牛肉っちゅうものがある。西洋人は皆食《く》うちょる。あんたも食べえ」

懐《ふところ》から紙包みを取り出して、立ったままのミツに渡した。煮て食うとなかなかうまい、と龍馬が言った。

「わしゃ見舞いとかそういうことに不調法《ぶちょうほう》な男での。こんなもんしか持ってこれなんだ。ほいじゃが、悪いものではない。妙な臭いもするし、最初は慣れんから食いにくいかもしれんが、試してみいや」

「そんなことより」布団の上に座り直した沖田が、龍馬の肩に触れた。「なぜ、あなたがここにいるんですか」

「沖田くんよ、わしゃ人が知らんことを知ることで生業《なりわい》を立ててきた男ぞ。あんたがどこにいるのか、調べるのはなかなか骨じゃったが、そこは蛇《じゃ》の道は蛇《へび》っちゅうもんじゃ。いろいろ動き回っていれば、大体の見当はつく。あとは勘じゃな。これはめったに外《はず》れたことがない……ああ、それから、わしがここに来たっちゅうことは誰にも言わんから、心配せんでええ。土佐や長州の連中が知れば、また面倒なことになるからの。何しろ、あれらはあんたのことを恨み骨髄《こつずい》に思うちょる。仲間の仇《かたき》を討つとか、下《くだ》らんことを言い出す奴が出て来たら始末に負えん。あんたが元気ならともかく、病人を斬ったところで何の意味もなかろうが」

　そうではなくて、と沖田が首を振った。

「あなたは近江《おうみ》屋で殺されたはずではなかったのですか。下手人《げしゅにん》は伊東甲子太郎《かしたろう》一派と土方さんから聞いていますが」

「うむ。わしもそう聞いちょる」

龍馬が耳の穴を小指でほじりながら答えた。沖田が額に手を当てた。

「いったい……どうなってるんですか。あなたは本当に坂本さんなんですか」

「病っちゅうのは怖《こわ》いのう」龍馬が肩をすくめた。「わしの顔も忘れてしもうたか」

「忘れてないから聞いているんです」

「よう見てみい。どっから見ても坂本龍馬じゃろうが」

「しかし……しかし、わたしはあなたの遺骸を検分しています。わたしだけではありません。新選組、見廻組《みまわりぐみ》はもちろんのこと、あなたの仲間だった海援隊隊士、土佐藩士、その他多くの者が確認しているんですよ」

「そりゃそうじゃろ。一応、これでも少しは名前が通っちょるつもりじゃ。坂本龍馬が殺されたということになれば、誰もが確かめずにはおられんじゃろう」

「では、なぜ」

「沖田くんよ」龍馬がおかしそうに笑った。「あんた、わしの顔をちゃんと見たかの?」

「……見ました」

自信のなさそうな声で沖田が答えた。そうよのう、と龍馬が言った。

「あんただけじゃない。土佐のわしの仲間たちもそうじゃった。関係者が土佐藩に出した報告書によれば、坂本龍馬は襲撃を受けた際、まず前頭部を大きく割られた。その後、抵抗はしたものの多勢に無勢、顔面を大きく斬られ、ほとんど顔の判別がつかなかったという。近江屋で見つかった死体は、状況から考えて坂本龍馬のものでしかあり得ない、というのが公式の報告じゃ。無理もない。誰にも見分けはつかなかったんじゃからの」

「では、あそこにいた死体は……」

簡単なことじゃ、と龍馬が言った。

「あの時、近江屋で刺客に襲われ、殺されたのは、わしの下僕《げぼく》じゃった角力《すもう》取り上がりの嬉作《きさく》っちゅう男だったんじゃ。あんたも見たことがあったと思ったが、覚えちょらんか」

角力取り上がりの嬉作。言われてみれば沖田も会ったことがあった。無口、無愛想、何よりも龍馬にそっくりだった体つき。

「ああいうのはな、沖田くん、ほんまに運じゃなあ……紙一重ちゅうのは、ああいうことを言うんじゃろ。わしゃ、あの日風邪を引いて近江屋の土蔵で休んでおった。そこへ中岡が訪ねてきた。まだまだわしらには相談せにゃならんことがあったから、土蔵を出て母屋《おもや》の二階へ上がった。しばらくはそれでよかったが、何しろ熱があっての、寒うてたまらん。嬉作の着ちょった綿入れと、わしの丹前《たんぜん》を取りかえて着たが、どうも他人の服ちゅうのは着心地《きごこち》が悪いもんでの。仕方がないから、わしゃ自分で土蔵まで降りて、上に羽織《はお》るもんを探しとったんじゃ。伊東甲子太郎たちが襲ってきたんは、ちょうどその時のことじゃったんじゃな」

「そんな偶然が……」

「あるはずがないと言いたいんじゃろ？　ほいじゃがな、沖田くんよ、この世のことはだいたい偶然じゃ。池田屋事件の時の桂さんの話は聞いちょろう？　桂さんはあの日、会合に加わるために池田屋に来ちょった。ほいじゃが、他の連中が集まるまで小半刻《こはんとき》（三十分）ほど早過ぎた。池田屋で待っておってもよかったが、桂さんは戻り、いくつかの用件を済ませておるうちに、あんたら新選組が池田屋を襲った。桂さんがもしもう少し遅れて池田屋に着いておったら、あるいは用件がもう少し早く終わっちょったら、その後のことはどうなっちょったかわかりゃせん」

「確かに……偶然といえば偶然ですが……」

「難しいところじゃがの」龍馬が頭を掻いた。「偶然というべきなのか、武芸者の勘みたいなものかもしれん。あん時、わしゃものすごい悪寒を感じての、何でもいいから着るものがほしくなった。嬉作に頼んでもよかったが、自分で探した方が早いと思った。土蔵まで自分で降りたのはそのためよ。偶然かもしれんし、嫌な予感がしたためかもしれん。そりゃわしにもわからん」

しかし、と沖田が声を震わせながら言った。

「あなたの遺骸を検分したのは我々新選組だけではありません。繰り返すようですが、土佐藩士たちもです。我々はともかく、海援隊や土佐藩士たちが嬉作をあなたと見誤ることなど、有り得るでしょうか」

「まあ待て。話はまだ続いちょる」龍馬が右手を前に突き出した。「わしが土蔵におったのは、それほど長い時間ではない。行けばわかるが、土蔵の中に入ってしまうと、外の音は聞こえなくなる。母屋に戻ってみると、何人かの男が二階から降りてくるところじゃった。皆、血相《けっそう》が変わっちょってのう……こりゃいかんと思うたが、わしゃそん時刀の一本も持っちょらんかった。嬉作に預けておったんじゃ。どうすることもできんまま、男たちが出ていくのを陰から見ているしかなかった」

「それで？」

全員が出て行ったのを見計らって、階段を駆け上がった、と龍馬が思い出すようにして言った。その眉間《みけん》に深い皺《しわ》が刻まれていた。

「階段の上のところで、やはり角力取り上がりの藤吉が倒れておった。どうにもならん様子じゃった。それからすぐ二階の奥の間へ行った。いや、ひどいもんじゃったな。嬉作は正面から額や顔を斬られちょって、人相の区別もつかん。中岡は意識こそあったものの、とぎれとぎれで何を言うちょるのかもわからん。部屋中が血だらけでの……手の施しようがないことはすぐにわかった」

沈痛な面持ちで龍馬が言った。しばらくの間、沈黙が続いた。

「それで……坂本さんはどうされたんですか」

「人間ちゅうのは、ああいう時は変なふうに頭が回るもんじゃな……いくらも経たないうちに、わしゃどうするか決めちょった。嬉作はわしの丹前を着ちょった。あの男は体格もわしによう似ちゅう。しかも、顔を斬られちょったから、誰が見てもわしかどうか見分けはつかんはずじゃとも思った。自分で見ても、坂本龍馬が殺されちょると思ったぐらいじゃからの。中岡もまた虫の息で、何が何だかわからんかったじゃろ。わしゃ、嬉作の額に触れてみたが、脳漿《のうしょう》がこぼれ落ちておっての……脳を抉《えぐ》られたら、もう駄目じゃ。ほいじゃき、わしゃ中岡に言うた。『わしゃ脳をやられた。もういけん』とな」

「意識朦朧《もうろう》の中岡さんはそれを信じた。嬉作ではなく、あなたが殺されたと……」

そういうことじゃ、と龍馬がうなずいた。

「中岡は襲撃された後も数日間意識があったと聞いたが、龍馬の最期の言葉はそれじゃったと、周囲の者に話しておったらしい。その証言もあって、もうひとつの死体がわしだと誰もが疑わなかったっちゅうわけじゃ」

「それから……どうされたんですか」

沖田が小さく咳き込んだ。慌てるなや、と龍馬がその背中をさすった。

「わしゃ下に向かって、誰か医者を呼んでこいと怒鳴《どな》った。母屋から人が出てくるのを確かめてから、二階の窓を抜けて表に出た。夜じゃったからの、誰もわしには気づかんじゃった。そのまま、わしゃ京の町から姿をくらませた。もうわしの役目も終わったと思うと、少しばかり寂しかったがの」

「……役目が終わったというのは、どういう意味ですか」

「後のことは薩長が仕切るじゃろ。わしゃ、戦《いくさ》を止めるつもりじゃったが、もうそれも無理じゃと悟った。ひとつ間違えば、わしゃ主戦派の連中に殺されたかもしれん。さもなくば、新政府の役人になっておったかもしれんの」

当然でしょう、と沖田が言った。

「坂本さんには、それだけの功績があったと思いますが」

そんなもんは知らん、と龍馬が笑った。

「わしゃあな、沖田くん、役人ぐらい嫌いなもんはない。あんな窮屈な暮らしをするぐらいなら、死んだ方がましじゃ。嬉作には悪いことをしたと思うが、わしの身代わりになってあそこで死んでしもうたんは、そういう運命じゃったんじゃろう。その死を無駄にせんためにも、坂本龍馬が殺されたと見せかけにゃならんかった。そういうことじゃ」

「しかし……いずれは坂本さんが生きておられることは周囲にも知られるはずです。その時はどうするおつもりだったのですか」

海へ出る、と龍馬が言い切った。

「海へ出て、商売をする。わしゃ、もともと武士ではない。質屋の倅《せがれ》よ。新政府がどうの、国体がどうの、朝廷がどうの、はっきり言えば、そんなことに興味はない。つまらん議論で時を無意味に費やすぐらいなら、わしゃさっさと海へ出て商売をする。というより、そのためにわしゃ今日まで命を懸けてきた。諸外国を相手に海運事業をするんぞ。こんなに面白いことがあると思うか？」

「……わたしには……わかりません」

ほうじゃのう、と龍馬はやせ細った沖田の腕を摑《つか》んだ。

「確かに、この体では、何をするちゅうてものう……まあ、すべては体を治してからのことじゃな。もっとも、その頃には、わしゃとっくに海の外に出ちょるが」

「京の町を離れた後は……どうされていたんですか」

長崎じゃ、と龍馬が答えた。

「長崎商人にグラバーちゅう異人がおっての、その世話になっちょった。早い話が、匿ってもろうちょったわけじゃな。しばらく様子を見ているつもりじゃったが、官軍と旧幕府軍の戦いは、今しばらく続くじゃろう。これ以上隠れちょっても仕方がない。グラバーに頼んで横浜まで船に乗せてもろうた。その船の中で、偶然松本良順先生に見つかっての。わしゃ、あの人は昔からよう知っちょる。わしを見て驚いちょったがの。まあ、そんなこともあって、こんな薄汚れた風体《ふうてい》をするようになった。ちょっとした変装ちゅうところじゃな」

相当なものですよ、と沖田が鼻をつまんだ。すまんすまん、と龍馬が笑った。

「まあ、しかしその時は狭い船の中じゃ。松本先生に理由を話すと、先生はわしの立場をすぐわかってくれた。世間話をしちょるうちに、あんたの話が出た。どうやら千駄ヶ谷辺りにいるらしい。それを聞いて、懐かしくなっての。どうしても顔が見たくなった。病気はあまりよくないようじゃと松本先生も言っておられたが、だったらなおさら見舞いにいかにゃいけんと思うた。前にも言ったが、わしゃ新選組っちゅうのが嫌いではない。武士の誇りを最後まで守ろうとしたあんたらの姿勢には、わしも常々感心しちょった。節義のない者はいずれ汚名《おめい》を着て死ぬ。伊東甲子太郎なんかはそのいい例じゃな。あんたらはそうではない。何十年か経てば、あんたらのことを思い出す者、評価する者が大勢出てくるじゃろ。歴史っちゅうのはそういうもんじゃ」

そろそろ行かにゃならん、と龍馬が立ち上がった。

「ところで、土方さんはどうしちょるんかの」

「会津で戦闘中と聞いてますが」

あの人は喧嘩《けんか》好きじゃからの、と龍馬が苦笑した。

「まあ、人それぞれじゃ。沖田くん、とにかくあんたは体を治すことじゃ。すべてはそれからよ。万が一治らんでも、それは天命じゃ。あんたらはやるだけのことをやった。確かにわしの仲間もあんたらにずいぶん殺された。ほいじゃが、あんたらも命を懸けておったはずじゃ。それなら、わしゃひとつも恨みには思わん。それをあんたに伝えたかった」

龍馬が小さく笑った。沖田が静かに頭を下げた。

「ほんなら、わしは行く。もう二度と会えんかもしれんと思うちょったが、会えてよかった」

立ち上がろうとした沖田がよろめいた。その体を支えた龍馬が、無理するなや、と床《とこ》に沖田の体を横たえた。

「あんたもいろいろ言いたいこともあるじゃろ。じゃが、それはすべて命あってのことじゃ。姉さんによろしゅう伝えといてくれ。体を大事にせえや。どんなにみっともなくても、生きてりゃ何とかなる。そういうもんじゃ」

ほいじゃあな、と染み入るような笑《え》みを浮かべたまま、龍馬が部屋を出ていった。

突然、部屋の中が静かになった。しばらくすると、姉のミツが入ってきた。

「出ていかれました……変わった方でございますね」

「そうですね……わたしの知っている中でも、一番変わった人といえば、あの人ということになるのかもしれません。いや、もう一人いるかな……」静かに笑った沖田が口を開いた。「姉さん、頼みがあるのですが……わたしの代わりに手紙を書いていただけないでしょうか」

「もちろん構いませんが……どなたに？」

「近藤局長と、土方さんに……」

ミツが顔を伏せた。既に近藤は板橋で斬首の刑にあっている。今までそれを言わなかったのは、沖田の病状に障ると考えていたためである。

「わかりました」ミツが文机《ふづくえ》から巻紙を取り出した。「何と書けばよろしいのでしょう」

「とりあえず、時候の挨拶を……その間に何を書いてもらうか、考えます」

はい、とミツがゆっくりと墨を磨《す》り始めた。

四

沖田総司が労咳で亡くなったのは、慶応四年五月三十日のことである。坂本龍馬が来訪してから、ちょうど一週間後のことだった。

龍馬が訪れてから三日ほどの間、沖田は小康状態を保った。一時は見舞いに来ていた松本良順も驚くほどの回復力だったが、それは蠟燭《ろうそく》が消える前の最後の輝きのようなものだったのだろう。

四日目から意識混濁《こんだく》が続き、ごく稀《まれ》に目を覚ます度に、手紙を出してくれたかどうか、そればかりを確かめた。何度同じことを聞かれても、出しました、とミツは答えた。

七日目の早朝、いつものようにミツが看病のため植木屋の離れを訪れた時、安らかな笑みを浮かべたまま沖田は呼吸を止めていた。それが沖田総司の最期だった。

その後、ミツは旧幕臣たちに沖田の書いた最後の手紙をどうやって土方の元に送り届けるかを相談した。

各地で戦が続いている。主だったものだけでも、四月十一日の江戸無血開城こそ政治的な決着により無事に済んでいたが、その約十日後の宇都宮城攻防戦、板橋における近藤勇の斬首、白河《しらかわ》城攻略戦、そして五月十五日には上野戦争が勃発、官軍と彰義隊が戦っている。

この上野戦争に参加していた原田左之助は、重傷を負い、同月十七日に本所《ほんじょ》の神《じん》保《ぼ》山城守《やましろのかみ》屋敷で没していた。

新選組及び旧幕府軍は、北へ北へと敗走を続けていた。局地的な観点でいえば、勝利を収めた戦いも少なくなかったが、総合的に判断すれば敗色が濃厚であることは否《いな》めなかった。

土方は四月の宇都宮城攻防戦で足に負傷を負い、今市《いまいち》に退っていたが、その後会津へと落ちている。負傷していたこともあり、この間の行動は不明な点が多い。明確なのは、六月十五日に会津若松で覚王院義観《かくおういんぎかん》と面談していたことであるが、その後八月十九日、新選組は猪苗代《いなわしろ》から母成峠《ぼなり》へと転じている。

また同日、品川沖では榎本武揚《たけあき》率いる旧幕府艦隊が脱走していた。同じ時期、旧幕府で若年寄《わかどしより》だった永井尚志《なおのぶ》も江戸を離れ、奥州へと向かっている。

八月二十一日、いわゆる母成峠の戦いが始まった。戊辰《ぼしん》戦争の中でも屈指の激戦といわれたこの戦いで、新選組は多くの隊士を失った。

このような混乱の中、土方がどこにいるのかミツに捜すことなどできるはずもなかった。結局、ミツが最後に頼ったのは松本良順だった。

松本は侍医《じい》としての名声も高く、同時に医師は非戦闘員であるというのがこの時代の常識であったため、比較的自由に行動できた。

また、心情的には佐幕家であった松本としても、最後まで旧幕府軍と行動を共にしたいという強い気持ちがあった。

ミツにより沖田総司からの手紙を託された松本は、母成峠へと向かい、そこで旧幕府軍の敗北を見届けた後、仙台における軍議に出席、そこでようやく土方との再会を遂げた。

京都時代、二人は公用も含め何度か会っている。旧知の間柄といってよかった。軍議終了後、二人は別室を取り、主だった新選組隊士の行方について語り合った。板橋で近藤が斬首されたことも、土方は既に知っていた。

「相変わらず、何でもご存じですな」

松本が苦笑を浮かべた。それが仕事ですから、と表情も変えずに土方が答えた。

「新選組がどれだけ官軍の奴らに深く憎まれていたか、ということでしょうな。本来なら一軍の将である近藤さんを斬首に処すなんざ、あっちゃならねえ話だ」

しばらく沈黙が続いた。徳利の酒を杯に注いだ松本が、では沖田くんのことは、と尋ねた。

「……はっきりとは知りませぬが、五月の終わりに病没したと……」膝の上に置かれていた土方の拳《こぶし》がかすかに震えた。「かわいそうなことをしました」

「……かわいそう、とは」

「せめて……せめて戦いの場で死なせてやりたかった……」

土方が横を向いた。涙を隠すためである、この男にしては珍しく、感傷的な表情が浮かんでいた。松本が懐から油紙に包んだ手紙を取り出して、畳の上に置いた。

「沖田くんから預かった手紙です。おそらく、最後の手紙でしょう」

無言のまま土方が手を伸ばした。手紙を開くと、そこにあったのは細い女文字だった。沖田が書いたものではなく、姉のミツが書いたのだろう、と土方は思った。手紙を書く力さえ残っていなかったのか、とつぶやきながら読み進めていたその手が止まった。

「松本先生……先生はこの手紙をお読みになられましたか」

いいえ、と松本が首を振った。

「それは沖田くんからあなた宛の私信と伺っております。読むわけにはいかんでしょう」

あの野郎、と手紙から目を離した土方が含み笑いを浮かべた。

「つまらねえ冗談を言いやがる。そんなことがあるはずねえじゃねえか」

「土方さん、ずいぶん楽しそうですな」

「いや、沖田の野郎がね、あんまり下らないことを書いてきやがったんで、馬鹿馬鹿しくなって……先生、労咳ってのはあれですかね、夢や幻を見たりする病なんですかね」

まあ、そのような症状が現れる場合もありましょう、と松本が答えた。

「何しろ高熱を発しますからな。意識不明になることはよくある話ですし、その間に夢幻《むげん》を見て、現実と混同してしまうようなこともよくあるようです」

なるほどね、と土方が杯を空けた。

「しかし、選《よ》りによって……おれや近藤さんの夢ならわかりますがね、いったいどうしてあんな野郎のことを思い出したのか」

「あんな野郎、と申されると……」

「おれたちにとっちゃあ敵も敵、不倶戴天《ふぐたいてん》の仇《かたき》みたいな野郎ですよ。早い話が、あの野郎さえいなければ、おれも会津くんだりまで落ち延びて、先生とこうして酒を酌《く》み交わすこともなかったかもしれませんな。いや、それどころかまだ幕府が続いていたかも……」

ふむ、と興味ありげに松本が両腕を組んだ。

「差し支えなければ、誰のことか教えてはいただけませぬか」

「いやいや、言ったところで意味などありませぬ。高熱でうなされた沖田の見た、ただの夢ですから」一瞬、土方が唇を閉じた。「……しかしあの野郎なら、ないともいえねえか」

まあ、どちらでもいい話です、と土方が松本の杯に酒を注いだ。

五

この年九月八日、慶応から明治へと改元があった。

その間も戦は続いている。土方は新選組を率い仙台へと向かい、九月十二日には榎本武揚と共に仙台城へ登り、恭順派と今後の方針について会議をしているが、主戦派である土方・榎本と意見が合うはずもなく、会議は決裂した。

その十日後、旧幕府軍にとって最後の砦《とりで》ともいうべき会津藩が降伏を決め、いよいよ窮地に陥《おちい》った旧幕府軍は蝦夷地《えぞち》へ渡ることを余儀なくされた。

幸いにというべきか、榎本武揚率いる旧幕府艦隊は健在であり、蝦夷地への渡航手段について問題はなかった。

十月十八日、彼らは蝦夷地へ向かって出航、二日後に上陸する。彼らが目指していたのは箱館五稜郭《ごりょうかく》だった。

箱館五稜郭は日米和親条約締結による箱館開港に伴い、防衛力の強化と役所の移転問題を解決するため、徳川幕府の命により築造されたものである。

堡《とりで》を星型に配置しているのは、大砲による戦闘が一般化した後のヨーロッパにおける稜堡《りようほ》式の築城様式を採用したことによる。蝦夷地における最も巨大な城郭であった。

既にこの時点で、官軍は蝦夷地にも警備の兵を派遣していたが、その数は少なく、いくつかの戦闘はあったものの、同月二十六日に旧幕府軍はほとんど無抵抗の形で五稜郭を占拠した。更に旧幕府軍は戦略上の要地である松前へと進軍、十一月五日に松前城を落とした。

土方は一軍を率い、そのまま江差《えさし》へ出陣、ただしこの際に榎本艦隊の旗艦である開陽丸を座礁《ざしよう》のために失うという大きな痛手を被《こうむ》る。とはいえ、陸戦の状況は圧倒的に旧幕府軍が有利であり、同月二十五日、土方は五稜郭へと凱旋《がいせん》した。

この間、榎本武揚と旧幕府で若年寄だった永井尚志は、英仏をはじめとする諸外国と外交折衝を重ね、最終的には事実上の独立政権としての認定を勝ち取った。

その後新政府の誕生と共に、アメリカなどの例を参考とする形で、公選入札が行われた。現在でいうところの選挙であり、おそらくは日本でも初のことだったであろう。

その結果として主要閣僚が以下のように決定された。総裁榎本武揚、副総裁松平太郎、海軍奉行荒井郁之助《いくのすけ》、陸軍奉行大鳥圭介、陸軍奉行並土方歳三、箱館奉行永井尚志、箱館奉行並中島三郎助などである。この閣僚の決定は各国領事にも伝えられ、承認を得ることとなった。

ただし、ここまでが彼らにとっての限界だった。冬に入ったことから、官軍は攻撃の再開を春と定め、その準備を進めていた。

無論、五稜郭に籠《こ》もった旧幕府軍も戦備を整えていたが、大勢はほぼ決していたといっていい。どのように抗戦したところで、旧幕府軍に勝ち目はなかった。

明治二年（一八六九）三月、いよいよ官軍が蝦夷地への進攻作戦を開始した。兵士の数、火力、戦意、すべてにおいて官軍が遥かに上回っていた。

それをわかっていながらも、土方は部下たちを鼓舞《こぶ》し、士気を高め、逃亡を許さなかった。他の部隊では脱走騒ぎもたびたび起きていたが、土方傘下《さんか》の兵たちに限って、そのようなことはなかった。新選組をまとめていた実績は伊達《だて》ではなかったということなのだろう。

三月二十一日、戦局を打開するため、土方は官軍が所有していた装甲軍艦・甲鉄艦強奪作戦を強行するに至った。そのため土方は回天丸に乗り、蟠竜丸《ばんりゅうまる》、高雄の二艦と共に南部宮古《なんぶみやこ》湾を目指して出航する。

その後蟠竜丸の故障などがあったため、回天丸は孤軍奮闘を続けることになったが、最終的に甲鉄艦強奪作戦は失敗に終わり、土方らは箱館へと撤退した。

この段階で、榎本艦隊は艦隊としての体《てい》を成さなくなっており、制海権は官軍に奪われてしまった。となれば、後は陸戦しかない。四月十一日、土方は衝鋒隊《しょうほうたい》、伝習隊《でんしゅうたい》を率いて二股口《ふたまたぐち》へと向かった。

十三日、二股口の攻防戦が始まった。十六時間以上ともいわれる大激戦となったが、この日のうちに雌雄《しゆう》は決せず、互いに陣形を保ったままそれぞれの軍は再戦に向け、戦備を整えることとなった。

土方が急造した指令所に旧新選組隊士、斎藤一《はじめ》を呼んだのは、四月二十日のことだった。

六

斎藤一は謎の多い人物である。明石《あかし》藩浪人と本人は自称していたが、誰もそれが事実かどうか確かめた者はいない。

新選組結成に際しても、一度実家へと帰り、さまざまな身の回りの整理をした上で京都に入ったため、結成時は不在だった。また、伊東甲子太郎一派が新選組から離脱した際にも、斎藤は伊東と行動を共にしている。これは近藤・土方の命令によるとも言われているが、実際のところは不明である。

ただし、剣技がほとんど神業《かみわざ》に達していたのは、周囲が一致して認めるところであった。新選組は一番から十番までの隊があったが、斎藤は一番隊隊長沖田総司、二番隊隊長永倉新八に続く三番隊隊長を任されていた。後世、印象として沖田が最年少の隊長と思われがちだが、実際に最も若いのは斎藤である。

永倉は戊辰戦争の後も生き残った数少ない新選組隊士の一人だったが、その回顧録の中で〝沖田は猛者《もさ》の剣、斎藤は無敵の剣〟と語っている。真剣で戦えば、沖田とも五分《ごぶ》だったのではないか、と噂されるほどの腕前を誇っていた。

「結局、最後まで残ったのは、おれとおめえか」

土方が赤ワインの入ったグラスを勧めた。フランス大使から贈られたものである。

「奇妙な縁ですね」

ワインを空けた斎藤がうなずいた。斎藤は酒豪といってもいいほど、酒には強かった。

「……いろんなことがあったな」

土方が窓の外を見た。さまざまな思い出を二人は共有している。語るべき言葉も、今の段階ではほとんどなかった。

「……あと数日でまた戦いが始まるだろう」落ち着いた声音《こわね》で土方が言った。「斎藤くん、ひとつ頼みがあるんだが、聞いちゃくれねえかな」

「何でしょう」

もう一杯どうだ、と土方がワインを勧めた。

「……おれの見るところ、二股口が落ちたら、もうおれたちに勝機はねえ。そして、次の戦いを支える力はさすがに残ってねえだろう。要するに、どう転んだとしてもおれたちは負ける。その後は五稜郭に立て籠もるしかねえが、古来から言われているように、籠城戦ってのは友軍《ゆうぐん》がいてこそ成り立つ戦術だ……おれたちは孤軍だ。誰も助けにきちゃくれねえ。榎本や大鳥圭介たちに、もう戦意はねえ。奴らは今頃、どうやって降伏するか、その案を練っていることだろうよ」

「……かもしれませんね」

榎本は艦隊を失ってからというもの主戦論を捨て、余計な犠牲を出すことなく戦争を終わらせるべく幹部たちを説《と》き回っているという噂は斎藤も聞いていた。

大鳥に至っては、当初から神輿《みこし》のように担《かつ》がれるまま蝦夷地へ入ってきただけの男に過ぎない。もともと戦に対する執着は薄かった。

「さて、それでだ……」土方が困ったように笑った。「頼みっていうのは、ここから落ち延びてくれねえかってことなんだ」

「それはできません」斎藤が言下《げんか》に断った。「ここまで来たんです。後は新選組の名を残すため、最後の力を振り絞って戦うことしか考えていませんよ」

それさ、と土方が自分のグラスにワインを注いだ。

「それ……とは？」

「新選組の名を残すためには、誰かが生き残らなきゃならねえ。おれたちが江戸から京に入り、新選組を結成したのは何のためだったのか。もちろん、薩長の連中にも正義はあっただろう。だが、おれたちの側にも正義はあった。どっちが正しいかなんてこたあ、言っても始まらねえ。ただ、これだけは言える。勝った側の言い分だけが歴史に残るってことさ」

「土方副長、らしくもないことをおっしゃいますね」斎藤が苦笑を浮かべた。「後にどんな汚名を着せられたとしても構わない。信じた道をただ突き進むのみ。そんなふうに副長がおっしゃっていたのを、自分はよく覚えてますよ」

「おれも齢《とし》を取ったのかな……」今度は土方が苦笑《にがわら》いを浮かべる番だった。「まあ、それだけじゃねえんだがな。ここで死んだ方が、ある意味で楽なのは確かだ。だがな、新選組という集団がいたことを、おれらにはおれらなりの正義があったことを誰かに語り継いでもらいてえんだ」

「自分でしたらどうです」

憮然《ぶぜん》とした表情で斎藤が言った。そりゃ無理だ、と土方が首を振った。

「おれがいなけりゃ、二股口なんざ一刻（二時間）ももたねえよ。頼む、おれの最後のわがままを聞いてくれ」

「……しかし、現実的に無理でしょう。二股口の向こうは官軍だらけです。どうやって落ち延びろと言うんですか？」

「そこは新選組きっての剣の使い手といわれた斎藤一なら何とかするだろう。抜け道を探し、草の根を食《は》み、泥水をすすってでも生き残ってくれ。お前ならできるさ」

しかし、と言いかけた斎藤に、命令だ、と土方が重い声で言った。

「局中法度《きよくちゆうはつと》は忘れちゃいねえだろうな。士道ニ背《そむ》ク間敷事《まじきこと》、すなわち上官の命令には従うこと。おれたちは最後まで新選組なんだよ」

さあ、この話は終わりだ、と戸棚から土方が新しいワインの瓶を取り出した。

「明日の朝にでも、ここから出ていってくれ。斥候《せっこう》の報告によれば、官軍はまだ戦備が十分に整っていない様子だ。今なら何とかなる」

まあ飲め、と土方が言った。やむを得ませんね、といった表情で斎藤がグラスに手を伸ばした。

「副長命令とあらば、背くわけにもいかんでしょう」

「そういうことだ……夜明けまで時間はたっぷりある。思い出話でもしようじゃねえか。京の町で一番印象に残っている事は何かね」

「何でしょうねえ……いろいろありましたからね」ワインを口に含みながら斎藤がつぶやいた。「一番冷や冷やしたのは、伊東甲子太郎の御陵衛士《ごりょうえじ》に間諜《かんちょう》として行け、と命じられた時でしょうか。あれには驚きましたね。よくまあ、あの疑り深い伊東が、自分を受け入れたものだと感心しましたよ」

「奴は自信家だったからな……怪しいとは思ったかもしれねえが、一緒にいればお前が必ず自分の意見に与《くみ》すると考えていたんだろう。それに、うまくお前を味方につければ、こっちの情報も手に入れることができる。一石二鳥ぐらいのことは考えていたんじゃねえのかな」

「そういう副長はどうなんです。やはり池田屋ですか？」

池田屋か、と土方が眉根《まゆね》をしかめた。

「ありゃ、おれの読みが悪かった。てっきり四国屋だと思ったんだがな……おかげで近藤さんにはえらい迷惑をかけちまった。その意味じゃ、むしろ苦い思い出かもしれねえ」

「では、他には？」

そうよなあ、と顎《あご》をなで回していた土方が、徳川慶喜《よしのぶ》公の狙撃事件ってのがあってな、と語り出した。

「面倒な事件だったよ……新選組副長のおれが、何で土佐の坂本龍馬と組まなきゃならねえんだと思ったぜ」

「話は聞いてます」斎藤がうなずいた。「周りで見ていて、冷や汗が出るほどでしたよ。いつ副長が坂本に斬りかかるのかと思って」

「最初はな」土方が真剣な表情で答えた。「……ありゃあ、腹の立つ野郎でな。何でもかんでもおれにやらせやがる。もっとも、何度か窮地に陥ったこともあったが、それを助けてくれたのも奴だった。今考えてみると、なかなか面白い男だったかもしれねえ」

「へえ……副長が坂本龍馬を認めるなんて、思ってもいませんでしたね」

「おれにとっちゃ、近藤局長以下、新選組隊士はみんな家族みてえなもんだ。仲間だな。だが、坂本って男は……」

視線をさまよわせていた土方が、相棒かな、とつぶやいた。

「相棒……ですか」

「他に何ていっていいのかわからねえ。気に入らねえ奴だったが、あの二日間、確かにおれたちは相棒だった」

「詳しく聞かせてもらいたいですね」

「……こいつは誰にも見せていないんだがな」土方が懐から一通の手紙を取り出した。「沖田が死ぬ前になって、おれのところに送ってきたものだ。信じられねえことが書いてあるんだが、どうも最近になって、ようやく信じられるようになってきた。なるほど、野郎ならそれぐらいのことをやっていてもおかしくはねえだろう」

「読んでも……よろしいですか」

答えを聞く前に、斎藤が文面に目を通した。一読し終えたところで、なるほど、とため息をついた。

「副長、乾杯しますか」

「乾杯？　何にだ？」

「副長の唯一無二の相棒のためにです」
乾杯、と斎藤がグラスを高く掲げた。苦笑した土方がグラスを合わせた。

七

二十一日の早朝、斎藤一は二股口を後にした。斎藤ならば、どのような手段を講じても、落ち延びてくれるはずである。これで後顧《こうこ》の憂《うれ》いはなくなった、と土方は周囲の者たちに語った。

二十三日、二股口の攻防戦が再開された。激烈な戦いだったが、最終的には兵力の差が勝敗を決した。

二十九日、土方軍は挟撃《きょうげき》にあい、五稜郭への撤退を余儀なくされるに至った。

五月一日、最後の軍議が開かれた。主戦論を唱《とな》えたのは土方だけである。榎本総裁をはじめ、幹部たちのすべてが降伏論を唱えたが、それは土方も最初からわかっていたことだった。

土方は最後の決戦を行うと部下たちに伝え、死ぬ覚悟のある者だけについてくることを許した。意外なことに、ほとんどの兵が土方に従った。彼らは生き続けることに疲れていたのかもしれない。

土方はその兵たちを率いて出立した。有川などで散発的な戦いが行われたが、戦況に大きな変化はなかった。

その後、十一日になり、官軍は箱館山頂から奇襲攻撃を敢行、これによって旧幕府軍は致命的な大打撃を受け、ほとんど一瞬のうちに敗北が決まった。

土方は弁天台場の新選組同志を救うため出陣したが、一本木・異国橋間の戦闘中、馬上被弾し、没した。最後に遺した言葉は〝生きよ〟というものだったと伝えられているが、それが誰に対して向けられたものなのかは未《いま》だに不明である。

十五日、弁天台場で最後まで抵抗を続けていた旧新選組隊士が降伏、そして三日後の十八日、五稜郭も官軍の軍門に降《くだ》り、戊辰《ぼしん》戦争はここに終結をみた。

後日、土方の遺骸の懐に一通の手紙が入っていたことがわかったが、大量の血に染まっていたため、内容を読むことはできなかったという。

斎藤一は土方の命令通り生き延び、西南戦争前後から折に触れ新選組について語るようになっていたが、五年ほど経った頃、ひとつの噂話を耳にする機会があった。

アメリカのカリフォルニアで、一人のネイティブ・アメリカンが自分の乗っていた船を座礁《ざしょう》させ、その際に足首を骨折し、病院にかつぎ込まれた、という話である。

男はキャプテン・ドラゴンと名乗り、英語はほとんど話せなかったが、どういうわけか病院に入院していた子供、飼われていた犬たちがその男の後をついて廻り、ほとんど会話が成立していないにもかかわらず、毎日楽しそうに笑っていた、ということだった。

（……望み通りになったということか）

斎藤はその話を聞きながら、大きくうなずいた。どういうわけか、涙が溢《あふ》れてくるのを止めることができなかった。

〈了〉

解説

青木逸美

坂本龍馬《りようま》と土方歳三《ひじかたとしぞう》といえば、幕末を代表するヒーローだ。どちらも根強いファンを持つ〝日本史のアイドル〟でもあり、二人が描かれた小説やドラマは数え切れないほどある。

二〇〇四年放映のＮＨＫ大河ドラマ『新選組！』では、龍馬が近藤勇《いさみ》や土方の友人という設定で描かれ、ファンの間では「ありえない！」「面白い！」と賛否両論が飛び交った。私はもちろん「面白い！」派だ。ずっと昔から、龍馬と土方が交誼《こうぎ》を結び、酒を酌《く》み交わしている――というようなシーンを妄想《もうそう》してはニヤついていたのだ。私だけではない。多くの歴史ファンが一度は二人のツーショットを夢見たはずだ。そんな歴史ファンの夢を叶えてくれたのが、本書『相棒』なのである。

例えば、こんな場面がある。

出てきた店の主人が、無言のまま丼《どんぶり》を置いた。色が薄いなあ、と土方が口元をへの字にした。

「おれぁ、ついこの間まで江戸にいたんだぜ。真っ黒なつゆで蕎麦《そば》を食いてえよ」

「ああ、ありゃ妙なもんじゃの。わしも時々、江戸の蕎麦が食いたくなることがある」

龍馬が言った。江戸の千葉道場で剣術を学んでいた時期があったが、その頃は江戸風の蕎麦ばかり食べていたものだ。

「最初はのう、こんな醬油《しょうゆ》みたいなつゆで蕎麦を食うんかと思って驚いたが、あれはあれで慣れてみればなかなかうまいもんじゃ……それで、なんの話じゃったかの」

龍馬と土方が、肩を並べて蕎麦を食べながら、なんとも平和な会話を交わしている。二人は不倶戴天《ふぐたいてん》の仇敵《きゅうてき》同士。斬り合うならまだしも、並んで蕎麦をするはずがない。しかし、このありえないシチュエーションには理由があった。

将軍徳川慶喜《よしのぶ》の駕籠《かご》が何者かによって狙撃される。大政奉還を控え、薩摩《さつま》藩・西郷吉之助《きちのすけ》との会談に向かう途中の出来事だった。襲撃により会談は流れ、暗殺を畏《おそ》れた慶喜は大政奉還に難色を示し始める。慌てた幕閣は犯人捜しを二人の男に依頼した。一人は新選組副長、土方歳三。いま一人は大政奉還の創案者、坂本龍馬だった。

なぜ、二人が選ばれたのか。

大政奉還の反対者は倒幕派、佐幕派の両者に存在した。不逞《ふてい》浪人はもとより薩摩藩も、長州《ちょうしゅう》藩も怪しい。会津《あいづ》藩や土佐《とさ》藩だってやりかねない。幕臣でさえ信用ならない。そこで、倒幕佐幕それぞれに人脈がある、龍馬と土方を組ませようという苦渋《くじゅう》の策が立てられたのだ。

初対面から一触即発の二人だったが、土方は新選組の威信にかけて、龍馬は大政奉還を成立させるため、不承不承《ふしょうぶしょう》手を組むことになる。二人に与えられた時は、たったの二日。事件の謎を解くために、宿敵コンビが京の町をいざ奔《はし》る!

二人を組ませるためにでっちあげた〝将軍暗殺未遂事件〟は、幕末のオールスターを無理なく登場させるための仕掛けにもなっている。西郷に会うために薩摩藩邸に行けば、人斬り半次郎に襲われかけてハラハラする。龍馬の隠れ家を訪ねれば、長州藩の井上聞多《もんた》(のちの馨《かおる》)、伊藤俊輔《しゅんすけ》(のちの博文《ひろぶみ》)が待ち受けていて、そこに桂小五郎《かつらこごろう》まで乱入する。桂が「薬屋の倅《せがれ》」と皮肉ると、土方が「そっちは医者の息子だったんじゃねえのか」と言い返し、龍馬が「ほんなら、二人とも兄弟みたいなもんじゃ」と混ぜっ返す。良くできたコントみたいで、思わず手を叩いて、大喜びしてしまった。まったくもって、作者の思うつぼである。

　龍馬と土方が歴史上の要人に事情聴取する過程で、複雑に絡《から》み合った情勢や、それぞれの思惑が浮かび上がる。これも作者の仕掛けなのか、龍馬と土方が京の町を歩き回ることで、維新の様相が手に取るように分かってくるのだ。仕掛けてし損じなし。恐るべし、五十嵐貴久。

　五十嵐貴久がホラーを皮切りに、ミステリー、アクション、青春小説など、多種多様の作品を書き分ける、とんでもなく芸域の広い作家であることは有名だ。多芸多才の人は年に数百本の映画を観る映画マニアでもあるという。名作映画へのオマージュも多い。初の時代小説『安政五年の大脱走』はタイトルどおり、江戸時代の『大脱走』。断崖絶壁の山頂に幽閉された姫君を救うため、藩士たちが脱出用のトンネルを掘る。凍《い》てつく固い地面に穴を穿《うが》ち、噴き出すガスや落盤と格闘しながら、掘って掘って掘り進む。ＢＧＭはもちろん、「大脱走マーチ」だ。サントリーミステリー大賞候補作『TVJ』は、OL版『ダイ・ハード』だ。ジャック犯と堂々渡り合うのは、婚約間もない経理部OL。ハイヒールを投げ捨て、ワンピースの袖を引きちぎり、婚約者の救出へ向かう。罠《わな》にかけられた興信所調査員が、復讐のためにコン・ゲームを仕掛ける『Fake』は、往年の名作『スティング』を彷彿《ほうふつ》とさせる。どの作品も下敷きにした映画を超えて、独自の世界を展開する一級のエンターテインメントだ。

本書『相棒』を読んでピンときた読者もいるかもしれない。下敷きになっているのは、男同士の友情を描くバディ・ムービー『48時間』だ。エディ・マーフィのデビュー作でもあり、日本でもヒットしたので、ご存じの方も多いだろう。

舞台はサンフランシスコ。脱走した凶悪犯を追う刑事ジャック（ニック・ノルティ）は、服役中のレジー（エディ・マーフィ）に捜査協力を求める。二人に与えられた期限は48時間。刑事と囚人の異色コンビが脱獄囚を追跡する。ハードボイルドなジャックとお調子者のレジーは水と油、口を開けばケンカになる。この二人の軽妙なやり取りが、実に『相棒』の土方と龍馬っぽいのだ。ジャックとレジーは衝突を繰り返しながら、やがて奇妙な友情が生まれ始める。

龍馬と土方もかなりの凸凹《でこぼこ》ぶりだ。龍馬は基本的に身なりに構わない。風呂は十日入らなくても平気、頭は雲脂《ふけ》だらけで、近づくと饐《す》えた匂いがする。一方、土方はきれい好きなうえ、ひどく神経質だ。武士の所作《しょさ》にこだわり、何事においても几《き》帳面《ちょうめん》。という具合に、一見、正反対な二人だが、実はとてもよく似たところがある。龍馬の本家はかつて質屋を営む豪商だった。龍馬自身は郷士だが、土佐藩独特の身分制度により、下士《かし》として軽んじられた。土方は武州《ぶしゅう》多摩の豪農に生まれ、生家は薬の行商も営んでいた。龍馬も土方も、根っからの武士ではない。実務能力に長《た》け、合理的な考え方を持っていた。なにより、己の理想を目指し信じる道を突き進んでいる。龍馬は身分の壁を取り払うために国を変え、土方は剣の力で身分を越えようとした。

二人は危難を切り抜けるたびに、互いへの信頼を増していく。土方は龍馬の機転と度量の大きさに感じ入り、龍馬も土方がただの人斬り集団の親玉ではないと思い始める。立場は違えども、同じ目標に向かって走り出せば、これほど心強い相棒はいない。いったん認め合えば、男たちは固い絆で結ばれる。

やがて、龍馬と土方は事件の真相に辿り着く。将軍暗殺を企てた人物が明らかになり、任務を終えた二人は、〝相棒〟から〝宿敵〟に戻る。別れ際、いつかまた会いたいという龍馬に、土方は冷たく言い放つ。「明日以降お前のことを見つけたら、その時は容赦《ようしゃ》なく叩き斬る」。最後まで意地っ張りな土方だが、生きて龍馬に会うことはなかった。

坂本龍馬は京都の近江屋《おうみや》で、中岡慎太郎《しんたろう》と会談中に暗殺される。龍馬を殺したのは誰なのか。当時は現場に残された刀の鞘《さや》などから、新選組の原田左之助《さのすけ》が疑われた。のちの取り調べで、京都見廻組《みまわりぐみ》の今井信郎《のぶお》が犯行を自供し、京都見廻組犯行説が定説となった。しかし、武力倒幕派が黒幕だという薩摩説、岩倉具視《ともみ》説、後藤象二郎《しょうじろう》説など諸説入り乱れ、犯人捜しはいまも続いている。龍馬暗殺の謎は数多《あまた》の小説でも語られているが、『相棒』で土方が追い詰めた犯人とは意外な人物だった。

「てめえが殺したのは坂本じゃねえ。この国の明日だ」。相棒を失った土方の怒りが爆発する。土方は彼らしいやり方で龍馬の仇《かたき》を討つのだが、ラストでも作者の仕掛けに唸ることになる。それはぜひ、実際に読んで確かめていただきたい。「ありえない！」なのか、「面白い！」なのかは、あなた次第である。もちろん、私は「面白い！」派だ。読後、また新たな妄想を楽しめること請《う》け合いだ。

（時代小説書評家）

この作品は、二〇〇八年一月にＰＨＰ研究所から刊行された。

この作品集は昭和五十七年八月新潮社より刊行された。

海舟座談
巌本善治編 勝部真長校注

―幕末・維新の裏面史を語る―

日本近代化の最中にあって、また明治政府の独走を憂えつつあった晩年の勝海舟(一八二三―九九)の自在・直截の談論『海舟座談』より、「氷川清話」に見られない興趣ある話題を精選した──勝海舟研究の基本文献。

新撰組始末記

子母澤寛著

―新選組の真髄を描く―

慶応三年十二月、鳥羽伏見の戦に敗れた新選組副長土方歳三は傷つける近藤勇をはじめ僅かな隊士と共に軍艦富士山丸の艦口に一歩一歩と敗戦の足を運んで江戸へ帰った。以来、転戦また転戦、遂に箱館五稜郭の露と消えるまで、剣に生き剣に死んだ新選組隊士の生きざま三十余名を描く力作。

富士に立つ影

白井喬二著

―大衆文学の金字塔──

昭和の初期、当時最大の大衆雑誌「キング」に連載されて空前の人気を博した白井喬二畢生の大河ロマン。築城をめぐる熊木公太郎と佐藤菊太郎の二人の対決を、親・子・孫の三代にわたって描き、空想と写実を巧みに融合させた波瀾万丈、大衆文学20年の最高峰ともいうべき雄篇。

ふところ

中勘助著

新潮文庫刊